丹麦情缘

杨宓 · 著

中国出版集团　现代出版社

图书在版编目（CIP）数据

丹麦情缘 / 杨宓著. -- 北京：现代出版社，
2017. 10

ISBN 978-7-5143-5672-4

Ⅰ. ①丹… Ⅱ. ①杨… Ⅲ. ①中篇小说－中国－当代
Ⅳ. ①I247.5

中国版本图书馆CIP数据核字(2017)第263450号

丹麦情缘

作 者	杨宓	
责任编辑	李 鹏	
出版发行	现代出版社	
地 址	北京市安定门外安华里504号	
邮政编码	100011	
电 话	010-64267325 010-64245264（兼传真）	
网 址	www.1980xd.com	
电子邮箱	xiandai@vip.sina.com	
印 刷	成都新千年印制有限公司	
开 本	880×1230 1/32	
印 张	8	
字 数	210千	
版 次	2017年10月第1版 2017年10月第1次印刷	
书 号	ISBN 978-7-5143-5672-4	
定 价	39.80元	

故事梗概

　　《丹麦情缘》讲述一个曾经辉煌如今落魄的年轻作曲家刘喆，被经纪公司解聘，同乡一块北漂的恋人歌手阿丹转投经纪公司老总怀抱。郁闷烦恼的刘喆于是到欧洲散心。在去丹麦的邮轮上他偶遇年轻漂亮的女诗人乌斯娅娜，又在去小镇的火车上再次邂逅。乌斯娅娜是去小镇看望疾病中的外祖母，小镇旅店已满，热情好客的乌斯娅娜邀请他到镇外她外祖母的家借宿。她外祖母误认为是她带回的男朋友，非常高兴。他想讲明情况，她巧妙地制止了他的澄清。原来她答应带男朋友回家看外祖母的，男朋友特里尔因公司有事走不开而未成行。她不想让将不久于人世的外祖母伤心，于是他便成了她的"男朋友"，为隐瞒真相二人闹出了不少啼笑皆非的事。她带着他游历了小镇、小岛，她写诗他谱成曲。她的外祖父是丹麦一位出色的作曲家，已在几年前过世，她外祖母把她外祖父的作曲心得笔记送给了他。短暂的相处刘喆和乌斯娅娜彼此都充满了好感。分手后他去了挪威滑雪，遇到百年不遇的雪灾，看到电视报道的她，立即前往挪威高山滑雪场，不顾自身生死聘请当地老乡前往搭救。

　　乌斯娅娜希望他参加在哥本哈根她和男友的订婚仪式，她的想法是他如去了，说明他在乎她，她会拒绝富商儿子特里尔的订婚。犹豫的刘喆在最后时刻决定前去，当然他不是作为一个祝福者，而是搅局者，他要向她求婚。在打的赶往哥本哈根的途中又经历了滑稽的尴尬之事，当他最终手捧鲜花赶到订婚仪式现场时，已是人去厅空。

回到中国的刘喆，曲风上有了一种蜕变，成为中国流行音乐的一匹黑马，受到广泛关注。有漂亮女孩投怀送抱，他一律拒绝，仍心系乌斯娅娜。而他原来的女朋友阿丹却因没有好歌演唱，加之急于求成，演唱事业一落千丈，被经纪公司老总抛弃。远在丹麦的乌斯娅娜因为特里尔的花心和出轨，与他分道扬镳决定到中国寻找刘喆。不想一场车祸使她的双腿不能站立，被迫取消了到中国的计划。刘喆和乌斯娅娜这对有情人，经历了许许多多曲曲折折的事，最终应了中国一句古话：有情人终成眷属。

本书讲述了一段异国年轻人缠绵悱恻的恋情，同时也讲述了年轻人的失意、困惑、悲伤、痛苦、绝望、觉醒、奋斗、成功。出生的国籍、背景、身世、经历不同，但追求理想、渴望爱情的情怀一致。故事跌宕起伏，一波三折，异国之恋，风情无限，伴着墨香，扑面而来。

目 录
CONTENTS

第一章　邮轮上的邂逅

一

夕阳染红了天边的云彩，一艘五星级的豪华邮轮，行驶在碎金闪烁的波罗的海海面上。

轮船是从俄罗斯的圣彼得堡驶出，驶往的方向是丹麦的首都哥本哈根。轮船上餐厅、超市、酒吧、游戏厅、赌场、夜总会……应有尽有，像一座漂移着的城市。来自世界各地的人们，在邮轮上都会找到自己喜爱的活动项目，一点也不感到旅途的寂寞。

大海碧绿、辽阔，头顶的天空湛蓝、浩渺。

八层船尾的甲板上，有一个身材魁梧，年轻英俊的小伙凭栏远眺。他叫刘喆，来自中国。不像其他的游客，兴致很高，他的眉头是紧锁的，仿佛有不少的心事。他是一个作曲家，有过辉煌的过去，不过近来颇不得志。随后他把视线从远眺中收回，俯视船下的海水，只见螺旋桨犁出道道波浪。

波浪中出现了一张姑娘的脸，那是阿丹的。他与阿丹是四川老乡，都来自熊猫的故乡四川雅安。雅安人杰地灵，特别是女孩长得水灵、漂亮，"雅女"的品牌在国内可说是家喻户晓。

　　他和阿丹都是四川音乐学院的学生，他学的是作曲，阿丹学的是声乐。毕业后他们一同到北京打拼，成为"北漂"一族。他作曲，阿丹演唱，可说是珠联璧合。开始时还比较得心应手，一时在京城小有名气，被业界称为"黄金搭档"。他俩确立了恋爱关系，看来他们结婚已是板上钉钉，只是时间问题。朋友们都给予了祝福，双方的父母更是翘首以盼，期待他们早日完婚。

　　可随后他的发展却不尽人意，他有过努力但收效甚微，音乐界的竞争就是这样残酷。长江后浪推前浪，前浪拍死在沙滩上。他所作的曲屡屡被退回，经纪公司也与他解了约。最初阿丹还鼓励他，说他行的，只要努力，可近来这样的话也很少说了，看来是对他失望了。"黄金搭档"失去了一半，另一半也就跟着没有了风光。阿丹不愿绑在他这艘旧船上一块沉没，与他做了切割。爱情一旦没有了事业做支撑，爱情的大厦就开始倾斜，阿丹与他变得若即若离，后来竟然投入了他人的怀抱。他出国到欧洲，一方面散心，排解心中的郁闷；另一方面想学习借鉴欧洲音乐的精髓，以图东山再起。而此时凝视着海面的刘喆，在国内所遭遇的种种困境又浮现在了眼前。

　　穿着牛仔服的刘喆，来到《好歌曲》编辑部，推门走进责编赵东的办公室，他与赵东是很要好的哥们儿了。屋里很乱，到处都堆放着报纸和稿件。

　　面容清瘦，戴着副眼镜，正在办公桌打电话的赵东，听见动静抬头一看是他，一面指着屋里的一条长椅让他坐，一边将食指放在嘴前示意他别出声。

　　他点点头，在一旁的长椅上坐下。

　　"你的这首《天空下》曲作得很不错，"赵东对着话筒，"上了编审会，不过在旋律上还有提升的空间……当然，你能改好的，这是一个绝好的机会。想想看，我们的《好歌曲》可是全国发行的音乐方面权威性刊物，这对你一位新人来讲是多么的重要。"说到这他用心照不宣的目光看了刘喆一眼，刘喆有了不好的兆头，随手拿起一张报纸看了起来。

"好的，你就再花两个晚上修改修改，力求最好嘛！就这样，我挂了。"赵东放下电话起身走过来，在刘喆身旁坐下，"是为你那首新歌的事吧？"

刘喆放下手中的报纸，指着他笑道："我当然是无事不登三宝殿，说吧，怎么样？"

赵东用手将滑下的眼镜架往上抬了抬，犹豫着想选择与他说话的方式。

"是这期出还是下期？"他看着赵东。

赵东抱歉说："对不起，你投来的歌曲被总编给毙了。"

"为什么？"刘喆尽管有预兆，当赵东一说，他还是表现出了惊讶。

"你的这首曲还是很不错，不过你知道现在的刊物难办，全国的来稿又这么多，总编那是没眼光，眼瞎！他将来一定会后悔死的。"

刘喆盯着他。

"你别这样看着我，我去给你倒杯水。"赵东被他看得心里有些发毛，要站起身。

刘喆按住他："你给我说实话。"

赵东只好重又坐下："我们是朋友了，我就实话实说，你最先投来的曲，曲风独特大胆，给作曲界带来一股清风。近来作的曲却趋于平淡保守，并没有给歌曲界带来新的东西。"

赵东还想说什么，刘喆脸色有些挂不住了，起身："你别说了！"怏怏出了房门。

美丽的女孩阿丹，细高身材，穿着一件无袖裸色百褶薄纱裙，在录音棚里戴着耳机唱着歌，这是一首刘喆作曲的歌。刘喆和经纪公司老总马涛在一旁听着，马涛身体很胖，坐在椅子里，把空间塞得满满的。

录音棚环境非常的有气氛，设备配置也非常的上档次，每一位来录音的歌手都能感觉特别的温馨，有利于更好的演唱。

阿丹唱完了歌。

"感觉怎么样？"刘喆问马涛。

"你要我说实话吗？"马涛看着刘喆。

"当然！"

马涛拍了拍他的肩膀："恕我直言，在我看来老兄已是江郎才尽。"马涛的话如此直接，毫无情面。

听闻此言，刘喆脸色相当难看。

阿丹从录音间走了过来，用询问的眼光看着刘喆。

脸色铁青的刘喆站了起来，拉着阿丹往外走去。

他们来到华灯初上的街头，过往车辆的灯光扫在他们的身上。

阿丹忍不住问："马总没有通过你的这首歌？"

他摇摇头："别给我提他，这个势利的家伙。"

在马涛办公室，刘喆对坐在老板椅上的马涛道："是你要找我？"

马涛拉开抽屉从里面拿出一个文件夹，放到桌面上往前一推："你看看这个。"

"这是什么？"刘喆上前拿过一看，是一份解约合同。

他不解地看着马涛："怎么，你要给我解约？"

马涛无奈地摊开手："没有办法，你的歌已不是像两年前那样，备受人们追捧了。我是一个讲究现实的人！"他随后又从抽屉里拿出一个信封，"你放心，我会按约定付给你违约金的。"他把信封丢到桌上。

刘喆不知自己是怎么离开马涛的办公室的，他认为自己很失败。

傍晚，在一家酒馆，刘喆情绪低落，郁闷地喝着酒。

坐在他对面的阿丹瞪大了眼睛："马总怎么能将你解约？不行，我这就去找他！"她站了起来。

刘喆拉她坐了下来："不要去乞求他，他这样做也没什么错，经纪公司都是认钱的。"

"那你今后有什么打算？"

他摇摇头："走一步算一步啰。"

他的酒喝到半夜，醉醺醺地在阿丹的搀扶下，踉踉跄跄地走在一个胡同里。他们租的房子在胡同的里端，暗淡的路灯将他们的身影拉得很长。夜风吹来，他不由得打了个寒战。

……

一声邮轮的汽笛声，把陷入回想中的刘喆拉回到现实。他强制驱散心中的不快，决定随意走走，于是朝船的中部走去。

轮船中部船舷边上的椅子上，坐着一位女孩，白皙的脖子，金发披肩的头优雅地低垂着，正用一本书垫着，在一张纸上写着什么。她穿着一件黑色的筒裙，上身是灰白色的翻领外衫，显得很得体。看得出女孩有二十六七岁，身材苗条，五官非常匀称，脸像出水芙蓉，未施一点脂粉，是一个漂亮的外国妞。她的背后是一轮即将沉入大海的落日，恰好地平线上有一艘货轮从落日下穿过，构成了一幅美丽的画面。刘喆禁不住摸出手机，按动手机上的快门，把她连同后面的景致拍了下来。

他此时的心情，契合了这落日的黄昏。他觉得有一种苍凉感，于是在女孩的不远处坐了下来，观看大海落日。

此时的太阳收敛了它的光芒，刺眼的火球变成了橘红色的圆盘，在海面上撒出万波金光。折射出的一根红线，一直延伸到船边。他不由得想到了白居易《暮江吟》中的诗句"一道残阳铺水中，半江瑟瑟半江红。"他想当年白居易，在江中看到的落日不可谓不壮观，如要是看到这海上落日，还不知生发出怎样的感怀。

落日在海平面上挣扎了几下，开始一点一点坠下去。

海上的落日是壮美的，可他的心中却泛起一种忧伤的情绪。

落日下去，明天还会升起，自己如今辉煌不在，明日还有耀眼的时刻吗？

那个金发女孩侧头看了几眼落日，又低头在纸上写着什么。

太阳完全坠入大海后，天色遽然暗淡下来。金发女孩这才套上笔套，将纸条夹在书中，起身走回船舱，那是本《诺德布朗德诗选》。路过刘喆时她注意到他，有礼貌地点点头。他也回之一笑，但他的笑被黑夜遮挡，女孩并没有看见。

二

船上夜总会的爵士音乐响起，有艺人在台上演唱。疯狂的贝斯击弦，厚重的摇滚节拍，使爵士的电气味重了，流行味浓了。台下也有人随着节拍在左右摇摆着身体，旁若无人，一副如痴如醉的样子。

刘喆在离舞台稍远的吧台一边听着音乐，一边喝着啤酒。一位手中拿着书的女孩，走到吧台要了杯啤酒，可在用欧元付款时，没有零钱，吧台的服务员无法找补她。

他看见正是黄昏中，船舷旁的那位金发女孩。他拿出零钱要为她支付啤酒钱，女孩不肯，他用英语说等你有零钱后还我吧。

女孩这才没有拒绝，说了声："Thank you.（谢谢）"并莞尔一笑。他发现她笑起来很甜蜜，还露出两个浅浅的酒窝。

女孩用英语与他交谈："Where do you come from？（你是哪儿人）"

"China.（中国）"

女孩惊喜，用中文道："你是中国人？"

他点点头，颇为惊讶，也改为中文："你会中国话？"

接下来他们便用中文交谈。女孩："前年我在北京学习过一年的中国语言。"

"太好了！"刘喆很高兴，想不到在这船上遇到一个会中文的外国女子。

“我叫乌斯娅娜，丹麦人。”

“我叫刘喆。”他们各自作了自我介绍。

他们聊着天，喝完啤酒，感到这里太吵，于是来到外面的甲板上。

月光下，他们坐在甲板露天的椅子上，乌斯娅娜把随身带的那本《诺德布朗德诗选》，放在面前的一张小桌上。

他看着她，发现即或在夜晚，那双眼睛也是明亮的，闪烁着发自内心的笑意。

“你喜欢诺德布朗德的诗？”他问道。

“是呀，他是丹麦当今著名诗人，已被公认为欧洲最出色的诗人之一。怎么，你知道他？”

刘喆点点头，看着满天的繁星：“我读过他的一首诗《星座》。”

午夜，在睡梦里我被蚂蚁入侵
它们把我抬上高山
再到更远的高原，又奔向新的高山
……
黎明时醒来，我是一个星座
在一口井里，一个身影，正饮着
清凉的井水，从那已弃他而去的手里

乌斯娅娜感慨道：“想不到你还喜欢我们丹麦诗人的诗。”

他们从诗聊到了中国有情趣的事情，毕竟乌斯娅娜在中国待过一年，有很重的中国情结。

他告诉她今天是中国的情人节，银河系的两边分别有一颗最亮的星，牛郎星和织女星。他还在星空中寻找给她看，并说今天是他们鹊桥相会的日子，给她讲了牛郎织女的故事。女孩听得很专心，被这个中国的神话故事所吸引，心神往之。

　　交谈中他得知她是从父母工作的俄罗斯去到哥本哈根，与男朋友会面，然后去赫尔辛格小镇看望外祖母。

　　正说着，女孩的手机响了，是她男朋友打来的。她走到一边接听。他来到船舷边，看着夜色下的大海。

　　此时的大海失去了白日的喧嚣，显得宁静而神秘。海风裹挟着苦涩的味道，徐徐拂在他的脸颊上。他深深感到生活在天地间的人，在大自然的面前是多么得渺小。人为什么而活着？怎样的生活才有意义？他开始思考以前从没有想过的问题。

　　桌上摆着的那本丹麦女孩的书被风吹开，那张傍晚她写画的纸条吹落到了桌上，而后又飘到椅子上。

　　女孩接了电话走回来，说时间已不早，自己要回船舱了。他们互道了晚安，女孩拿了桌上的书而去。刘喆回到座位上，发现了椅子上的纸条，他知道是她落下的，捡起追了上去。进到船舱，女孩已不知去向。

　　他回到自己的船舱，拿过那张纸条就着床头的灯光看着。这是用英文写的一首诗《日落》：

　　浩瀚的大海
　　日落地平
　　霞光映红天际
　　映着我红润的脸庞
　　我追随太阳
　　追随心爱的人
　　直到天涯海角

　　明天的太阳
　　依旧升起
　　阳光照耀大地
　　温暖我孤寂的心田
　　我追随太阳

追随心爱的人
直到海枯石烂

　　他被这首诗流露的真情所感动，找出纸笔连夜谱起曲来。谱好后他很兴奋，哼哼起来，遭到同舱人的不满，睡他上铺的一个中年老外，朝下铺的他伸出头（英文）："你还让人睡不睡觉？"

　　他这才意识到自己影响到了别人，忙道歉："Sorry！"

三

　　第二天早上，邮轮在朝阳中徐徐靠上了丹麦哥本哈根的邮轮码头。拥挤在旅客人群中的刘喆，翘首四望，他想把昨晚捡到的那张纸条上的诗，还给那位叫乌斯娅娜的丹麦女孩。

　　旅客涌动起来，开始从踏板上走上岸边。焦急的刘喆终于看到了那个叫乌斯娅娜的女孩，她正拎着一只粉红色的提箱跨上岸。他立马一边拖着行李箱快步追去，一边掏出那张写有诗的纸条。在过踏板时，一阵大风吹来，他举着的那张纸脱手飞了起来，他跳起来也没抓住，纸飘落到了海水里。

　　他气恼地上了岸，看到女孩已走远。一辆停于路边的蓝色奥迪Q7轿车上，走下一个西装革履，打着粉色领带的帅气小伙儿，与她一个拥抱后，把她让上了车。车很快开走，上了大道汇入车流，刘喆只得释然地苦笑。

　　一辆出租车驶来，在他身边停下。他在后备箱中放好行李，上了车，对开车的司机道："Go to the Valby Guest House.（去瓦尔比宾馆）"

　　司机是一位中年男子，他点点头，启动了车朝市区驶去。

　　哥本哈根是北欧最大的城市，建筑颇具风格，一路上刘喆饶有兴趣地看着。瓦尔比宾馆位于腓特烈堡公园内，不到一小时就到了。这家宾馆虽然算不上高档，但环境非常的优雅、布局也有特色，给人很舒适的感觉，这是他事先在网上预订的宾馆。他从三楼房间的窗口望去，公园景致尽收眼底。他安顿下来后，便外出游览。

瓦尔比宾馆离老城区不远，刘喆走不多远便来到了哥本哈根步行街。这是一条世界上最早的商业步行街，始建于十七世纪；有一公里多长，是欧洲最长的一条步行街。商铺林立，各种名品店、工艺品店、特产店很多，也有好几家路边咖啡厅，前来逛街购物的游客不少。刘喆边走边看。

离开步行街，他来到一条人工运河，称之为哥本哈根新港的地方，也叫新码头。但凡到哥本哈根的世界游客，没有不到此地游览的。虽然有个"新"字，其实已有三百多年的历史。开凿这条运河，据说是为了使货物能够直接运抵国王宫殿前的广场。运河宽度也就三四十米，运河中停靠的木船桅杆林立，有游船来来往往。运河两岸是五颜六色的建筑，被赋予了童话般的色调。许多著名的哥本哈根人曾经在这些楼房中住过，其中最著名的一位就是童话大师安徒生。

乌斯娅娜随男朋友特里尔开车来到了一栋公寓前，停车后特里尔拎着她的提箱走向电梯。六年前她在一个朋友的宴会上认识了特里尔，在乌斯娅娜的记忆里，他们是一见钟情。一年以后，开始出现了问题。一般说来，经过最初相互爱慕的阶段后，两人的关系便进入发展期，开始计划共同的未来。诸如一起去度假，与家人见面，乃至谈婚论嫁，但他们的关系却停滞不前。他没有带乌斯娅娜去见他的父母，同样他也没有见到乌斯娅娜的家人，直至六年后才开始讨论订婚之事。他们上到了五楼，特里尔开了房门，他们走了进去。放下提箱后，他吻了她。

"可想死你了！"特里尔道。

乌斯娅娜笑了笑："我要是不来，你就没有想到去看我吗？"

"我不是工作忙嘛。你要不是去看你外祖母，还不知什么时候来哥本哈根呢？"

"你不在的日子，我呀度日如年。"特里尔说这话时有些言不由衷。

"我可没有那么大的魅力。"

"魅力无穷的乌斯娅娜小姐，一月后我将举办一场豪华的订婚仪式。我要向人们宣布，我将娶乌斯娅娜小姐为妻。"

乌斯娅娜与特里尔六年的相恋看来即将修成正果，毕竟他们确立恋爱关系的时间不算短了。订婚而后结婚，看来这一切似乎都会顺理成章。

四

这天傍晚，乌斯娅娜的男友从公司回来告诉她，听说她来了，有朋友夫妇约他们一块去 Noma 餐厅吃晚饭。乌斯娅娜换了衣服，身着浅绿色的上衣，下面是淡紫色的裙子。与特里尔一同出了公寓，来到街头。Noma 餐厅离公寓只有两个街区，他们于是走着过去。

她的裙摆在风中摇曳，漂亮的金色长发也随风飘飘，走在街头是一道亮丽的风景。她身边的特里尔由此感到非常的自豪，脚步轻快，神采飞扬。

她挽着特里尔的手告诉他，下午接到外祖母的电话，病重中的外祖母想要见见她的男朋友，她答应了外祖母。

特里尔是做汽车销售的，为难地告诉她，近期公司有个代理项目要落实，确实不能与她成行。她掩饰不住失望的心情。

Noma 餐厅位于哥本哈根市中心的克里斯蒂安，是二星级米其林餐厅，以创意北欧菜而闻名。Noma 在丹麦语中是"北欧"和"食物"的意思，透出浓浓的北欧古朴、典雅的风格。来此用餐者不仅可品尝到美味佳肴，还可以欣赏到城市内港的美妙风光。

他们到了餐厅进去后，朋友夫妇已在等候，他们是做汽车润滑油生意的，显得雍容华贵。他向他们介绍了乌斯娅娜，说她是一位诗人，有一本诗集正待出版。他们称赞她不但人漂亮，而且很有才情。

不一会儿，他们要的塔塔酱丹麦牛肉配芹菜和黑蚂蚁、干草熏鹌鹑蛋、活鳌虾、夏日豆子配甘菊等菜肴都端上来了。

特里尔兴致很高地跟他们夫妇聊着生意上的事，乌斯娅娜对生意一窍不通，只是礼节性地听着。

吃饭的过程中，乌斯娅娜又接到外祖母打来的电话。说明天去小镇看她，一定得把男朋友带上。

她瞧了特里尔一眼："他有事来不了。"

外祖母在电话上道："你不会说谎吧？"

她起身走到一边接电话："外祖母，我难道会骗你？"

外祖母在电话那端："没关系，只要你今后能带他来看我，我就满足了。"

"外祖母，看你说的。"她内心有些难过，她是在外祖母家长大的，自己与特里尔处朋友六年了，也没带回给外祖母看看。

"不过，一定要赶在我去上帝那儿报到之前，看看我现在吃的那些五颜六色的药片，你都不会相信自己的眼睛。"

接完电话她回到餐桌旁，因外祖母病重，加之男友不能同她一起去看望，她有些心事重重和闷闷不乐。

她先用完餐，起身去洗手间。餐厅的门被再次推开，刘喆走了进来，听说这是一家很有名气的餐厅，他特意赶来尝尝。他路过乌斯娅娜那桌走到里面的空座上坐下，一位女服务员上前问他需要什么，他埋头看菜单。这时乌斯娅娜从洗手间出来，他们那桌于是散了，她随特里尔往外走去。

刘喆点了一个六分熟的牛排，服务员安排去了。当他抬起头时，她已随男友出了餐厅，不经意间就擦肩而过。

刘喆要的牛排端上来了，他又要了两扎啤酒。平时极少饮酒，喝完酒后感觉头有些沉重，结了账就出了餐厅。

华灯初上，夜晚的街头行走的人不多，他一人走着显得形影孤寂。他拿出手机，竟鬼使神差似地给阿丹拨了电话。

此时的北京已是后半夜，阿丹正由经纪公司的老总马涛开车送回家。阿丹的手机声响了，她看了看号码见是刘喆的，皱了皱眉不知该不该接，看了一眼马涛。

马涛："是刘喆打来的吧？"

她点点头。

马涛示意不介意她接听。

她接了电话说自己刚从录音棚出来，马总正送自己回家。问他这么晚了来电话是不是有什么要紧的事。他这才意识到在国内已是第二天的凌晨二三点了，听到她与马涛在一起，他才想起自己跟阿丹的恋情已经结束了。

马涛从阿丹手中接过电话，问道："是刘喆吗？阿丹现在有我的保护，你就放心吧。阿丹的新歌碟就要上市发行了，只可惜不是由你作曲，对此我也表示遗憾。"

听到这，刘喆不知是该替阿丹高兴，还是对自己悲哀，他掐断了通话。

他继续踽踽而行，街头的路灯照着他阴郁的脸。路边有个拉着手风琴的流浪歌手在唱着歌，脸上虽然饱经风霜，但神情怡然，显得很享受自由歌唱的感觉。

他走了过去，一边用英语说着，一边比画着，并示意自己来试一下。那人明白了他的意思，把手风琴的背带从自己的肩上取下。刘喆接过手风琴，边拉边用英语唱起了一首丹麦流行音乐《你忘了吗》：

　　如果周围的人都已消失
　　所有明亮的灯都已熄灭
　　你是否会看到
　　如此孤独的我
　　你没有倾听到我的内心
　　那里已充满忐忑
　　眼前再次定格的
　　还是一幕你的痛苦

是否早已忘却了微笑的感觉
是否早已忘却了微笑的方式
甚至如何再活出自我
……

刘喆的演唱使过路的人纷纷站下聆听，他们还没见过一个黄皮肤的外国人在这街头演唱，而他的演唱颇具专业水准。不少人上前把钱放到他的脚前。

乌斯娅娜和特里尔从 Noma 餐厅出来后，走出不远便与朋友夫妇分了手，此时正伏在不远处的桥栏上观看内港停泊的千家渔火。听到刘喆的歌声，他俩也被吸引住，走了过去。

刘喆继续忘情地唱着：

都忘记了吗
你是否身处已疲惫的绝境
你是否内心已不再存有谅解
你是否厌倦了那喧哗的城市
是不是
我画了一束彩虹等着你
想你看到它时会朝我走来
可无措的你还是逃向别处
我还专门为你唱了一首歌
可不和我在一起你怎会听到
难道只是惊慌地逃向别处
是否想过结束现在的生活
……

在人群中听着的乌斯娅娜看着刘喆，似乎感到有些面熟，但因天暗也不大看得清，一时也想不起。

难道不想解脱

我怀疑你是否会有勇气

我看出你还在胆怯

你是否还在逃避现实

分不清前路是沼泽还是坦途

我无法理解

你如何还不醒悟

刘喆忘情地唱着这首歌，并融入了自己的生活体验，唱完后围着听歌的人们不由得鼓掌喝彩，有更多的人上前放钱。他放下手风琴，把脚下的钱捡起，塞到了那个流浪艺人用废罐头盒做的钱罐里，冲他友好地笑笑，然后离开。

人们纷纷议论，乌斯娅娜猛然想起了他是那个在邮轮上，给她讲牛郎织女故事的叫刘喆的中国小伙。她很惊喜，想追上去招呼他，可他已钻进一辆路过的的士，很快离去了。

"你怎么了？"特里尔看到有些反常的乌斯娅娜。

"想不到竟是他！"

"他是谁？"

"前几天一块乘船来哥本哈根的一个中国人。"

回到公寓的乌斯娅娜，因特里尔不能一同去见她的外祖母，心情依然不爽。

特里尔拥着他："我知道你为什么不愉快，等公司忙完这阵就去看你外祖母。"

她不是不明事理的人，于是苦涩地笑笑点点头。

"前段时间你不是说要准备出版一本诗集吗？"特里尔问道。

"我在国外时给这里的诗歌出版社寄来诗稿，也不知情况怎么样了？"

特里尔看着她："你说的是哥本哈根的诗歌出版社吗？"

　　她点点头："是的，它是目前丹麦最有影响力的一家出版社，也不知稿件的处理情况怎样？"

　　"我有个熟人，她的叔叔就是那家出版社的社长，要不我让她去问问？"

　　"好的，我这次回国来，就想把一些事情都处理了。"

　　"包括我们的订婚仪式吗？"

　　她点点头："是的。"

　　他亲吻了一下她的脸颊："最近写了什么诗？"

　　"对了，在邮轮上时我写了首关于日落的诗，等着我去拿来读给你听。"她走到自己的提箱处，打开取出了那本《诺德布朗德诗选》。

　　她翻了翻却不见了那首诗："我写好后明明就卡在书里的。"随后又在提箱里找，还是不见，于是站起来很是郁闷。

　　特里尔走过去："不是你写的吗？把这些诗句重新写出来，用不着这样忧伤。"

　　"现在要重新拾起句子，已没有了当初的感悟和灵性，哪能说写就写。"她说着心情更为郁闷。

　　特里尔抱住她，给她热烈的吻，想安慰她。可情绪受到破坏的她拒绝了他的亲吻，说自己有些疲惫想早些休息。特里尔尽管心头不悦，也只好作罢。沐浴后，虽睡在同一张床上，却相安无事。

　　刘喆走回自己所住的瓦尔比宾馆，在总台看到了一张丹麦游览的宣传海报。他随手拿了一张，回到客房洗完澡，穿着睡衣坐在沙发上，看着上面的介绍，赫尔辛格小镇的宣传引起了他的注意。他想到在船上那个叫乌斯娅娜的女孩，给他也提到过这个小镇，他决定去这个小镇看看。

第二章 赫尔辛格小镇

一

第二天，刘喆来到中央火车站，购了去赫尔辛格小镇的票。随后上了火车，把行李放到行李架上，坐了下来。一声汽笛声中，火车启动了，很快出了城，奔驰在原野。

通透的蓝天上，飘浮着白色的云朵。阳光下，田畴翻滚着金黄的麦浪，远处则是绿树成林，田间不时有转动的风车出现在视野里。列车像行驶在童话般的世界中。

刘喆从火车的洗手间出来，回自己座位的时候，一个女子将朝着列车外的脸转了回来，正好被刘喆看到。

他不由得惊喜地叫道："是你？"

那人正是乌斯娅娜，她抬起头看见是他，脸由惊讶转为了笑容。

"你坐这趟列车，是去赫尔辛格看你的外祖母吗？"他问道。

她点点头："怎么，你也去那里？"

看到她疑惑的目光，他从身上摸出了那张宣传海报。

她明白了是怎么回事："真不敢相信有这么巧的事。"

"中国人讲究缘分,有缘的人何处不相逢。"他笑了起来,随后他与别人调了座位坐到她的对面,相互聊了起来。

他们用的是中文交谈,引得周边的乘客好奇地看着他们。她说她喜欢中国,喜欢中国的文化。他们聊安徒生,也聊前两年获得诺贝尔奖的中国作家莫言。

傍晚,火车驶进了赫尔辛格小镇,他们提着行李一同下了车。赫尔辛格火车站毗邻码头,虽然不大,但功能齐全,红色的建筑古朴自然,雕塑很有特色。出了车站,他问她能不能推荐一家旅店。她带他去了两家旅店,因是旅游旺季都客满。见他失望无奈的神情,她说外祖母家比较宽敞,如不嫌弃可去那里借宿,只是在镇外。话说到这个地步,他也不好推辞,于是同她前往她外祖母家。

她外祖母住在离小镇一公里多的乡间别墅里,红色琉璃瓦,青色墙体,那是乌斯娅娜外曾祖父留下的房子。

外面是偌大的草坪,有百合丛、玫瑰带,屋前也栽种有开着红、黄、紫颜色的鲜花,那是薰衣草和麝香草。一年四季,鸟鸣婉转,微风轻拂。

这里没有一方泥土她不熟悉。一位极瘦的老妇人坐在门前的椅子上,戴着副老花镜在看着报纸,夕阳照在她略显苍白的脸上。

她奔了上去:"外祖母。"

外祖母移开报纸看见是她,高兴地站起身:"我亲爱的外孙女!"

她拥抱了外祖母。外祖母仔细地端详她,目光慈爱而祥和,她以前就注意到了,而这一次格外明显。

外祖母赞赏道:"你的气色看来不错,不过肤色黄了一些。"

"我想是在俄罗斯晒的吧!"乌斯娅娜道。

这时她外祖母发现了不远处的刘喆:"这位……"

"他叫刘喆,是一个中国人。"

刘喆上前:"外祖母好!"

外祖母以为是她带的男朋友,非常高兴:"我就知道,你会带男朋友回来看我的,中国小伙好!"外祖母脸上露出了笑容,扭头对她说,"看到你有了男朋友,就快成家了,我死也瞑目了。"

她本想给外祖母说他仅是在旅途中认识的,来此也只是借宿而已,听外祖母这样一说也就不便点破。刘喆刚想澄清,被她故意悄悄踩了一脚,要他把行李先拿进屋里。不明就里的他只好将自己的和她的行李提进了屋。

屋里有一间宽敞的厅堂,一间精美的起居室,一间摆满书籍的书房,一间摆放有椭圆形餐桌的小型餐厅,一间由原来的储物间改造的厨房,还有两间客房,其中一间由一个黑人女佣住,她照顾乌斯娅娜外祖母的日常起居。这天女佣家里有事请假回去了,要几天后才能回来。

乌斯娅娜很喜欢这幢老房子,她童年就是在这里度过的,读中学时才离开这里去了哥本哈根。那时候这幢乡间别墅充满了欢乐,她的外祖父还在,是一位音乐家,屋里时时充满了歌声。

乌斯娅娜和外祖母有聊不完的话,由于女佣不在,晚餐刘喆自告奋勇说他来做。做菜他可地道,他父亲以前做过五星级宾馆的大厨,中西餐都在行,他从小耳濡目染也学了七八分。他父亲希望子承父业,说是天旱饿不死手艺人。可他偏偏进了音乐学院,学的是作曲,他父亲说作曲不能当饭吃,提起这至今仍耿耿于怀。

他下厨做了中国口味的西红柿炒鸡蛋,还做了一道川菜宫保鸡丁,也做了西式的牛排,还有三文鱼。

厅堂里的外祖母看着在厨房手脚麻利的刘喆,满意地对乌斯娅娜道:"这小伙长得挺精神的,做事也利索,告诉外祖母他是做什么的?"

"跟外祖父一样是个作曲家。"

"哦!"听说刘喆也是作曲的,她外祖母特别高兴,"乌斯娅娜,想不到你找了个中国小伙,还是个作曲的,你真有眼光。"

她笑了笑，怕她外祖母多问就露馅了，起身道："我去厨房看看，有什么需要帮忙的。"

她走进厨房，刘喆看了看外面，压低声音："为什么不让我把我们的关系说清楚。"

乌斯娅娜抱歉道："我答应外祖母带回男朋友的，失言尽管事出有因，但刚才的情形我不忍心让已身患绝症的外祖母伤心。"

"你不忍心就让我来一起骗你外祖母？"

乌斯娅娜的眼神暗淡下去："这是一个善意的谎言，我已不是小姑娘了，还让外祖母为我的婚事操心，我于心不忍。"

刘喆无语。

"好了，是我不好得了吧，可事已至此你得配合我把戏演下去，算我求你了。"她的请求是真诚的。

刘喆无奈地点点头。

晚餐的气氛格外温馨。

外祖母吃着刘喆做的菜，对他的厨艺大加赞赏，用英语道："好久没有吃到过中国口味的菜了，上次吃还是二十年前，是同乌斯娅娜的外祖父一块去北京时吃的，吃到川菜更是第一次。"

"外祖母去过中国？"刘喆问。

"我外祖母呀对中国的印象可好了，我去中国留学就是她积极支持的。"

"中国是个文明古国，故宫、长城，我们还去了西安，参观了兵马俑，只可惜她外祖父去世得早。"谈到她外祖父，外祖母既高兴又有些哀伤。

乌斯娅娜岔开了话题："外祖母，我有本诗集很快就会出版。"

"好、好！我的外孙女可是特别有才气的女孩，小时候呀就特别喜欢读诗。"外祖母非常高兴，把脸扭向刘喆，"你读过她的诗没有？"

作为恋人哪有不读自己女友诗的道理，他点头："她的诗的确写得很好，我很喜欢。"

"那你喜欢他的哪首呢？"

他略显尴尬，乌斯娅娜也显得紧张。

她外祖母看着他，眼里的意思是你不会记不了吧？

他想起了她在船上写的诗，于是回答道："是那首叫《日落》的诗，写得真不错。"

"哦！"她外祖母看着她。

"是的，那是我几天前才写的，不过……"她掉过目光不解地看着他，心想你怎么知道的？

看着乌斯娅娜的表情，外祖母也有些生疑，对他说道："你能朗诵给我听听吗？"

乌斯娅娜更为紧张了，解围道："他不过看过而已，哪能记得。"

外祖母显得有些失望，看了看他又看了看乌斯娅娜，低头吃饭。

乌斯娅娜的神情也颇显无奈。接下来的气氛有些沉闷。

吃过饭后，刘喆站了起来，对外祖母说道："我看见书房里有台钢琴，我能用用吗？"

她外祖母不解地看着他。

刘喆："我想把她的那首诗演唱给您听，可以吗？"

"当然行啦！"外祖母高兴道。

乌斯娅娜脸上充满疑惑。刘喆进了书房，外祖母也在乌斯娅娜的搀扶下来到书房，坐了下来。

刘喆打开琴盖，滑动琴键，发出一串音符后，他开始了边弹边唱：

浩瀚的大海
日落地平
霞光映红天际
映着我红润的脸庞

我追随太阳
追随心爱的人
直到天涯海角

乌斯娅娜在惊讶过后，也随着节拍与他唱和起来：

明天的太阳
依旧升起
阳光照耀大地
照耀我孤寂的心田
我追随太阳
追随心爱的人
直到海枯石烂

坐在扶手椅上的外祖母，把头靠在靠背上，微闭双眼，用手在扶手上随着音乐敲击着节拍，一副十分享受的样子。刘喆唱完后外祖母和乌斯娅娜都很激动，乌斯娅娜眼里含着泪光，但不明白刘喆何时看过她的诗，更想不到他竟谱成了曲。

外祖母搂着她道："孩子，这才叫爱情。我仿佛看到了当年我和你外祖父的影子，看得出来他对你很好，祝福你，孩子！"

二

夜已宁静，月光如水般漫过别墅外面的草坪，有昆虫在树枝草丛中鸣叫。乌斯娅娜的外祖母已睡，他和乌斯娅娜屈腿坐在草坪上。

她看着他，闪动着那双明亮的眸子："你什么时候看过我的那首诗？"

他便讲了在船上发生的事。她笑了，说想不到这首诗还替他们解了围。他对她的诗大加赞赏。

　　她说她喜欢写诗，是源于外祖父。早年时她便在这里快乐成长，在青草地上嬉戏，在麦田里拾麦穗，在大海边捡贝壳……外祖父不但给她讲安徒生的童话，还给她读了很多诗。

　　她的手机响了，她从衣兜里拿出手机，对他歉意地笑笑。他作了个请随意的手势，表示自己不会介意。电话是她男朋友特里尔打来的，问她外祖母的身体状况，她回答说还算好，谢谢他的关心。特里尔为不能陪她来小镇看望她外祖母，再次表达了歉意。

　　特里尔是在公寓里用座机给乌斯娅娜打的电话，他用下巴夹着话筒，两只手在翻阅车展活动的布置效果图，看得出来是档次很高的基调。

　　特里尔："下个月我们的订婚仪式，已经安排妥当。"

　　草坪上的乌斯娅娜："具体什么时间？好的。"她合上了手机。

　　"是你男朋友？"刘喆猜测道。

　　她点点头。

　　"他做什么的？"

　　"他有一家自己的公司，做汽车销售。"

　　"他很爱你？"

　　她想了想点点头，双掌托着腮帮："应该是爱的吧。"

　　"怎么这样回答？"他看着她。

　　"如果不爱，他怎么会在哥本哈根的闹市区买了房，构筑我们的爱巢。电话里他还说下月二十六号的下午，在哥本哈根皇冠假日酒店，举行订婚仪式。"

　　"你也很爱他吧？"

　　她笑了笑没有正面回答："也就那样吧，六年了，一场马拉松式的恋爱。"

　　"从时间来看，倒是不短了，不过很快就修成正果了。"

　　"别光说我了，你结婚了吗？"她问。

　　他摇摇头。

"女朋友是哪的？"

他一声叹息："分手了。"

她看着他："能谈谈吗？"

"她是一位歌手，以前唱我的歌一炮走红。近两年我没有新歌给她，她也逐渐沉寂下来，不久前我们分了手，她跟了一个经纪公司的老总。"

"你出来旅游，也因她的缘故吧？"

乌斯娅娜的问话把他的时空拉回到了一个月前。

这天是阿丹的生日，为了给她一个惊喜，刘喆从外地赶了回来。

他去到路边的一处花店，店里摆满了各种鲜花。

卖花的是一位可爱的姑娘，热情地问道："先生，你想买什么花？"

"我女朋友今天的生日，你能推荐一下吗？"

"当然是红玫瑰了。"

"每年都送的是红玫瑰。"他似乎想换一种花。

"她是做什么的？"卖花的女孩问。

"唱歌的。"

"是歌星呀！很漂亮是吗？"

他点点头。

"那就买束满天星吧？预祝你女朋友也像天山的星星一样闪亮。"

刘喆想了想："行，就买束满天星。"

姑娘给他把花包好，他接过，付了钱，走向阿丹的公寓。不久前，经纪公司给了她一套公寓。

公寓里马涛举着红酒杯要与阿丹碰杯，几杯酒下来阿丹的脸已发红。

"酒我不能再喝，头有些晕了。"阿丹手捂着头道。

马涛独自把杯中酒喝了下去，随后死死地盯着阿丹："你真美！"

阿丹避开他的目光侧过脸去。

马涛放下手中的杯子，搬过她的肩膀，用嘴去亲吻她的唇。

她竭力躲避。

马涛："你要是从了我，我不但给你出碟，还给你开个人全国巡回演唱会。"

阿丹疑惑地看着他。

"我说话算话。"马涛又把她强行搂在怀里，将手伸进了她的衣襟。

这时门外响起了敲门声。

阿丹把马涛推开，警惕地盯着房门。

门外又响起了敲门声，阿丹起身走到门口，从猫眼往外瞧，看见是刘喆站在门口，她一时慌了。

她急忙回转身压低声音对马涛说："是刘喆，你快躲一下。"

马涛也有些慌乱，不知该躲在哪里。

阿丹连忙把他拉进卧室，打开衣柜让他快躲进去。自己随后回到客厅，整理了一下凌乱的衣服，朝门口走去。她看到了桌上的两个酒杯，连忙折回身将其中一个拿起，放了几处都感觉不合适。

刘喆手拿鲜花在门外似乎听见了屋里的动静，喊道："阿丹，你在屋里吗？"

屋里的阿丹把手中的酒杯，连忙放到写字台台灯的后面。不仔细看不会察觉，这才走到门前开了门。

"搞什么呢？这么半天才开门？"刘喆走了进来。

"你不是有事去了外地吗？"

刘喆从身后拿出满天星鲜花："生日快乐！"

"谢谢！"阿丹知道他是为自己的生日赶回，有些许的感动，但她更担心的是害怕刘喆发现马涛在屋里。

刘喆进到客厅，发现了桌上的一个酒杯和红酒瓶。

"哟，一人独酌，还蛮有情调的。"刘喆道。

阿丹走过来掩饰道："过生嘛，随便喝一点。"

他将手中的鲜花放在写字台上，摆弄着花叶。

阿丹非常紧张，怕他看见了另一个酒杯，忙过来拉刘喆："既然你赶回来给我庆生，就来陪我喝一杯吧！"

刘喆去到厨房拿了一个酒杯出来，在桌前坐了下来。他为自己倒了杯酒，举杯要与阿丹碰杯。

阿丹捧了捧自己的脸："我已喝了几杯，不能再喝了。"

刘喆只好自己喝了下去。

坐了一会儿，阿丹："我头晕想早点休息。"

"那我扶你去卧室。"刘喆站了起来。

"不！"阿丹失态地叫了起来。

刘喆奇怪地看着她。

她把担忧的目光，投向了写字台上的那只酒杯方向。

刘喆顺着她的目光看去，虽然视线被那束鲜花挡住，但旁边的一面装饰镜折射出了那个马涛用过的酒杯。他又将目光投向只有小半瓶了的红酒，阿丹更为紧张起来。

他侧头看着阿丹："不是一人喝的吧？"

"是、是一位同事，刚才来过。"阿丹紧张得有些结巴。

刘喆怀疑地走到卫生间查看了一下，又瞟了一眼卧室，然后走过去。

阿丹感到自己就快窒息，跟进了卧室。

卧室不大，刘喆扫视了一下。

"你在找什么？"阿丹紧张道。

刘喆将目光投向了衣柜，走上前。

阿丹的心都快提到嗓子眼了。

刘喆的手握住了衣柜把手，阿丹脸露出惊恐和不安。

这时刘喆发现了衣柜门边漏出的一点衣角，看得出是一个男人的。他的眼冒出愤怒的目光，将手掌握成了拳头，他又回头望了一下，看到阿丹绝望而痛苦地闭上双眼。她不知下一秒将发生什么，要是刘喆拉开那扇门，她将无地自容，地下有条缝她也会钻进去，此时连死的心都有了。

就在她即将崩溃时，一只手在她肩头拍了一下。她一惊悸，身子一哆嗦，睁眼一看是刘喆严肃地看着她。

"刘喆，我、我……"她有些语无伦次。

"你看来真有些醉了，早点休息吧，我也刚回来，还有些事情要处理。"说罢出了卧室。

阿丹还没有来得及反应，只听得房门砰一声巨响，阿丹又一惊悸。但她庆幸刘喆没有发现马涛，否则一切都变得不可收拾。她走到衣柜前手伸向门把，这时她看见了门把旁的衣角，她知道已充满怀疑的刘喆，不可能没有看见。顿时她明白了不是刘喆没有发现，而是他给她保全了面子。她闭起眼睛，一行清泪潸然而下。

刘喆和赵东在工作室的露天阳台喝着茶。

事业和爱情的不顺，令刘喆闷闷不乐。

赵东："人的创作有高峰和低谷，这很正常，你也不要有太多压力。"

"是呀，我也这样认为，所以我准备去趟欧洲，那里的音乐有很多经典之作，我想有所学习借鉴。"

赵东点点头："出去散散心也好，我知道你近来不顺心的事不少，听说你跟阿丹出状况了？"

回想到这，他于是对乌斯娅娜道："出来旅游，有她的缘故，但不是全部，我想寻找些灵感。"

"你恨她吗？"

"从两个相爱人的角度说当然恨她，但我能理解她。"

她不明白地看着他。

"我是说她作为一个歌手，为了她自身的前途考虑，有作出选择的权利。"

她伸出手握住他:"你很善良。"

夜色已晚,他们回到屋里准备休息。

她先去浴室洗浴,他则坐在椅子上,看着电视上的一档体育节目。

她躺在浴池里,很是惬意。丰满迷人的乳房随着沐浴液泡的蠕动时隐时现。洗完后她出了浴缸,穿上睡裙走了出去。

一股清新的茉莉沐浴液香味,夹杂着女人的芬芳,向看电视的刘喆袭来。

他扭头见从浴室里出来的她,穿着一件白色精美的维多利亚式睡裙,满身褶子、绣花、蕾丝和大摆裙。金色的长发湿漉漉地飘于胸前,漂亮妩媚的脸蛋,因刚洗浴的缘故更为红润。

她走过来:"在看什么呢?"

他的呼吸明显急促起来:"我、我也去洗了,好休息。"他逃往了浴室。

洗着淋浴的他,想着来丹麦的奇遇,自己不但住进了乌斯娅娜外祖母家,还扮起了她的未婚夫,恍若梦境。

洗完后他穿着睡衣来到厅堂,乌斯娅娜已进了房间。他准备睡在沙发上,路过她的卧室,她开门把他拉了进去,然后把门关上。

他的心一阵狂跳:"我、我还是睡外面客厅的好。"他要拉开门出去。

她又把他拉了回来:"你想让我外祖母一大早起来看到你睡在那里,然后指责我们骗她吗?"

他慌乱道:"你们外国的姑娘就是大方,可你、你是快订婚的人了。"

她笑了,知道他误会了:"你想什么呢?"指了指刚铺好的地铺,"这得委屈你了。"

他抠了抠脑袋笑了,随后躺了下去:"很好,挺舒服的。"

她上了自己的床，对他道：“晚上你可得老实点。”

“你放心吧，我可是柳下惠。”

“柳下惠？”她盯着他。

他用英语补充道：“是中国古代的一位圣人，能做到美女坐怀而不乱。”

她用中文道：“就是说是正人君子。”

“对，正人君子。”

她盯着他：“你是正人君子？”

他自嘲道：“对，我难道不是吗？”

她熄了灯，四周一片漆黑，外面的昆鸟还在不知疲倦地唧唧叫着。夜间还飘起了雨，丹麦属于温带海洋性气候，夏天的雨水非常充沛，说来就来，雨滴打在外面的花叶上簌簌作响，

“你的老家在中国哪里？”她问。

“在四川的雅安，听说过吗？”

“没有。”

“我们那里是熊猫栖息的地方。”

“熊猫，我好喜欢！在北京读书时，我还时常去动物园看熊猫呢。”

“你说，我们这样瞒着你外祖母，她要是知道了真相，会不会很生气呀？”他担忧道。

“只有走一步算一步了，你没有看见她今天很开心吗？”

他们正聊着，门外客厅的灯亮了，传来外祖母的声音：“乌斯娅娜，我忘了给你们拿驱蚊器了，我这就给你们拿去。”

乌斯娅娜按亮壁灯，对刘喆示意让他赶快把地铺收起来。

刘喆连忙起身，手忙脚乱地把地铺塞进身后的衣柜。

乌斯娅娜压低声音：“睡到床上来。”

他还有些犹疑没有动。

门外外祖母的脚步声走近了，乌斯娅娜急切道：“快！”

他只得上了床，乌斯娅娜把被子给他刚盖上，外祖母扭动房门走了进来。看到他们睡在床头，微笑着把驱蚊器放在桌上，插

入了电源。

"这下好了，安心睡吧！"外祖母走了出去，带上房门。

刘喆又赶忙从床头下来，取出地铺重新铺到地上，睡了下去。

乌斯娅娜熄了灯，很快进入了梦乡，刘喆迷迷糊糊地不知什么时候睡着了。

小镇苏醒得很早，早上四五点钟天就亮了。最先打破清晨宁静的是教堂的钟声。

当他醒来时天已大亮，雨早停了。他看了一眼床上，已无人，她起床了。

他望向窗外，早晨的这个时候，空气特别地清新，天空呈现出柔和的淡蓝色，世间万物似乎都像教堂的钟声一样和谐而安宁。

他穿好衣，把地铺收拾了，这才出到外面。

外祖母在客厅往花瓶中插着鲜花，而乌斯娅娜则围着围裙在厨房做早餐。他给外祖母问了好，然后去到厨房。

"你不多睡会儿？"她道。

"睡好了，再说你和外祖母不都起来了吗？我一个大男人还好意思睡在那里。"

早餐是烤面包和咖啡、牛奶，还有火腿肠、牛肉，以及西红柿、黄瓜切片。

餐桌上她外祖母问他："对这里还习惯吧？"

他点点头："挺好的。"

吃过早餐，乌斯娅娜提了一个竹篮，领他去到一个湖边。

绿树环绕着的湖水，像蓝天那样清澈宁静，波光潋滟。倒映着白云，倒映着树木。只有掠过湖面的翠鸟在水中投下转瞬即逝的掠影，或划过水面荡起的一道道水纹。即或间有树木低垂的枝头在风的作用下，偶尔拍打一下如镜的水面。

岸边有条小船，她带着他上了小船，解开拴船的绳子，将船划向对岸。

"这是要去哪？"他问。

"我们去对岸的林子里采蘑菇。"

他环视四周赞叹："真像生活在童话世界里，难怪安徒生会写出那么多的童话故事。"他看着她，"你知道吗？我可是看着他的童话书长大的。《海的女儿》《卖火柴的小女孩》《皇帝的新装》《丑小鸭》等等，影响着一代又一代的中国孩子。"

她笑道："文学艺术是无国界的，好的作品都会在世界上传播。"

用了不长的时间，她将小船划到了对岸。上了岸，他们进了树林。

林中多为松树和桦树。阳光透过树枝斑驳地洒落在地上，一阵风吹来，落英缤纷。枝头有鸟儿啁啾跳跃，也看见有松鼠在树干上攀爬。昨夜下了些雨，地上长出很多蘑菇。她采着蘑菇，他则张开四肢仰躺在草地上，感受大自然的旋律。采蘑菇的她看着他的模样，会心地笑了。不一会儿她采的蘑菇就将竹篮装满，他们于是朝外走去。

她告诉他，当她写不出新诗时，她就会来到这里，在大自然间寻找灵感。她将未提竹篮的那只手臂伸向天空，用英语朗诵：

　　我们聆听雨后森林的芬芳
　　我们飞翔于脚下的路径
　　沁润的绿色包裹着我们
　　湿漉的树枝触碰着脸颊
　　我们在林间穿行
　　荡漾在碧波里
　　眼做画笔在天幕上涂抹
　　任由内心的召唤驰骋
　　我们感受到了树叶和雨滴
　　还有天空和大海的味道

一种清脆的充满生机的味道
生命孕育在这盎然的季节里

他拍手称赞："真是出口成诗，我记下了，就叫《生命季节》，我要把它谱成乐曲。"

"好呀！"她高兴道。

出了树林，岸边不见了小船，原来船绳没有系牢，船漂了出去。

"这可咋办？"他着急起来。

乌斯娅娜放下竹篮，脱起衣服裤子来。

"你？"就在他不知她要干啥时，她穿着内裤和乳罩已跃入水中，朝漂走的小船游去。

她的游姿很美，不一会儿就游到了船边，翻上了小船，将船划了回来。

他提着竹篮抱着她的衣裤上了船，她又将船划向对岸。

"看你在水中自在舒缓地游着，还以为是美人鱼现身呢！"他道。

她开朗地咯咯笑了起来，朗朗的笑声在水上漂着，回荡在空谷的山水间。

回到乡间别墅，外祖母看见她的模样，用丹麦语问道："你这是怎么了？落水了？"

她笑着用英语道："船没拴稳，漂走了。"

她外祖母意识到刘喆不会丹麦语，也用英语嗔怪道："都快嫁人了，还这么做事不稳当。"看了他一眼，"你别介意，她从小就有些毛手毛脚。"

他笑着用英语道："老人家，我不会介意的！"

乌斯娅娜嗔了他一眼。

外祖母看在眼里，数落她："这孩子，你看小伙多好，你还呲人家。"

他笑得很开心、很开怀。

"不跟你们说，我换洗去了。"乌斯娅娜从他怀里抓过衣裤进了屋。

三

这天午后，乌斯娅娜从车库开出一辆红色敞篷老爷车，说载他到克隆堡宫参观。

莎士比亚的名著《哈姆雷特》，便以此城堡为故事背景，由此后人称该城堡为哈姆雷特城堡。车沿海岸线而行，一路风光旖旎，他开心地吹着口哨。在一个弯道，乌斯娅娜转急了，车尾一甩差点一头扎进海里。

她刹住车，对刘喆歉意道："好久没有开过车了，要不是送你去城堡，还不知什么时候动车呢。"

刘喆大度道："没事，小心点就是。"

乌斯娅娜又启动小车，继续朝前驶去。左侧下方，波罗的海时弯时直，依偎着褐色的海岸线和泛白的海滩。

刘喆打开了车载广播，电台主持人正用职业性的快乐语调介绍丹麦歌剧院的一场热闹演出。他把音量适度调大了一些，是艾格尼丝·奥贝勒演唱的歌曲，他对这位丹麦女作曲家兼歌手的歌曲非常喜欢。素有"音乐才女"之称的艾格尼丝·奥贝勒自幼学习钢琴，之后开始作曲，不满 20 岁就和丹麦制作人艾尔顿·特安德在哥本哈根成立乐队。

在一个十字路口，车停下等红灯。

旁边一驾着保时捷车的年轻小伙，把手搭在坐在副驾驶位的姑娘的脖子上，对她说了些什么，她转头看着他笑了。然后她用手抚摸他的脸颊，朝他俯过身去，亲了一下。

刘喆回身直视前方。车很快通了，车辆陆续朝前驶去。路过一个咖啡屋，乌斯娅娜停了车，下去买了两瓶苏打水上车，递了一瓶给刘喆。他确实感到有些口渴了，拧开盖子，咕噜咕噜喝了几大口。她也喝了几口，这才重新启动车子。

过了不久，车拐向内地离开了海边。当车翻上一座低矮小山后，因地处高处，波罗的海又在身后露了面，他们驶向远处的蓝色平原，接着又跑没影了，隐身于山丘之中。

一小时后，他们来到了克隆堡宫。它坐落在西兰岛的尖端，面朝大海，气势恢宏。屋顶为尖锥形塔顶，具有巴洛克建筑风格。克隆堡宫离哥本哈根100多公里，不少的游客都是自己开着车，或坐着大巴、轮船、火车，乃至骑车来到这里。凡是到丹麦旅游的，多数的人都会前来参观。

乌斯娅娜作为义务向导，对建筑和挂于墙上的油画及其背后的故事给他进行了介绍。在克隆堡宫的庭院中，他们还观看了演出的《哈姆雷特》片段剧。

随后他们来到城堡的炮台上，眼前是厄勒海峡，弯曲的海岸线非常地漂亮，厄勒海峡是连接波罗的海和北海的主要通道，举目东望，海峡对岸便是瑞典的赫尔辛堡市。

而此时在哥本哈根的特里尔，走出了自己公司的大门，一个穿着性感，上身斜领式紫色短袖T恤，下穿米色短裙，戴着墨镜的时髦女子在大门外等着他。

见他出来女子迎了上去："特里尔！"

"雅塔，你怎么来这里了？"他责怪地看着她。

"我怎么就不能来这里了？"那个叫雅塔的女子道。

"左边那条街道上有一家Simoncini Vin餐厅，我们去那。"女子点点头。

他们一前一后拐过街道来到了那家餐厅。餐厅装饰典雅，女服务员把他们让到一个僻静处。

他们坐下，特里尔拿过菜单点了餐。

女服务员先给他们上了柠檬水后离开。

雅塔："你不是要我去问我诗歌出版社的叔叔，那个叫乌斯娅娜的诗人诗集的事吗？"

特里尔点点头："咋样？"

"我叔叔问了负责诗歌的责编，责编认为她的诗不错，准备与她签订出版协议。"

"太好了！"特里尔叫道，抓着她的手，"谢谢你！"

雅塔盯着他："看你那高兴劲，你能告诉我，她是你什么人吗？"

特里尔没有回答她的问话。

"刚才我在你们公司门前等你时，听到你公司员工在议论，说他们的老板下个月将举办订婚仪式，这是真的吗？"雅塔看着他。

特里尔点点头。

"你怎么不早给我说，是想给我惊喜吗？"

特里尔嗫嚅地："对不起，我……"

"咳，没有什么对不起的！现在给我讲也不迟。"

"我要订婚的人不是你。"

雅塔怀疑自己的耳朵听错了："你说什么？"

"我要订婚的人是乌斯娅娜！"

"就是那个要出书的诗人？"雅塔瞪大了眼睛。

特里尔点点头。

"那我算什么，你不是说喜欢我的吗？"雅塔提高了嗓门。

"喜欢的人和要结婚的人往往是错位的。"

"什么意思？"雅塔疑惑地盯着他的眼睛。

"我这样给你说吧，适合做情人的人，不一定适合做妻子。"

"你混蛋！与我一起时，你可不是这样说的？你说你会娶我的。"雅塔又一次提高了嗓子。

他们其实早就好上了，他和乌斯娅娜长期分于两地，耐不住寂寞的他，在热情开放的雅塔攻势下出了轨，他们暗地里便有了往来。雅塔很强势，父亲是外地一家农庄的庄园主，经营着大片的葡萄园。

"哼，不要以为我好欺负，你别忘了她要出版的诗集，可是在我叔叔的出版社。"

他不以为然："你请便，我得告诉你，我们之间的一切结束了！"

雅塔霍地站了起来："哼，你想结束就结束吗？"将桌上的一杯柠檬水，端起泼向他，转身而出，引来餐厅其他人的侧目。

他颇为狼狈地用手抹了一下满脸的水，心想这样的人怎么敢娶回家。

四

北京的街头灯火通明，一家五星级酒店内，阿丹的新碟发布会正在进行。

现场布置非常华丽，阿丹穿着黄底绿花的真丝印花百褶裙，站在主席台的麦克风前，谈了出版新碟的经过和感受。随后是答记者问。

有位男记者问："阿丹小姐，你新出的歌碟走的是时尚流行风格，听起来很炫，是不是改变了以前追求淳朴自然的清新格调。"

她莞尔一笑："作为一名歌手，需要不同的尝试。"

那记者继续追问："这样的改变是出于对艺术的追求，还是为了迎合市场？"

她一时语塞。

马涛在一边走过来，对记者媒体："我们的阿丹是可塑性很强的歌手，只有受到市场欢迎的才会有价值。"

有一位记者插话道："马总，你说的价值是说你的经纪公司才会有钱赚吧？"

人们一阵轻笑。

马涛尴尬了一下，嘿嘿一笑："钱是个好东西，你们不反对吧？"

另有一位女记者道："阿丹小姐，你的新歌碟中，没有一首是作曲家刘喆的，两年前你的歌碟百分之七十是他的作品，是因为你风格的改变他的歌不再适合你？还是出于别的什么考虑？"

她想了想回答："是前者吧！"

另有记者问："刘喆是你的恋人，他写歌你演唱，可说珠联璧合，这在歌坛传为佳话。今天却没有出席你的新歌碟发布会，歌迷心中一定会有疑问，你有什么要说的吗？"

阿丹看了旁边的马涛一眼："这是一个变化的世界，我的装束在变化，我的演唱风格在变化，我只能回答一切皆在变化之中……"

马涛满意她的回答，用手搂住她的肩。

那记者追问："你说的一切皆在变化，包括你和刘喆的恋人关系吗？或者说阿丹小姐是在暗示你跟刘喆已成为过去了吗？"

"我只能回答一切的改变皆有可能，希望大家关注更多的是我的歌，谢谢大家！"阿丹鞠躬后急急退了场。

回到楼上自己的客房，阿丹这才松了口气。

马涛跟了进来关上门，对阿丹："你别跟那帮记者计较，他们就想扒出些什么八卦新闻。"

阿丹低头坐在沙发上，端起一杯凉水咕噜咕噜喝了下去："我没有生气，我出第一张歌碟时他们就是现场报道记者，那时站在我身旁的是刘喆。他们问得没错，说得也没有错。"

马涛："那就让他们报道去，你别担心，负面新闻越多，碟就越好卖。"

阿丹哀怨道："你关心的只有碟。"

马涛高兴地指着她："你回答得也很机智，一切的改变皆有可能。"兴奋地上前抱着她，在她脸上亲吻了一下，还想继续亲热。

阿丹推开他："我有些累了，你先回房吧！"

马涛无趣地往外走，想想又回身："别以为我不知道，你是因记者提到刘喆，又想到他的好了是吧？"

"无聊。"阿丹道。

马涛口气严厉道："我可提醒你，刘喆翻篇了，你懂吗？现在是我在帮助你实现你的歌星梦想。"说罢走了出去。

阿丹关上房门，无力地背靠在门上，眼泪簌簌地流了下来。

乌斯娅娜外祖母家。刘喆在厨房做菜，乌斯娅娜在一旁当下手。

刘喆边做边道："丹麦真是太美了，是艺术家的天堂。"

"你就在丹麦多待一段时间吧。"她道。

这时他的手机响了，他双手切肉丢不开，示意她帮忙从衣兜里拿出。

她伸手拿出手机打开，呈到他的耳边。

电话是赵东打来的："你在哪呢？"

"我在丹麦。"他看了看一旁的乌斯娅娜。

"你跟阿丹正式分手了吗？"

他语塞不知该怎么回答，于是道："出了什么事吗？"

"你打开电脑看看吧，娱乐新闻头条。"赵东挂断了电话。

她放下手机："去看看吧？"

他洗了手回到房间，打开摆在桌上的笔记本电脑。阿丹召开新碟发布会的报道跳了出来。醒目的标题便是："阿丹求变：一切皆有可能"，配着马涛搂着她在发布会上的照片。看完报道，他沉默了。

"你没什么吧？"乌斯娅娜走了过来。

"没、没事。"他掩饰道。

她看到了电脑上报道的照片，结合刚才的那个电话她猜到了几分。

刘喆晚饭吃得很沉闷，晚饭后他们出外在田野间散步。

夕阳散淡地洒在大地上，路径的两旁是青色的草坪，起伏着铺向远方。

外祖母坐在屋外享受着夕阳的温和。

有一个褐颜白发的老者迈克大叔路过，看了看远处散步的刘喆和乌斯娅娜："玛丽太太，跟你外孙女一起散步的人是谁呀？"

外祖母高兴道："她迈克大叔，是乌斯娅娜的男朋友，一块来小镇看我。"

"是日本人还是韩国人？"

"是中国的小伙，长得可精神了。"

"是你外孙女在中国学习的时候认识的吧？"

"这个我可没问？"

"玛丽太太好福气哦，你外孙女给你找了个中国的外孙女婿。"

刘喆和乌斯娅娜走着，她看到他情绪不好，便道："你能谈谈吗？"

他知道她的所指，说道："她叫阿丹，我们是老乡、同学，一块到成都、北京，为了音乐梦想而打拼。我写歌谱曲，她演唱，在外人的眼里我们已然是一对恋人。两年前出了她演唱的第一张歌碟，可这些并没有使她红起来，后来照片上的那位经纪公司的老总马涛，说要捧红她，她与我就渐行渐远，再也没唱过我写的歌。今天的事你在网上已经看见了。"

她握住了他的手，想给他以安慰。

她的这个动作被远处的外祖母和迈克大叔看见。

迈克大叔："看看，你外孙女他们多恩爱。"

外祖母慈祥地笑了。

夜晚，刘喆躺在地铺上，他并没有真正睡着。月亮已经从远方的树林后面升了起来，月光透过打开的窗户倾泻进来。他辗转反侧，想起了他跟阿丹在一起的情形。

酷热的夏天夜晚，他在阁楼里写着歌，汗水直流。阿丹疼爱地走过来，用湿毛巾擦着他额头的汗珠。

他将谱完曲的部分哼给她听，她非常喜欢，在他的脸颊上亲了一下。

他们一块在成都空瓶子酒吧演唱，下面的座位坐了不少一边品酒一边听歌的青年男女。他们演唱了那首自己谱写的歌，演唱完毕，台下一片掌声，有人上来献上鲜花。

在阿丹公寓楼下的巷子里，夜深人静，灯光昏暗。阿丹还没有回来，他在楼下等候。远处一辆宝马轿车开来，在巷口前停了下来，驾驶室的车门打开，走下马涛，他来到另一侧拉开副驾驶位的车门，把阿丹迎下车后，在她脸颊上亲吻了一下，她与他招手说了声拜拜，朝巷子走来。他痛苦甚至愤怒地注视着他们。

他翻了个身，睡在床上的乌斯娅娜醒了，见他还没有睡着。

她坐起身，看着他："还在想你和阿丹的事吗？"

他点点头："我和她已经彻底结束了。"

"可你还没有完全忘了她，出来也是为了逃避吧？"

"你睡吧，我会没事的。"不知什么时候他才睡去。

他醒来时天刚亮，乌斯娅娜身穿乳白色的肩带式女士内衣坐在梳妆台前，一丝不苟地往身上洒着香奈尔香水。

她从镜子里看到他起床，回过身微笑着看着他："你昨晚没睡好，就多睡一会儿吧。"

他确实还有些犯困，闭上眼又睡了过去。

第三章　被困孤岛

一

　　刘喆再次醒来，天已大亮。他起床后走到外面，客厅无人，桌上有盆才插的向日葵鲜花，花瓶下压着一张字条。他拿起看，是乌斯娅娜留的言，告诉他今天是礼拜天，她和外祖母去了教堂，早餐在微波炉里。他放下字条，洗漱完后，开门走了出去。

　　教堂在小镇的边上，高耸的塔尖上竖有一个十字架，全镇的人都能看到。刘喆不需要问路就能找到，他迈开脚步朝教堂走去。他穿过一片薰衣草和麦子地，绕过一棵桉树来到教堂边，那棵桉树的清香比薰衣草更加馥郁。教堂屋顶闪闪发光，与如火的朝阳交相辉映。

　　他进了教堂的大门，门内有一个扫得干干净净的院子，里面有几丛花朵绽放的灌木。

　　教堂里正在做礼拜，牧师在主持，唱诗班的男孩女孩唱着颂歌，乌斯娅娜和外祖母同不少前来礼拜的人坐在祷告席上。这座教堂虽然不大，无甚名气，无甚地位，却也装饰得金碧辉煌，珠光宝气。

　　他走到教堂门口，听到里面有小孩的唱诗声。他们是用丹麦语唱的《加油耶稣》：

> 每天晚上当我在小床上祈祷
> 想着那个从天上往下看的人
> 我们在地上生活中所有的痛苦
> 每一滴落下的眼泪都会升到天上
> 告诉我一个小男孩永远不可以做的事情
> 怎么可能指望一个这么小的孩子
> 我想只要有爱就可以做很多事情
> 比如安慰一点耶稣
> 加油耶稣你不要担心
> 如果从天上看这个世界不美好
> 有了你的爱就可以梦想
> 就可以拥有一点天堂
> 即使在这下面

刘喆轻轻地走进了教堂，看到镇上不少前来祈祷的人，乌斯娅娜和她外祖母坐在前面的第二排，前来的人都静听着儿童的唱诗：

> 当我在做晨祷
> 为妹妹和爸爸祈祷
> 为在旁边一直支持我的妈妈祈祷
> 她朝我笑　她给我巨大的幸福
> 然后我想所有那些孩子
> 他们不像我一样幸福
> 没有受到关爱　艰难地成长
> 所有这一切对耶稣来说都非常痛苦
> 加油耶稣你不要担心
> 如果从天上看这个世界不美好

　　有了你爱就可以梦想
　　就可以在这下面拥有一点天堂

　　刘喆怕打扰祈祷的人们，悄悄退出了教堂，折向庭院。耳边依然传来儿童唱诗的声音：

　　很重要一个小男孩的祈祷
　　很重要因为他的心里有美好
　　这份美好给主一个微笑
　　这份美好可以拯救世界
　　加油耶稣你不要担心
　　如果从天上看这个世界不美好
　　有了你的爱就可以梦想
　　就可以在这下面拥有一点天堂
　　即使在这下面
　　……

　　他虽然听不懂丹麦语，但旋律依然吸引了他。他抬头望着教堂高高的塔尖直刺云天，有两只海鸥掠过。他收回视线，在教堂的庭院中随意走动，他看到园中的一块石头上，用英文刻着两行字：最长的路，是心灵之路。他颇有感触，把右手放在那块石头上，抚摩着这两行用钻刀戳出的字，慢慢地咀嚼着。
　　教堂里的礼拜仪式完毕，人们朝外走去。乌斯娅娜和外祖母出了教堂门，看到了院中的刘喆。
　　"你怎么来了？"乌斯娅娜走过来高兴地问道。
　　"我来看看。"
　　"我回去了，你们四处走走吧。"外祖母道。
　　他们朝镇上走去。路过一个足球场，虽然这里是小镇，可足球场规范而标准。绿茵茵的草坪上有男孩在踢球，他们于是坐下来观看。

"昨晚你没睡好？"她道。

他点点头："不过翻篇了，一切都过去了。"他轻松道，"对了，你不是说要出版诗集吗？情况怎么样了？"

"这几天应该有消息了。"

"你的诗写得很好，语言和意象都很美，你别担心。"

她笑笑："你接下来有什么计划？"

"我这次来欧洲既是散心，又是寻找创作灵感。"

"你寻找到了吗？"

他点点头："过去为创作而创作，经历了一些事后我才明白，更重要的是一种生命的状态。"他看着她，"你的纯真、率性，对万事万物情感的自然流露，对我都是一种启迪。那天你在树林里的吟唱，我已谱成了曲。"

"哦，这么快！"她高兴道。

他从衣兜里摸出了谱的歌曲递给她。

她接过展开哼了起来，随后赞叹："很美，我外祖母说你是有天赋和才华的中国小伙。"

"你外祖母的身体状况不像是患有绝症的人？"

"她很乐观，"她随后忧伤道，"不过医生说她时日已不多，我要谢谢你给她带来了快乐。"

"是因为我扮做了你的男朋友吗？"

她点点头："当然也不全是，看见她外孙女的男朋友她当然高兴，你的善良和才情也是令她高兴的。"

这时足球场上有一队进球了，进球方的队员欢呼起来。他也跟着兴奋地欢呼起来。

"你喜欢足球？"她问。

他点点头，遗憾道："可我们国内的足球很差劲。"

看完足球已到午餐时间，乌斯娅娜带他来到镇上。街道不宽，两边是商铺，也有不少的咖啡馆和酒吧，都非常有品位。正午的小镇最为生机勃勃，尤其是在这夏天，人们都在咖啡馆和酒吧进进出出，吃午饭喝茶，或者小坐休息。小镇的一切显得很干净清爽和别致，他一下就喜欢上了这座小镇。他也在夜幕渐起的黄昏来过这个小镇街道，他很喜欢这里的黄昏，家家户户灯光绰约，黄昏的气息颇为浓重。

一辆小型的公交车从他们的身边开了过去。她带他来到一家餐厅，餐厅里摆放着粗重的暗色桌椅，桌上盖着厚重的白色桌布。他们要了面包羹，烤肉和水果。席间有一两个乌斯娅娜的熟人和朋友过来给她打招呼，表示很高兴，也很惊讶地看到刘喆和她在一起。刘喆知道自己的一举一动都落入别人注视的目光。

二

丹麦诗歌出版社社长办公室里，布置得很有艺术氛围。社长是个胖胖的中年男人，在看一份文件。

一个四十多岁的编辑人员走进："社长先生，那本乌斯娅娜的诗稿你调来看，已经好几天了……"

社长从桌上的书堆中抽出那本乌斯娅娜的诗稿："你觉得这本诗稿的质量怎样？"

编辑："社长放心，诗稿质量是不错的。您没有什么意见我准备约作者见面，签订出版事宜。"

"我看了，不过还是再放一放吧！"他把诗稿重放回桌上。

"社长，这可是一本不可多得的诗集。"

"你去吧，怎么处理我想好后告诉你。"

编辑离开不久，社长桌上的电话铃响了，他接听是他侄女雅塔打来的。

电话里雅塔："叔叔，我说的搞定了吗？"

"我不知你和这位叫乌斯娅娜的诗人有什么过节，客观说她很有才情，诗写得不错。"

"叔叔，"电话里雅塔娇怨道，"有才情的诗人也不止她一人，可侄女你就只有我这一位。"

社长瞟了一眼桌上的诗稿："你放心，我已把诗稿扣下了。"

话筒里传来他侄女高兴的声音："谢谢叔叔！"

社长把电话挂了，无奈地摇摇头："这个雅塔！"

特里尔穿着米色休闲西服，开车回来，将车停到了车库，然后乘坐电梯上楼。

他掏出手机拨打电话："喂，乌斯娅娜，在干吗呢？"

这时乌斯娅娜和刘喆正从海滨浴场开车回镇上，她开着车用耳麦接着电话："我在回家的路上。"

"订婚仪式我都安排好了，你什么时候回哥本哈根。"

她看了一眼副驾位的刘喆："过几天吧，我也要到出版社去问问诗稿的事。"

"诗稿的事还没消息吗？我请人去问了的。"特里尔打着电话出了电梯。

"还没有呀！"她回答道。

"我让人再去问问。"

"不必了，我回来后自己去。"她在电话里道。

"好吧！"特里尔挂了电话，来到房间门口，用钥匙开了房门。当他进房间后，却发现雅塔穿着睡袍坐在客厅的沙发上。

"你回来了！"她起身挽住他的胳膊。

"我们不是都结束了吗？"

"你可不能说结束就结束，你不是说过喜欢我的吗？"

"理由不是都告诉你了？"特里尔有些不耐烦。

"我知道你是喜欢我的，我能给你带来放松不是吗？"说着她解开浴袍，露出裸露的丰满身体，将特里尔的头裹于她的浴袍下。

特里尔要推开她，她却死死不撒手，被激发起情欲的特里尔，忘情地将她抱起甩在沙发上，然后扑了上去，他们紧紧地缠绵在了一起。

照顾乌斯娅娜外祖母的女佣回来了。她是个丰满的黑人，穿着白短裙，脸庞圆嘟嘟的，黑眼睛非常友善，嘴角带着笑意。

晚饭后，乌斯娅娜的外祖母在看着电视，乌斯娅娜在一旁整理花瓶中的鲜花，刘喆在旁边看着她。

门外突然响起了音乐之声，乌斯娅娜走到窗前一看，二十几个乡亲们来到了外面的草坪上。迈克大叔拉着手风琴，还有拉小提琴和吹着管号的。她高兴地拉着刘喆奔出了门外。

外祖母也来到外面，看到眼前的情形，道："你们这是干什么？"

迈克大叔："乌斯娅娜带了男朋友回来，不单你玛丽大姊高兴，也是镇里人的喜事，我们过来热闹热闹。"

"好、好！"她外祖母非常高兴，对乌斯娅娜道，"去把屋里的钢琴搬出来。"

"好呢！"乌斯娅娜和几个年轻后生去了屋里，将钢琴搬到了外面的草坪。

夕阳把金色的余晖洒在乡间别墅前的草坪上，背景是广袤的绿色田野和蔚蓝色的天空，整个场面就像精美的舞台布景。

她外祖母在钢琴前坐了下来，加入了弹奏，人们在音乐声中欢快地跳了起来。这是一场富有情趣的乡村音乐会，快乐的音符在人们的指尖、脚下、嘴里流淌。

把乡村音乐会推入高潮的是刘喆新谱成的那首《生命季节》，先由刘喆抱着吉他弹唱，随后乌斯娅娜加入，到后来成了人们的合唱：

　　我们聆听雨后森林的芬芳
　　我们飞翔于脚下的路径
　　沁润的绿色包裹着我们
　　湿漉的树枝触碰着脸颊
　　我们在林间穿行
　　荡漾在碧波里
　　眼做画笔在天幕上涂抹

任由内心的召唤驰骋
我们感受到了树叶和雨滴
还有天空和大海的味道
一种清脆的充满生机的味道
生命孕育在这盎然的季节里

快乐的歌声、美妙的旋律在原野、在空中飘荡。

刘喆和乌斯娅娜唱完后，人群中有人用英语道："一对幸福的恋人亲一个。"那人的提议立即受到人们的附和。

刘喆不知如何是好，乌斯娅娜则大方地在他脸颊上亲吻了一下。可人们并不买账，说没有这样亲吻的，他们只好嘴对嘴地重新亲吻了一次才算过关。刘喆用手摸了摸嘴唇，还有些不好意思。先前起哄的那人道："你们中国男人就是没有我们丹麦姑娘开放、大方。"大家又一阵哄笑。

夜深了，人们才意犹未尽地散去。

回到屋里，外祖母非常高兴，抚摩着那架钢琴，对乌斯娅娜道："自从你外祖父走后，我没有再弹钢琴，亲爱的乌斯娅娜，还有刘喆，今天你们使我很开心，谢谢你们！"

离小镇十多海里处有座孤岛叫密西尔岛，上面树木葱郁，落英缤纷，是一座非常美丽的小岛。

乌斯娅娜和刘喆这天划着船前往小岛。季风季节特有的一片片蔚蓝色的天空，透过一团团云彩显露出来。在更加遥远的天际，层层叠叠飘浮着更多的云。

在划行两个多小时后，小岛出现在他们的眼前。阳光照耀下碧绿的海水、洁白的沙滩、飞翔的沙鸥、婷婷的柏树，这一切都令刘喆非常的激动，还未等小船靠岸他便跳了下去，淌着齐小腿深的海水跑到岸上。

乌斯娅娜随后把小船划到岸边，将系船的绳索拴在一个礁石上，这才下了船。

　　他们游历小岛。岛屿虽然美丽，但很多地方都没有路径，刘
喆只好牵着乌斯娅娜而行。一路上她非常开心地咯咯笑着。他们
来到一棵树前，树枝上长着一种野果，乌斯娅娜要上树去采摘，
刘喆劝阻不住，只得在树下望着。乌斯娅娜脱掉鞋子，很快爬上
了树。

　　刘喆笑道："想不到看着如此斯文的你，还有爬树的本领。"

　　乌斯娅娜在树上道："我小时候可野了，男孩爱玩的我也不
落后。"

　　她看到树梢有一个大的果实，于是一只脚踩到树丫上去攀
摘。

　　刘喆在树下喊道："小心！"

　　她伸手够不着那个果子，干脆双脚踩到那枝树丫上。她伸手
刚刚摘下那果实，那枝树丫因承重过大断折了，乌斯娅娜失去支
撑身体往地面坠去。

　　好在树下刘喆有所警惕，见情形不对，张开双手把她接住。
但还是因为冲击的作用，抱着乌斯娅娜的刘喆和她一起滚到了地
上。好在树不高，冲击力也不太强，摔到地上的他们并没有受
伤。

　　停稳后刘喆发现自己仍抱着乌斯娅娜，连忙慌乱地放开她坐
了起来。

　　她则起身淡淡地一笑："多亏了你，不然还不知身体哪里会
被摔坏呢！"

　　随后她将摘下的几个果子，拿到一处淡水处洗净。

　　她走回来，递一个给刘喆："这野果是可以吃的。"自己拿
起一个啃了起来。

　　刘喆把果子送到嘴里咬了一口，有些微酸，倒十分解渴，他
们开心地边走边吃。

　　随后他们换了泳装来到海滩，强烈的阳光穿过云层，照射在
蓝蓝的海水里，细浪哗哗地拍打着银色沙滩。他们走在沙滩上，

感受着脚踩沙子的快乐。随后他们下到海里，相互间追逐嬉戏，并向对方撩拨海水。

游累了他们上岸躺在沙滩上晒着日光浴。乌斯娅娜的腿修长，皮肤白皙，她戴着墨镜仰躺在沙滩上，感受着灼热的阳光。刘喆仰望着天空，波罗的海的暖风，习习地吹拂着他的脸颊。

起初他们还说话聊天，也许是玩疲倦了，先后都睡了过去。

不知过了多久，风向突然变了，刮起西南风。刚才还是晴空万里，从海上吹来热而潮湿的乌云汹涌而来，瞬间飘临他们的头顶，豆大的雨水滴落下来，把他们放在沙滩上的衣服淋湿了，也把他们从睡梦中淋醒了。

他们连忙抱着衣物跑离沙滩，来到一块可以遮雨的岩石后面躲避。本想雨可以很快停下，而后雨过天晴，他们就可以返程了。不想雨一直下着，还刮着旋风，这样的天气是不能划船返回的。直到天黑了雨才停下来，他们不得不考虑在岛上过夜。

乌斯娅娜想给外祖母报个平安，但手机没有信号只得作罢。

夜间天上虽然有月亮，但岛上的气温仍然很低，他们也没有准备过夜的衣物，乌斯娅娜冷得发抖。

刘喆去到树林中，捡了些干树枝架在避风的礁石后，用打火机点燃，烧了两堆篝火。寒冷的情形这才稍有好转，但乌斯娅娜仍然还是感到寒冷。刘喆于是让她靠在自己的身上，抱着她为她取暖。他们睡得迷迷糊糊的，不远处的树上，一只鸟被惊醒了，发出一声惊悸的叫声，也许一条毒蛇正逼近它。刘喆不敢再睡，睁着眼睛警惕地注视着四周，她在他的呵护下睡去。他觉得眼前的这个女孩他之所以喜欢，不仅是因为她的五官精巧，肌肤白皙和头发色泽炫目，而是因为她的品味和修养与众不同。

他转而将目光投向大海的方向，月色苍茫之下，沙滩连绵，掺杂泥土和砾石的沙子闪闪发光。

第二天，天刚蒙蒙亮，他便听见有人在喊。他寻声望去，岛上驶来了一艘机动船。镇子里的十多个人跳下船，在岛上边寻找他们边喊："乌斯娅娜！乌斯娅娜！"原来她外祖母见他们去到岛上一夜未归，非常担心怕出什么意外，给镇上的人说了，于是大伙寻了来。

刘喆摇醒了乌斯娅娜："有人来找我们了！"

醒来的乌斯娅娜也听见了，趁起身挥动双臂："我们在这儿！"

前来寻他们的人听见了应答声奔了过来，他们被接回了小镇。

乌斯娅娜回到镇上后，她的喉咙干得冒烟，鼻子塞住了，无法呼吸，脑子里嗡嗡响。随后竟发起了高烧，觉得天旋地转，无力地躺在床上。

她外祖母叫来了镇上的医生为她诊治。医生为她听了诊，拿了些药，说吃了过几天就会好的。

夜晚，乌斯娅娜吃过药睡了过去。刘喆不放心，怕她晚上病情有什么变化，端了椅子坐在床前，把一只胳膊支在膝盖上，下巴放在手腕上，以一种严肃而深沉的神气端详着睡着的人，祈祷她早日康复。

不知过了多久，她睁开了眼睛，看到床前的他："怎么，你没去睡。"

他笑笑："我看着你呢。"

她很是感动："去睡吧，我不会有事的。"

他这才走到地铺前睡了下去。

刘喆给病中的乌斯娅娜吃药、喂饭，周全地照顾，几天后她就逐渐恢复了。

三

这天迈克大叔来到乌斯娅娜家，在门口喊道："乌斯娅娜！"

乌斯娅娜从屋里出来："迈克大叔，你叫我？"

"你的身体恢复了吗？"

"全好了，谢谢迈克大叔。"

"我们村明天有不少人要去原始村落体验，你们去吗？"

"我们……"乌斯娅娜有些犹豫。

外祖母从屋里出来："去吧，你和刘喆都去吧，让他体验一下我们祖先过的生活。"

"可我怕他过不惯呢。"她道。

刘喆走了出来，高兴道："体验原始村落，好呀，我去！"

"就这样说定了。"迈克大叔又去别处邀约愿意去的人。

第二天，村里二十多个年轻人和中年人，把手表、手机放在家里，穿上发给的专用的简陋、粗糙和宽大的古装，朝一条小路走去。走了两个多小时，进入到位于小山谷谷底，依山窝的形状盖起来的一个破落村寨。前来的每家被分配住进一间低矮阴暗的草棚里。

刘喆和乌斯娅娜进到屋里，房屋四周蜘蛛网遍布，墙根上还有不断长出来的密密麻麻的粒粒硝石，有一股带着咸味的潮气。他们首先开始打扫卫生，折腾了大半天，傍晚时分才收拾得基本可住人。

乌斯娅娜在地上铺上两张草垫当床，回头对看着的刘喆道："你要是不习惯坚持不了，可选择退出。"

"你行，我就行。"刘喆道。

"大家来分配东西了。"迈克大叔在外面喊道。

刘喆和乌斯娅娜走出去，扮演"村长"的迈克大叔，分配给每户人未经加工的谷物和木柴，于是他们开始了丹麦古人的生活。每天鸡鸣即起，劈柴、挑水、烧饭。

清晨可见"村落"中的人背着柳条筐或农具走向村外的地头，农具上的铁活在晨曦中闪闪发光。刘喆看他们的装束，就像古时的武士。大伙还跟迈克大叔学在小河里用木叉叉鱼。

他们来的第四天，遇到晚上下大雨，"全村"的人起来遮盖漏雨的屋顶。还有的村民在旷野中不戴帽子，伸出舌头尝雨水。他们的先人这样做，为的是看看雨水够不够味，能不能使他们的田野更肥沃，草场更茂盛。他们一直忙到后半夜才盖好漏雨的地方，刘喆累得不行，一身泥泞和衣倒在地上就睡了。

翌日，雨过天晴。乌斯娅娜带他来到一条小河边，让他去河里洗了身上的污泥。随后她叫他去到外面，不让有人过来，自己脱了衣服也下到小河里沐浴。

初升的朝阳照在水面，也照在她白皙光润的肌肤上，泛着润泽的光晕。她散开金色的长发垂到水面上，梳洗起来。

在外面望风的刘喆从旁边的树枝上摘下一片叶子，放在嘴里吹奏起来，悦耳的旋律飘到了河里。站在水中的乌斯娅娜回首瞭望了一下声音发出的方向，莞尔一笑又回头洗起头来。

原始、简朴、粗笨的劳动，让人感到生活虽然清苦和劳累，但来这里的人，有种奇特的体验和乐趣。刘喆似乎每天都很开心，忘记了现实生活中的烦恼和忧愁。

傍晚，劈完柴的刘喆回到屋里，从背包里拿出偷偷带来的电脑，想上网看看。乌斯娅娜把电脑给他关上，告诉他来这里就是要体验古代人的生活，要是上网了，体验就前功尽弃，也违反了体验原始村落的规则。他哀求就看一分钟，她严厉道，半分钟都不行。

她还对他戏谑道："看你这一身，一个活脱脱千年前的古人，手中却玩着电脑，不是一件很滑稽的事吗？"

"不只是体验吗？"他厚脸道。

"不行，既然是体验，就必须从形式到内容都一致，这既是游戏规则也是体验的要求。"

他还有些不甘心。

乌斯娅娜坚决道："你要看，我们就去对迈克大叔说我们退出。"

刘喆没有办法只得把电脑收起来："好吧，听你的。"

乌斯娅娜也写诗，不过不是写在笔记本上，而是写在仿古羊皮纸的透明纸张上，写好后卷起来，用红色天鹅绒带子系起来。总之在这里的一切，都尽量得按古时人们的行为来。

暮色已起，山谷上空闪现着一片亮光，带着湿气，显得不清晰。落日在这片亮光上射来道道霞光。

"村落"的坝中，篝火舞会的浓烟已经升起，已能听到奏乐声和姑娘小伙的笑声。奏乐是三个人，一个拉小提琴，一个吹风笛，一个人站在木箱上，用一块鹅卵石敲击着木箱子，算是打拍子。

"村落"的人们围坐三堆篝火载歌载舞，唱些古典的歌。

刘喆和乌斯娅娜与众人一道，跳着他们先人的舞步。刘喆不会，乌斯娅娜便教他。他们一对一，手牵手地跳着。

"对不起，"他由于还很生疏，跳舞中时不时碰着谁，他对周围跳舞的人说，"很抱歉，请原谅。"到了后来，他逐步熟练起来，也就再没撞着人了。

舞会结束后，人们打着火把经过原野，朝大海飞奔。一边跑一边大声地唱着歌，直奔到海岸。在那里大海挡住了狂奔人的去路，大家把快燃尽的火把扔进大海，然后原路返回。

夜晚，刘喆和乌斯娅娜坐在茅屋外，看着天上的星星。

刘喆："古人在一天劳作后，夜晚也会像我们这样仰望星空吧？"

"当然！"乌斯娅娜道。

"你说他们会想些什么呢？"

"古人都是看天吃饭的，当然祈祷风调雨顺，五谷丰登。"

"你说他们期盼男女之间的爱情吗？"

"那时不知有否爱情一说，不过追求美好的事物，钟情于喜欢的对象，应该是伴随人的始终吧？不管是几千年前的先人，还是遥远的未来人。"

刘喆思索片刻点点头。

一周后体验结束，他们回到镇上。

乡间别墅前，外祖母看见他们对刘喆道："中国小伙，没少吃苦头吧？"

刘喆笑道："苦是苦了点，但很有意思，有这样的体验值得，将使我终生难忘。"

"外祖母，要不是我阻拦，他就上网了，哪还有什么体验。"她揭他的底。

刘喆感慨道："这一周的体验很好！我们现代人太浮躁了，不时都该归归零。"

乌斯娅娜笑道："要不是我阻止你，你才不会有这样的感悟呢！"

在朝屋里走去时，刘喆小声对乌斯娅娜道："你还说我呢，你也违反了你说的要形式和内容的一致。"

"我哪里有了？"乌斯娅娜不明白。

"那天你去小河沐浴，为什么要我离开，还帮你望风。要知道古代村落的人才不在意这些呢。"

乌斯娅娜笑着拍打他："你想得美！"

外祖母看着，还以为他们是在亲热，高兴地乐了。

四

初升的阳光融融地从云天上泻下，照在乡间别墅的红色琉璃瓦上，照在屋前青青的草坪上。

这天刘喆和乌斯娅娜将离开小镇，返回哥本哈根，而后各奔东西。

刘喆和她的外祖母站在屋外的草坪上话别。

乌斯娅娜从屋里走出，靠在门框上看着他们。看来刘喆和她的外祖母很谈得来，她不知道以后外祖母知道真相后将是怎样的情形。她也很感激这位素昧平生的中国小伙，在二十几天的相处中，使她非常地放松和开心，看得出外祖母也是非常中意这位"外孙女婿"的。

　　她抬起目光，越过他们放眼望去，朝阳下小镇边上的小教堂，耸立的尖塔折射着阳光，再往远处就是小镇的火车站了，铁轨通往哥本哈根。

　　外祖母看着刘喆："你是好小伙，中国我喜欢。"

　　"有机会欢迎外祖母去中国做客。"

　　"我怕是没有这样的机会了，你和乌斯娅娜记得常来看我，我就满足了。"她外祖母说罢接连几声咳嗽。

　　刘喆连忙给她捶了几下背，这才缓过来，看来她外祖母的病不轻。

　　该到离开的时间了，返回屋里的乌斯娅娜拎着他们收拾好的两个行李，从屋里走了出来："刘喆，火车就快来了，我们该走了。"

　　"哎——"刘喆接过她手中自己的行李箱，乌斯娅娜给外祖母一个拥抱，眼含不舍的泪花。

　　外祖母慈祥道："傻孩子，外祖母这不是好好的吗？可不许掉眼泪！"

　　"嗯。"乌斯娅娜点点头，将在眼眶里打转的泪水强忍了下去。

　　外祖母转向刘喆道："谢谢你来看望我。"

　　"有机会我还会来的。"刘喆不知怎么就说出了这句话，话一出口他知道这也许是无法兑现的承诺，但这是他此时情感的真实流露。

　　外祖母对他的话略微愣了一下。

　　乌斯娅娜掩饰道："他是说只要有空了，他就会来的。"

　　外祖母的脸上又露出慈祥的笑脸。

　　身体壮硕的黑人女佣手中拿着一本手稿，从屋里出来走到她外祖母跟前递过："夫人，这是你要的。"

　　外祖母接过手稿书，对刘喆道："乌斯娅娜外祖父生前作曲的心得，他都记载在这上面了，希望能给你有所帮助。"

　　"这太珍贵了，我不能要。"刘喆连忙道。

"拿着吧，放在我这里也就是个纪念，对你也许会有所帮助。"外祖母把手稿递给他。

"你就收下吧。"乌斯娅娜也在一旁道。

他这才接过手稿："谢谢。"

外祖母再次与他们拥抱告别，他们走远了外祖母仍站在屋前，直至目送他们消失在远处的道路上。

哥本哈根城中，雅塔的屋里布置得非常的豪华，充满着奢靡之气。

特里尔在雅塔的屋里看着书。

雅塔穿着短裙，露出乳沟的低领衫，性感地走到他跟前，将他的书从手中抽走。

"你！"他似乎有些生气。

雅塔一屁股坐到了他的腿上，对他亲吻起来，开初他还躲闪，后来被她撩拨得受不了，也热烈地回吻着她，叫道："你真是个尤物！"说罢一把把她抱了起来，朝卧室奔去。

从赫尔辛格开出的火车朝着哥本哈根驶去。沿途的山峰，已染上了一片暗红和深黄的秋色。

刘喆朝坐在对面窗边的乌斯娅娜感慨道："你外祖母是个很好的老太太，可我们却在欺骗她，想到这我就很不安。"

她用手握住他桌上的手，安慰他："这给她带来了快乐不是吗？"

他点点头。

"你接下来的行程怎么安排的？"

"也没有什么具体的计划，我这是在漫游欧洲。需要在哪些地方待多长时间，我也说不准，这也需要人缘地缘，不是吗？比如在这赫尔辛格小镇就待了近一个月。"

她点点头："是的。人生看来是有轨迹的，这就是人们常说的人生规划。可在突然的外力作用下，会做无规则的运动。人生的走向其实也是难以把握的。"

"我们中国人有句话叫人生无常，不过两个月后，冬季来临时我会去挪威奥斯陆特吕希尔小镇的高山雪场。"

"你喜欢滑雪运动？"她看着他。

"高山滑雪刺激和惊险，我很喜欢。"他道。

火车朝前奔去，她将目光投向窗外。

外面的山丘、田畴、树林在快速往后倒去。

他则看着她的侧面，心头掠过一丝难舍的情愫，但很快他将这种情愫压了下去。

乌斯娅娜对刘喆也有强烈的好感。在与他所待的日子里她感觉非常好，不论是在外郊游，还是在家聊天，抑或阴沉的天空，绵绵的雨丝都不能丝毫影响她愉悦的心情。在她身体中仿佛有一股涓涓甘泉源源不断地涌出，使她始终保持着清新和欢快的感觉。

火车到达哥本哈根已是傍晚，刘喆拉着行李箱和乌斯娅娜随着人流出了站口。有人在喊乌斯娅娜，他们循声望去，是乌斯娅娜的男朋友特里尔。

特里尔迎了过来，乌斯娅娜给他们作了介绍："这是刘喆，中国来的作曲家，来丹麦采风游览的……这是特里尔。"

刘喆友好地伸出手："你好！"特里尔则礼节性地握了一下他的手。

特里尔对乌斯娅娜指着一个方向道："我们去那，车停在那边。"

乌斯娅娜扭头对刘喆："去哪里？我们送送你。"

刘喆笑笑："不用，我还住瓦尔比宾馆，打的过去挺方便的。"

乌斯娅娜被特里尔拥着走出没两步，回身快步来到还站在那里的刘喆身边，两眼凝视着他，几分不舍几分感激地："谢谢你在小镇为我所做的一切！"

刘喆："要谢的可是你，让我知道了很多作为游客是无法体验的生活。"

"这月二十六号是我订婚的日子，希望你能来。"她用殷切的目光注视着他。

刘喆看了看不远处她男朋友特里尔，不知该是答应还是不答应。

"我们快走吧？车可不能在那里停久了。"

"哎，这就来！"乌斯娅娜应答着，挥手与他告别。

他也挥了挥手。

乌斯娅娜被特里尔拥着走向停车的地方，直到她的背影消失，刘喆这才招手坐上出租车，前往瓦尔比宾馆。

特里尔开着车，乌斯娅娜在副驾驶座位上看着街景。

特里尔看似不经意间地问道："那个中国来的叫刘什么？"

"刘喆。"乌斯娅娜回过头。

"对，刘喆，你跟他很熟了吧？"

乌斯娅娜点点头："一个很不错的中国小伙，很有作曲天赋，把我的两首诗都谱成了曲。"

"哦，是吗？"特里尔道，转过方向盘，朝公寓的方向开去。

刘喆来到瓦尔比宾馆，安顿下来。他为自己冲泡了一杯咖啡，坐到写字台前，打开电脑，处理了几封国内的电子邮件。然后他走到阳台向外眺望，落日的余晖照射着大地，阿美琳堡王宫的青色坡面屋顶反射出炫目的光芒。他转过视线看着腓特烈堡公园，草坪青翠欲滴。他出了宾馆去到外面散步。

他来到著名的杰芬喷泉，它是由丹麦雕塑家昂拉斯·蓬高根据西兰岛的传说，花费十年时间于 1908 年塑造完成的。一个发辫飞扬的女神，左手扶犁，右手挥鞭，赶着四头神牛在奋力耕作，水从铜像的牛鼻和犁铧间喷射而出。阳光在喷泉中跳跃，呈现出光和水交相辉映的美妙景色。

过了杰芬喷泉，他走上海边的长堤，不出三百米远便是举世闻名的美人鱼雕像。雕像没有他想象中的壮观，远看这个人身鱼尾的美人鱼，她坐在一块大的花岗石上，恬静娴雅、悠然自得。走近端详，看到的却是一个神情忧郁、冥思苦想的少女。它是根据安徒生童话《海的女儿》雕塑的。

夕阳下的大海依然美丽壮观，有白色的游艇和红色的帆船游弋在海面。刘喆此时的心却颇有几分失落，邂逅乌斯娅娜，赫尔辛格小镇所经历的一切，就像是一个美丽的童话之梦，而乌斯娅娜则是梦中的白雪公主。人从梦中醒来，容易失落，何况他是从美丽的童话故事里醒来，失落感就更不用说了。他伸了伸手，摇了摇头，想要把自己从梦中唤醒。

太阳落到了海平面下，取而代之的是朦胧的月色。

夜幕中，他坐在海边看海。半轮明月高挂在大海的上空，海滩上的人影逐渐稀少，海的边缘，有一群青年和着吉他唱着歌儿，弹吉他的姑娘坐在一块礁石上，他有了片刻的恍惚，以为那人是乌斯娅娜。

回到公寓的乌斯娅娜，此时双手怀抱着站在阳台上。

楼下的大街，是亮着车灯川流不息的车辆和匆匆行走的人们。随后她把目光移向夜空，那里是一片变换着的云层。她淡然的神情中，略带有一丝忧郁和伤感的情绪。

特里尔来到阳台，从后面抱住她，想跟她进一步地亲热，她却轻轻地搬开他的手。

"你怎么了？"特里尔看着她。

"坐了火车，有些不舒服。"说罢她回到了屋里。

特里尔显得有些不满，从口袋中摸出香烟盒，抽出一支叼在嘴上，弯下身躯点着了烟。在半明半暗的阳台上，打火机的光亮照亮了他露出一丝轻蔑的嘴和充满怨气的脸。

第四章　酒吧奇遇

一

阿丹出了新碟后，马涛说要庆贺一下，带她去云南旅游。她虽然不想去，但也不好驳了他面子，以后在歌坛的发展还要靠他。而且他还答应给她开个全国巡回演唱会，这是令多少歌星梦寐以求的事。

他们先去的大理，游览了苍山洱海，也去了三塔寺和蝴蝶泉。后来又到了丽江古城。丽江她是来过的，是三年前跟刘喆一块来的，那时他们玩得很开心，在一米阳光酒吧听歌，也上去唱两首，赢得阵阵喝彩。在小食店品味当地的风味食品，逛累了她便要刘喆背着他走回住宿的民居。那时他们没有多少钱，不能住豪华宾馆，不能进高档餐厅，但他们玩得非常地开心，快乐地感受着这里的阳光和空气。

这次出来住的是五星级酒店，吃的是山珍海味，可她却高兴不起来，更不要说快乐了。行走在古城，空气中仿佛还弥漫着那时她和刘喆的气息，这样一来就毫无了游兴，显得并不开心。马涛问她怎么了，她以身体不舒服搪塞。当然真实的原因马涛是不懂得也是不知道的，在他的眼里，阿丹就是一个贪图名誉、享受富贵的女子，只要给她出名的机会和大把的钞票，就是他的囊中之物，跟别的想出名的歌星没有什么两样。在一些方面阿丹确也如此，为了发展和成名她不就放弃了刘喆吗？可当这一切似乎唾手可得时，她却快乐不起来，怀念起跟刘喆在一起打拼时，虽苦但快乐的日子。她不知道自己究竟想要什么，内心感到一片茫然和空虚。

他们从云南回到北京后，从各地反馈的信息，阿丹新出的歌碟，不但没有出现轰动效应，反而有评论道，追求表面的炫幻，但却失去了以往的真诚。

在马涛的办公室，阿丹看着报纸上的这些报道很气愤，也很郁闷。

马涛走过去安慰："别管上面的胡说八道，今晚我请几家报社和网站的朋友吃饭，让他们好好吹捧吹捧。"

阿丹没有表态，拎着包走出了办公室。阿丹是个聪明的女孩，难道她不知报上的评论是中肯的。可是如今的社会谁还在乎你歌曲表达的情感和寓意，演唱者抵达人内心的演唱风格呢？都在以生活很累为托词，追求一种浮华的放松。歌坛如此，影坛难道也不是这样吗？有几部影片是精品力作？炫富追求物质享受，不讲艺术不被看好的烂片反而有很好的票房收入。现在能花钱买碟的都是年轻人，他们才不跟你玩深沉呢。她这样负气地想着，下到楼下步入大街。

马涛端着茶杯，在办公室的窗户中面无表情地看着走出去的阿丹。

女秘书走了进来："马总，请媒体的晚宴已经安排好了。"

他回过身："好的，还有给阿丹开个人全国巡回演唱会的事也要抓紧落实。"

女秘书还没有走。

"还有事吗？"他问。

女秘书："看来马总打造阿丹真是不遗余力。"

"我有吗？"他看着女秘书，把茶杯放回桌上，正言道，

"对阿丹的事不许再议论，去吧！"

女秘书走了出去。

他在阿丹身上下功夫，既是看到她的演唱潜质，更是垂涎她的美貌，得到如此佳人，花几个钱算得了什么！男人挣钱不就是让女人花的吗？他这样想着。

哥本哈根的一条大街上，身着蓝色长裤，黑色上衣的乌斯娅娜，走进了她投稿的诗歌出版社。

她看见有位先生走在过道上，于是上前询问："请问诗歌编辑室在哪？"

那人指了指当头的一间办公室。

"谢谢！"她朝那间办公室走去。

这是一间开间很大的办公室，有四张办公桌，其中两张人离开了。靠门边的有位女编辑在看诗稿，后面左边的一位在电脑上操作着。

她在开着的门上轻轻敲了敲，门边的女编辑抬起头："小姐，你找谁？"

她露出了微笑："我叫乌斯娅娜，想来问问有关我诗稿的事。"

听他这样一说，后面操作电脑的男编辑从电脑后伸出头来，他正是负责处理她诗稿的那位编辑。

男编辑："你就是乌斯娅娜？"

她点点头。

"进来，快坐！"男编辑招呼她在他旁边坐了下来。

"请问，我寄来的诗稿你们看了吗？"她问。

男编辑点点头："看了。"

"怎么样？能出版吗？"

男编辑："编辑室把你的诗稿列为了出版项目，可报上去在社长那里卡住了。"

"卡住了？什么意思？"

"就是说发不出来。"

"为什么？是我写得不够好吗？"

"不能发出的原因很多，但不能代表你的诗就不好。"男编辑随后找出她的一叠诗稿递给她，"你来了正好，我正要给你寄回呢。"

她接过诗稿，情绪低落地起身，出了诗歌编辑室。

她来到大厅朝外走，男编辑追了出来对她道："我认为你的诗写得很好，千万别放弃。"看了看四周无人，"我建议你可改投别的出版社。"

她苦涩地道了谢，回身而走，与从门外推门而进的雅塔差点撞个满怀。

"对不起！"她连忙表示歉意。

雅塔穿着吊带的灰色筒裙，领口开得较低，露出一截挺拔的乳胸。看了她一眼，不以为然地走了进去。

雅塔来到她叔叔的社长办公室，她叔叔惊讶："你怎么来了？"

"我想来问问，乌斯娅娜的诗稿最终怎么处理的？"

"我已让编辑退稿了。"

雅塔高兴道："太好了！"

"不过我想问问，这是为什么？你知道吗？我这样做也许会毁了一个很有前程的年轻诗人。"

"难道你就不怕毁了你侄女的终身幸福？"

"这跟你的终身幸福有啥关系？"

"好了，叔叔你别问了，我走了。"她旋风般地离去。

她叔叔看着他的背影摇摇头。

傍晚，乌斯娅娜和特里尔走在海堤上，有的船只停靠在岸边，也有的游弋在海上，海鸥在空中自由自在地飞翔。

海风吹拂着她金色的长发和飘逸的裙裾，她的神情略显忧郁。

"你怎么了？好像有些不开心？"特里尔道。

“我下午去了诗歌出版社。”

“怎么样？”

“他们退稿了，说卡在社长那里。”

“怎么会这样？”特里尔纳闷道，他想当初还请雅塔去问过的。

“怎么不会？是那个负责我诗稿的编辑亲自告诉我的。”

他知道这事情一定坏在雅塔身上，但他又不敢把话说明，于是道：“那就换家出版社。”

“在哥本哈根虽然还有其他的出版社，可诗歌出版社是最为有名和最有权威的，被他们退稿的话，其他出版社会有顾忌。”

“事在人为嘛！好了，我们不谈诗了，谈谈我们将举行的订婚仪式。”

她看着他：“你爱我吗？”

“怎么了？”

“我要你如实回答。”

他避开她的目光，投向大海：“当然了，不然我会与你订婚吗？”

“走，我领你去一个地方。”他拉着她的手而行。

夜已降临，哥本哈根商业街灯火辉煌。

特里尔领着她走进一家卖珠宝的商铺。

店堂经理是一位男士，他上前迎接他们：“先生想买什么？”

特里尔领着她径直来到卖钻戒的专柜。售货员是位漂亮姑娘，穿着颇具民族风情的无袖宽边的花衬衫，耳垂上挂着绯红色的玉环，笑起来很甜。

他让她分别拿出几款，都不很满意。跟过来的店堂经理，让售货员从保险柜中拿出一个包装精致的首饰盒。当精美的盒子被打开后，戒指上镶嵌的钻石，闪烁着莹莹的亮光。他拿起戴在乌斯娅娜的手指上，很配。店堂经理告诉他这款戒指的名称叫“爱的赌注”。

他对店堂经理道："就要它了。"

这枚戒指价值一万五千欧元，售货员重新包装好递给他。他付了款，与乌斯娅娜出了珠宝商铺。

二

一艘邮轮在大海上行驶着，船尾犁出一道道翻滚的浪花。

刘喆凭栏远眺，晚霞映着他神情凝重的脸庞，他显得满腹心事，二十多天来与乌斯娅娜相处的情景历历在目。他发现自己喜欢上了这个异国女孩，但他知道她已有恋人，并准备订婚，他们之间产生异国恋是不可能，也是不现实的，他强迫自己必须打消这个念头。

刘喆到了瑞典首都斯德哥尔摩，安顿下来后来到位于中央车站附近的一家酒吧，要了瓶威士忌在慢慢喝着。

酒吧里很吵，一个女歌手和一名男歌手在台上唱着摇滚，众多青年男女在台下疯狂地跳着。

一个端着酒杯，穿着花裙和斜领红衫的女子，有几分醉意地走到他面前，满头黄色鬈发，脸颊粉嫩，睁着一双蓝色的大眼睛。

她看着他旁边的座位，用英语征询道："Can sit？（可以坐吗）"

他点点头。

女子坐了下来："Are you from Asia？（你是来自亚洲吗）"

他点点头："China.（中国）"

她颇为神往地："It is a beautiful and desirable place.（那是一个美丽而令人向往的地方）"

"是的，那里有长城、故宫、兵马俑，有好多好多好玩的地方。"他们随意地用英语聊了起来。

女子喝了不少的酒，更增添了醉意，刘喆要她不再喝了。

她点点头："那你自便。"

"嗨，宝贝！"一个高大威猛的男人走了过来，对她道，"来，陪我喝一杯。"

"对不起，今天我不能再、再喝了。"她道。

那人并不放过她，给她杯里倒了酒。她仍表示不能喝。

那人被驳了面子，很是恼羞，指着刘喆："你跟他能喝，跟我就不能喝！"动怒地揪住她的头要强行罐她喝下去。

她被激怒了，抬腿给了他下身一脚，那人放开了她，双手捂着下身跳了起来。随后凶相毕露，抬起毛茸茸粗壮的手，一耳光朝她扇来。不想半空中却被刘喆抓住手腕，他想挣脱却无济于事，这时上来了两个那人的同伙，举拳朝刘喆打来。刘喆一掌把眼前的大个打来后退了几步，绊到桌子脚一屁股坐在了地上。随后他低头避开两个同伙的击打，用肩撞翻一个，又用扫腿扫倒另一个扑上来的。然后拉起那个女子朝外跑去，那三人从地上爬起来追出。

来到外面的街头，刘喆和那女孩拼命跑着，那三个男人在后面追了上来。女孩穿着的高跟鞋根本跑不快，眼看要被追上，一辆出租车驶过，女孩叫停了车，他们钻了进去，车朝前快速驶去。三个追赶的男人气恼地骂着，但无可奈何。

车内司机问："你们去哪？"

女孩酒喝得有些多，到了外面凉风一吹，加之奔跑醉意袭了上来。

"泰普特号角酒店。"她说罢竟把头搭在了刘喆的肩头。

车拐过几条街，到了泰普特号角酒店大门口，出租车停了下来。

刘喆付了车款下车，然后把女孩扶下，女孩脚下有些站立不稳，他只好扶着她。

进到酒店大堂，他问："你住在哪个房间？"

女孩抬头看了看："805。"

他只好与她坐电梯，一直把她扶到805客房门口，他对女子："钥匙。"

女子从衣兜里摸了出来，却无法将钥匙插入锁孔中。

他见状接过钥匙开了房门，在门边按开了屋里的灯把她扶了进去。

这是一家五星级宾馆，房间很豪华。他把她放到了床上，准备返身离开。

女子嘴里道："水，水。"

他只好走到饮水机前，为她放了一杯水，端到她的面前。

她接过后咕噜咕噜一口气喝了下去。

他把杯子放回饮水机旁，往床上望了一眼，走向门边，拉开房门要出去。

后面传来女子的声音："你不要走！"随后传来呕吐声。

他知道她吐了，只得关上门，快步来到床前。看到她吐了一身，床单也被弄脏，可她竟睡了过去。

他犹豫了片刻，连忙把她扶起，清理污垢。

他拿着换下的床单和衣裙进到卫生间，放入了洗脸池。看到她沉睡没有问题了，这才离开了客房。

他出了宾馆大门，来到外面的街头。虽然已是当地时间晚上十点，可天还未黑下来，北欧的夏天就是昼长夜短。他在手机的地图上查看，自己所住的宾馆离这里也不太远，于是迈开双脚走回去。

"砰砰砰！"他听到后面传来一阵异样的拍打声和嬉叫声，急忙回身。是一辆破旧不堪的轿车开了过来，车身肆意涂鸦着。一个纹着手臂的年轻男子，右手握着方向盘，左手使劲地拍打着车门。后排一男一女手中还端着酒杯，伸出脑袋冲他喊叫着，而后绝尘而去。

刘喆走了几条街回到宾馆，冲了澡穿着睡衣来到卧室。此时睡意全无，他从行李箱里拿出乌斯娅娜外祖父的作曲心得手稿，来到写字台前，就着桌上的台灯翻阅起来。手稿很翔实地记载了乌斯娅娜的外祖父，在创作每首歌曲时的感受和经历，以及对作曲的见解。这些对于刘喆来说，是非常难得的教科书。

三

　　屋外的强烈光线透过窗棂，照进了泰普特号角酒店女孩的客房，她长长的睫毛蠕动了几下，睁开了眼睛。炫目的阳光刺得她的眼睛有些生疼，她用手揉了揉，已然想起什么，停止了动作。看了看自己躺着的大床，又拉起铺盖看着换了的睡衣，她想起昨晚是一个中国男子送她回的宾馆，想到这她趁起身望向左右，不见自己的衣裙，也不见了那人。

　　她手一拍脑门，跳下了床，抓起枕头狠狠地甩向地下，骂道："占我便宜的家伙！抓住你看我不剥了你的皮。"她的话音刚落，门外传来门铃声。

　　她走过去打开门，刘喆出现在门口，她见是一个陌生的男子，用英语道："你找谁？"

　　"你不认识我了？"刘喆也用英语回答。

　　她疑惑地看着他。

　　他提示："昨晚……"他的话还没有说完，女子抓住她的胸口，把他拉了进去。

　　"好呀，你还敢来？"

　　"你、你这是干什么？"刘喆不明白她怎么会这样。

　　"说，昨晚你对我怎么了？"

　　"酒吧你喝多了，对想灌你的人……"他做了个踢人的动作，"然后被人追，在出租车上你酒劲上来，是我送你回了这宾馆。"

　　"回到宾馆后，我什么都记不得了，你对我干了什么？"那女子盯着他。

　　"没、没干什么呀？"

　　"她指了指自己的睡衣，没干什么它会穿在我的身上？"

　　"哦，这用不着谢哈。"他的话还没有说完，女子伸手要给他一耳光，他抓住她的手腕，"你不谢我就算了，怎么还打人？"

　　"这睡衣是你给我换的吧？"

"是呀，你吐了自己一身，还把床单都弄脏了，要不是我你就睡在污垢中了。哎呀，会好臭的。"他用手扇了扇鼻子。

他似乎明白了什么，指着她："哦，你是说我会乘机揩你的油？"

她疑惑地看着他："没有吗？"

"一身的酒臭气，谁还有兴趣。你的裙子和床单还在洗脸池里呢。"

她半信半疑走到卫生间，果然看见吐了污秽的衣裙和床单，知道错怪他了。

她出了卫生间，对他道："你这又回来干什么？"

他径直去了卧室她的床边。

她跟了过来："哦，你是想我报答你吗？"她解开了睡衣，露出姣美的身子。

他在床边看到了自己的护照，捡起来："对不起，昨晚落在这里了。"说罢看都不看她一眼，出了卧室，开门而去。

他出到宾馆大门外面不远，那女子换了衣服开了一辆黄色法拉利敞篷跑车追了上来，与他并排着。

"你去哪里？我送你去。"

他没有理他，她道："好吧，我为错怪你给你道歉。我请你吃早餐，表示歉意，还要感谢你送我回家。"她停了车，"上车吧。"

他继续走着。

"你拒绝女士的邀请是很不礼貌的。"她在后面道。

他停住了脚步，回身走到车前，拉开副座车门上了车。

她高兴地笑了，启动车子朝前开去。

女子一头金色的短发，显得利落，眼睛很蓝，蓝得像树林里的风信子，鼻子微微上翘，整个五官非常匀称。

在一个露天咖啡馆，刘喆和那女子喝着咖啡，吃着糕点。来此吃早点的客人也还不少。

"昨晚你一个女孩怎么会去酒吧喝那么多的酒？"他道出了

心中的疑问。

她垂下眼帘用勺搅动着自己面前的咖啡杯，神情颇为忧郁，喃喃道："他死了。"

"谁死了？"他看着她。

"我的未婚夫。一年前死于一次车祸。他是这里的人，在我们准备举办婚礼的头一天。昨天是他的一周年祭。"

"哦，对不起，我不该勾起你的伤心事。"

她凄然一笑："没事。"

"你是瑞典人？"

"不，我是丹麦人，居住在哥本哈根。"女子告诉他自己叫碧尔。

刘喆想到了乌斯娅娜，丹麦的金发女子都很美，他在心里赞叹道。但眼前的姑娘和乌斯娅娜又有不同，乌斯娅娜美丽而内敛，眼前的姑娘则漂亮中带有一种野性。

吃完早点，他将胸前的杯子往前一推，用餐巾纸揩了嘴，站起身："碧尔，谢谢你的早点。"

她也起了身："你现在去哪？我送你！"

他边走边摆手，朝前走去。

傍晚，特里尔下班走出公司大门。

雅塔从一辆停在公司外面的小车上下来："特里尔。"她朝他走去。

"不是让你不上这儿来吗？"特里尔露出不悦。

"我怎么就不能来？"她表露出一丝不满的情绪。

"这里不是说话的地方。"

"你现在躲着我，打电话你也不接，不上这来，上哪儿找你去？"

"我不是忙着吗。"

"特里尔！"有人在喊，乌斯娅娜走了过来。

特里尔显得有些紧张。

"这位是？"她看着雅塔。

特里尔："雅塔，一个客户。"然后对乌斯娅娜道，"我们走吧。"

他们来到他停着的小车旁，上了车。乌斯娅娜从倒光镜中看到愤怒气恼的雅塔，将疑问的目光转向特里尔。

他装着没有看见，启动引擎将车开上了大街，汇入车的洪流。

发觉特里尔和那个叫雅塔的姑娘关系有些不正常，乌斯娅娜在车上一句话也不说。

特里尔道："怎么了？"

她摇摇头，还是不说一句话。

回到公寓她依然闷闷不乐，吃过晚饭后她来到阳台上，在一把椅子上坐了下来。

"亲爱的。"特里尔走了过来，扶住她的双肩。

她没有回应他。

"你不高兴是为诗稿出版的事？"

她摇摇头。

"是为那个在公司门口找我的雅塔？"

她未置可否。

"她是我的一个客户，过来想了解一款新车。"

她看着他："特里尔，你真的喜欢我吗？愿意厮守终生吗？"

"你今天怎么了？过几天可是我们订婚的日子。"

"正因为如此我才要问清楚。"她起身返回屋里。

他的手机铃声响了，他看是雅塔打来的不想接，但想想还是接了。

雅塔在电话中对他大声嚷道："我不会放弃的，不管你是订婚还是将来结婚。"

他连忙关掉了她的电话。

房间里隔着玻璃窗的乌斯娅娜，直觉告诉她是那个叫雅塔的女子打来的，心头袭过一片阴云。猛然间，她似乎觉得那个女子自己在哪里见过，可一时又想不起来。

四

海水拍打着礁石，激起惊天的浪花。

离海水不远的海景房中，刘喆走到了二楼的阳台，他手搭凉棚望向大海。

早晨的阳光虽然不很强烈，可还是有些晃眼。今天是乌斯娅娜订婚的日子。这几天他一直纠结去还是不去，他想去给她以祝福，但内心深处又怕看到他们甜蜜的场景。难道自己真的是喜欢上了她？这样的念头一冒出来，他把自己也吓了一跳，但这念头却固执地在他心头闪烁，对她的思念在疯长。

去还是不去，表白还是不表白，哈姆雷特式的独白在他脑子里打转。思前顾后的刘喆最后还是决定，无论如何要在她答应嫁给特里尔之前见到她，把自己对她的喜欢告诉她。哪怕受到她的嘲笑，这样也是结束自己煎熬的一副良药。想到这，他赶忙转回身，收拾好自己的用具，奔向门外。

他退了客房，来到一家金店，精心挑选了款取名"我心永恒"的钻戒。然后在金店门口叫了辆出租车，把行李放到后备箱，坐了上去。

"去哪？"司机用英语问。

"丹麦的哥本哈根。"他用英语答。

司机并没有立即启动车辆，看了他一眼："你这打的可是国际的士，去了可没有回程客。"

"回程钱我一并付你行了吧？"他急切道。一旦做出了选择，他便义无反顾。

"这样行。"司机同意了，启动出租车，直奔丹麦首都哥本哈根。

特里尔在哥本哈根皇冠假日酒店看订婚仪式的准备情况，他叮嘱负责现场的助理，背景图案一定要喜气，又交代布置的花要乌斯娅娜喜欢的百合花。

乌斯娅娜由闺蜜芬克陪伴，在美发店做头式，神情比较严肃，看不出订婚的喜悦。

芬克见状："今天可是你的喜事，怎么好像不开心？"

她苦涩地笑笑。

"你们谈恋爱有六年了吧，这眼看修成正果了。"

她淡淡道："可我这心越不踏实。"

"你是说特里尔有什么地方让你不放心。"

"具体的我也说不上来，只是有这样的预感。"

"不会是有恐婚症吧？我认识的不少女孩都有这样的感觉。"

乌斯娅娜苦笑："也许是吧。"

美发师替她做好了发型，取下围在她身上的白色围裙。

她和芬克出了美发店，来到街头的大街上。

芬克继续刚才的话题："你不是爱特里尔，一直想嫁给他吗？"

"我不确定他是否真心喜欢我，或者我是他的唯一。"

芬克看着她："你怎么会有这样的感觉？"

"人们不是说女人有第六感官吗？而这样的感官往往比较灵验。"

芬克思考着她的话。

"婚姻是不能勉强的。如果是因为待在一起的时间久了，就一定得结婚，那不是爱情。"

芬克似懂非懂："那怎样才算爱情？"

她随口道："是那种一见就使你心跳加速，一起时你会甜蜜而愉悦，分开时则会思念和痛苦。"

"我以前可没有听见你的这番见解。"

"我也是最近才明白的。"

"你和特里尔不是这样的吗？"

"如是这样会拖到现在才订婚吗？"她笑了笑。

芬克看着她："你不会是遇到这样的人了吧？"

她点了点头。

"哇塞，快给我讲讲。"芬克来了浓厚的兴趣。

"他是一个中国人，叫刘喆。是我这次来哥本哈根的邮轮上认识的，后来他随我去了我外祖母的小镇，我们同处一室。"

"啊！"芬克一惊，"他不但去了你外祖母那里，你们还同居了？！"

"不是你想象的那样。"她简要地给她做了说明。

"原来是这样呀！看来我们的乌斯娅娜真的喜欢上了那个中国小伙，那你怎么不告诉他？"

"当时以为只是好感，后来才明白那便是爱情。"

"那他是怎么想的？"

她摇摇头。

"你可以给他打电话或发短信。"

"我们认为那不过就是人生的一次擦肩而过。他去了瑞典，还准备去挪威继续他的旅行，彼此没有留下电话。"

"嗜——"芬克遗憾地叹了声气。

"不过我告诉他今天是我的订婚仪式，并告诉了地址，希望他能来。"

"真的？"

她点点头。

"我敢说他要是来了，一定说明深深地爱着你。"

她看着芬克。

"你想想，如果不爱他会中断旅行，专门赶来参加你的订婚仪式。"

"这也倒是。"她表示认同。

"那他来了，你会同意特里尔的求婚吗？"

她想了想："你想听真话？"

芬克："当然了！"

　　"我会向中国刘表示，希望能嫁给他。"

　　"哇塞，这才是我们丹麦的姑娘，敢恨敢爱。"芬克用手臂搂住了她。

第五章　错失机缘

一

出租车在公路上奔驰着。

刘喆一脸焦急，他用英语问司机："师傅，我们能在六点前赶到哥本哈根吗？"

司机有五十多岁，是瑞典人。

司机："小伙子，你赶到哥本哈根有重要事情吗？"

"是的，我要向一个姑娘表达我的爱慕。"

"为什么必须在六点前？"

"过了这个时间她就答应嫁给别人了。"

"哦，是我们瑞典姑娘还是丹麦姑娘。"司机和善地笑了。

"丹麦姑娘。"

"好吧，但愿你能赶得上。"

司机加快了车速，朝前疾驶而去。

车来到码头，上了渡船。渡过了海峡，进入丹麦。上了岸朝首都哥本哈根驶去。

"师傅能准时赶到吗？"刘喆看到偏西的日头，不确定什么时候能到哥本哈根。

司机看了他一眼，又看了看时速仪表："照目前这个速度是没有问题的，你放心吧！"

傍晚，离订婚仪式还有一个小时，人们陆陆续续开始来到皇冠假日酒店。

特里尔西装革履，在酒店门口迎接到来的客人。

雅塔也开车来了，停车走了下来。

她穿着一袭白色的长裙，裙子紧紧地裹着臀部，胸前戴着一块质地很好的翡翠，脸上带着那种"我才是你该娶的女友"的笑容，走到特里尔跟前。

特里尔看见她，把她拉到一边，不满道："不是不让你来吗？"

"今天你不是订婚吗？我来给你贺喜呀！"她一声冷笑。

特里尔左右看了看，压低声音略带愠怒地："进去后找个不显眼的地方待着。"

"怎么，怕我人长得不好看给你丢脸呀？"

"不许挑事知道吗？"特里尔警告道。

雅塔诡谲地笑了笑，走了进去。

乌斯娅娜穿着一身华丽的深红色天鹅绒晚礼服，在芬克的陪同下坐在休息室里，她想着心事。

芬克悄声问她："你说他会来吗？"

"不知道。"

"他如果不出现，你就只得同意特里尔的求婚是吗？"

"姻缘命中注定。"她道。

出租车朝哥本哈根快速驶去，刘喆看了看手腕上的表。

司机："还有半个小时就进城了。"说这话不久车速慢了下来，司机把车开到路边停下。

他不知怎么了，纳闷地看着司机。

司机跳下车检查了一下水箱，抱歉地对他道："水箱烧了，走不了了。"

"师傅，能很快修好吗？"

司机摇摇头："得打电话给 4S 店，让他们来人抢修。"

刘喆感到自己快崩溃了，急忙跳下车，掏出钱包数了三百欧元给司机。

司机非常抱歉："对不起，先生，这不争气的车，收你二百欧元好了。"司机退还了他一百欧元。

刘喆从后备箱中拿出行李，站在路边想搭顺风车。

一辆辆的车从他面前快速驶过，但都没有停下。就在他绝望时，一辆黄色法拉利敞篷跑车在他身边停了下来。车上是一位穿着时髦，戴着墨镜的年轻女子。

刘喆有些犹豫，女子摘下墨镜，他看见是在瑞典遇到的那个叫碧尔的姑娘。

"怎么是你？"他用英语道。

碧尔看着他，嘴角露出一丝惬意："你们中国人不是常说，人生何处不相逢，是吗？"

他笑了。

"你是去哥本哈根吧？"

他点点头。

"上车吧！"

刘喆连忙将行李放到后座上，拉开副驾车门坐了上去。

他与送他的出租车司机挥手告别。

司机大声道："祝你好运，中国小伙！"

碧尔的车进了城，碧尔问他："你要去哪？"

"皇冠假日酒店。"

"哦，看你火急火燎的，去干什么？"

他兴奋而忐忑地："冒险！"

"冒险？"女子瞟了他一眼，"不会是干坏事吧？"

他哈哈笑了。

碧尔在十字路口拐了个弯，朝皇冠假日酒店驶去。

路过一家花店他让碧尔停了车，说自己要去买束花。

"买花？"碧尔不解地看着他。

"是的。"刘喆边说边下了车。

"你买花干什么？哦，不会是想送我吧？"

他没有回答她的问话，也不是三言两语能说清楚的。

他来到花店，对卖花的姑娘道："给我一束玫瑰花。"

姑娘插好了玫瑰花递给他，他付了钱往回走。

碧尔一只手把着方向盘，另一只手随意敲着，在等待刘喆。

一个四十多岁的男性悄悄靠了上去，抓过她放在一旁的手包就跑。

碧尔一惊，高喊道："我的手包，有人抢包！"

走向车边充满了喜悦，低头看手中玫瑰花的刘喆，听到喊声抬头一看，把花放进车内，撒腿追了上去。

抢包贼拼命奔跑，刘喆在后面拼命追赶，跑过一条街后他追上了抢包贼。抢包贼不甘作罢，拔刀向他刺来，他让过，一掌将其刀击落。扑上去抓住抢包贼，两人扭打在一起，包掉到了地上。

一辆警车开了过来，跳下来两个警察，拔枪在手，冲到他俩跟前。

"起来！"其中一警察用英语喝道。

他们从地上站了起来。

刘喆指着那人，对警察用英语道："他是贼，抢了一位小姐的包。"

那警察道："对不起，你们都得跟我们回警局调查。"

这时碧尔开车过来了，停了车跳下，从地上捡起自己的手包。

刘喆对她道："你快跟警察说说，是他抢了你的包，我还有事不能跟他们去警局。"

她跟警察用丹麦语作了沟通，他们表示还是必须一块回警局作笔录。她跟他说了，他瞄准一个机会，跑到车边，拿起那束玫瑰花撒腿就跑。

一个警察追了上去，用英语大喊道："站住，不然我要开枪了！"他只好站了下来。

雅塔在大厅中，东看看西瞧瞧。大厅布置得很漂亮，四周都摆放着百合花，她看到正面背景招贴板上，喷绘着特里尔和乌斯娅娜的头像，她气不打一处来，一屁股坐到前面的座位上。

六点快到了，举办仪式的大厅高朋满座。

乌斯娅娜在芬克的陪伴下坐在大厅一侧。她拿眼不时瞟向厅门，仍不见刘喆的身影出现，一丝失望的表情掠过脸面。

特里尔精神焕发地走到台上，拿过话筒开始讲话："感谢我的至爱亲朋，前来见证我和乌斯娅娜的订婚。"

人们报以热烈的掌声，摄像机把镜头对准了乌斯娅娜，她神情颇有些不自然。

有人道："乌斯娅娜小姐，这可是值得庆贺的日子，要笑一笑。"

她只得报以浅浅的微笑。

特里尔继续讲道："我与乌斯娅娜六年的恋爱终于要修成正果了。"他拿过桌上的首饰盒，步向乌斯娅娜。来到她身边单腿跪地，打开首饰盒，取出那枚熠熠生辉"赌你一生"的戒指。来宾们屏住呼吸，看着见证他们幸福的时刻。

特里尔："亲爱的乌斯娅娜，你愿意做我的未婚妻吗？"

她还没来得及表态，只听得下面一个声音尖咧地喊道："不！"

众人看去，雅塔从座位上站了起来。

特里尔脸一下刷白，对几个手下："把这个疯女人给我赶出去。"

上来两个大个子男人，将雅塔架着往外而去。

"特里尔，你不能这样对待我！"雅塔边被拖走，边大声喊道。

"当——"的一声，警察局墙上的挂钟敲响了六点。

刘喆还在做笔录，他抬头看着挂钟，焦灼、失意使他心烦意乱。

"能不能快点？"他问警察。

那位带他回警局的警察："对不起先生，程序必须走完，你要少安毋躁。"

一旁的碧尔也无可奈何地向他摊开手，做着无奈的表情。

抢包贼则坐在另一边，一副无所谓的表情。

当他们在警局处理完毕，赶到皇冠假日酒店时，已是晚上八点多钟了。刘喆拿着玫瑰花走到大厅，参加仪式的人已散尽，有几名服务员在清理场地。

他走到有特里尔和乌斯娅娜秀恩爱的招贴板前，黯然神伤。拿出衣服兜里的那枚钻戒礼品盒看了看，又失意地揣了回去，倒拿着手中的玫瑰花，低着头朝外走去。坐在后面的碧尔一直观察着他，他径直出了厅门，碧尔起身追了上去。

碧尔开车载着刘喆沿着大街行驶，他一路没有说话。

碧尔把车开到海边的一处西餐厅前停了下来。

"干什么？"他还沉浸在忧伤之中。

"不管发生了什么，饭总是要吃的，我可饿了。"她拉开车门下了车。

刘喆也只得跟着下车。

他们来到西餐厅，坐在靠海一面的窗前。

一服务生拿着菜单走过，用丹麦语道："两位来点什么？"

碧尔要了沙拉、鹅肝酱、熏鲑鱼、牛排，还要了份蛤蜊汤。

她用英语征询他的意见："是鸡尾酒还是威士忌？"

"给我来一箱啤酒。"他回答道。

"一箱？！"服务生怕自己听错了，用英语回复了一句。

碧尔也惊讶地看着他。

"对，一箱！我说的英语不标准，你听不懂吗？"他大声对服务生道：

碧尔对服务生用丹麦语道："就按这位先生说的一箱。"

刘喆意识到自己的失态，对服务生歉意道："Sorry！（对不起）"

不一会儿，他们要的西餐和啤酒上来了，刘喆倒上啤酒，一杯接一杯地猛喝。

"你不要像那天我在瑞典斯德哥尔摩一样喝多了。"她劝阻道。

"没、没事。"他又端起杯子喝了下去。

晚餐吃到天黑，他们才出了那家西餐厅。

他脚下有些蹒跚，他们来到海边坐在沙滩上。海浪拍打沙滩，发出哗哗的声响。

"说说吧？"她道，"看得出你跟那招贴板上的姑娘有故事，也许说出来要好受一点。"

见他不理会，她又道："我的事不是也给你说过吗？"

"我跟你不一样，我不知她的想法，我来也只想给自己找到一个答案，让一颗躁动的心安顿下来。"

她不解地看着他，似乎更感兴趣了。

"你想听？"

她点点头。

他望着月色下泛着银辉的海面，讲了他与乌斯娅娜的故事。

她被深深地感动："你可以给她打电话呀？"

"我们没有互留电话，分别时哪想到有见面的强烈愿望。"

"你认为要是见到了她，而且给她表达了你的愿望，她会答应你吗？"

他摇摇头："不知道！不过现在也踏实了，这就是命运的安排。"

二

夜深了，他们开车离去。

碧尔把车开到一栋大楼前的停车场停下："下车吧。"

"这是哪？"他看着这陌生的地方。

"去我的工作室。"

"啊，到你工作室干吗？送我去宾馆。"

"我的工作室有卧室，就将就住吧。"她提了他的行李箱下车。

他也只好下车跟上，从她手中接过行李箱。

他们上了电梯，她按了15楼。电梯启动开始上升，很快到了他们要到的楼层，电梯门打开，他们走了出去。在一扇大门前，碧尔用钥匙开了门。

她先跨了进去，打开了电灯，回头对他："进来吧！"

他走进，这是一个很大的厅，四周墙壁上挂着不少油画，有风景、有人物。

"你是作画的？"

她点点头。

碧尔把他引到大厅后面的套房，里面是画室，画室的旁边便是卧室。卧室里一应俱全，还带着卫生间。

她对他道："你就住这里吧。"

"那你？"

她笑："怕我非礼你呀？你放心，我回家去住，一会儿就离开。"

她用电茶壶烧了水，不一会儿水就响了。她走到墙边的橱柜前，伸手取出一把瓷咖啡壶，放上咖啡，然后端着咖啡壶回到电茶壶处。电茶壶盖下的水开始咕噜咕噜作响，随后沸水凶猛地翻滚，溅出壶口，水烧开了。她抓住壶把，用嘶嘶作响、滚烫的沸水冲泡咖啡。随后她将电茶壶放回，将咖啡壶放进一只盘里，又从橱柜里拿出杯碟、勺子、方糖和奶伴放入盘里，这才端起盘子回到画室刘喆所坐的桌前。

"喝杯咖啡吧？"她道。

"谢谢！"刘喆喝了不少酒确实有些口渴，端起盘中的咖啡杯。

他们喝了咖啡后，她清洗了杯碟这才离开了工作室。

刘喆这天从瑞典首都斯德哥尔摩赶到哥本哈根，又在警察局折腾了两三个小时，加之喝了不少酒，已非常疲倦。他在卫生间洗漱后，倒床就睡。

第二天一早，他被人捏住鼻子弄醒了。

他睁眼一看是碧尔笑嘻嘻地看着他。

碧尔提了提手中拎着的用塑料袋装着的食物，对他道："快起来，吃早餐了。"

他看着她，示意她在这里多有不便。

她笑道："我可是画过裸体男模的。"她话虽然这样说，人却走了出去。

刘喆起来穿好衣服，洗漱完后来到外面的画室。碧尔已将早餐牛奶、面包、火腿肠在桌子上摆好，他们坐下来吃着早餐。餐桌挨着落地窗户，刘喆望出去俯瞰这座城市，到处都是金光闪闪的屋顶和银光涟涟的水面，还有那纵横交错的一条条街道。哥本哈根在丹麦文中就是"商人的港口"或"贸易港"的意思，水系相当的发达。

吃完早餐后，碧尔去清洗碟盘，刘喆步到窗前，看着外面。一只鸽子从眼前飞过，他注视着那只鸽子，鸽子在空中折了弯飞过一条内河，朝对岸的尖塔和穹顶展翅而去。

洗完碟盘的碧尔，用托盘端着茶壶茶杯出来，边把托盘放到刚才用餐的桌子上，边侧头看着他："在看什么呢？"

"这是一座充满童话色彩和浪漫气息的城市，也是一座伤感的城市。"

"伤感的城市？"碧尔走到他跟前，"这给你此时的心情有关吧？"

"也许是吧。"刘喆无奈地点点头。

碧尔看着他："全世界的人都知道安徒生笔下美人鱼的故

事，而这故事本身是伤感的，也许这就构成了这座城市你所说的伤感的基调吧！"

刘喆未置可否，笑笑："我在这会影响你的工作吧？"

碧尔摇摇头："我去作画了，茶在桌上你自便。"

刘喆点点头。

碧尔支起画架开始作画。她画的是一幅油画，表现的是哥本哈根郊外天地的广阔。金灿灿的麦浪，田间劳作的人们，天空翻滚的云层。透视感极强，给人以咫尺天涯、无限深远的感觉。

刘喆为自己倒了杯茶，这是红茶。他不由想到了自己的家乡四川雅安，那可是世界有所记载以来，人工栽茶最早的地方，吴理真被尊称为茶的鼻祖。海上丝绸之路给欧洲带来的正是中国的丝绸和茶叶，手中喝的这杯茶兴许还是来自自己的家乡呢。在丹麦的日子里他就像在做梦，做一个有关童话的梦，但这样的梦注定是忧伤的，就像刚才碧尔提到的《海的女儿》中的美人鱼。他的家乡除茶负有盛名驰誉海内外而外，雅安的姑娘以外美内秀而成为一道亮丽的风景，以致上升成了一种雅女文化。说到美女，丹麦的姑娘也是美女如云，你可以在街头饱餐秀色，姑娘们都很迷人，她们友好、阳光。如果你的眼睛跟着她们走，就会发现她们有种气场似的，周身温暖的气息会弥漫开来，把你笼罩在她们构建起来的善意的气息中。有人称哥本哈根为性都，性成了俯首可拾、简简单单、毫不神秘的东西，但绝不是滥情。

他回头看了一眼专注作画的碧尔，于是坐在另一旁拿出乌斯娅娜外祖父的作曲手记认真读着，还在一个笔记本上记着要点。

阿丹举办的个人全国巡回演唱会，拉开了帷幕。首场是在北京，可演唱会下来，反响并没有达到预期效果。半月后的第二场演唱会她放到了自己的家乡成都。她是四川走出去的歌手，演唱会这天前来捧场的不少，她还叫人专门从雅安把她的父母接来观看。表面的热闹，掩饰不住演唱会的表现平平，她感到很是郁闷。

　　夜晚在锦江宾馆的套房里，她母亲问："孩子，这次刘喆怎么没有跟你一起回来？"

　　刘喆和阿丹在成都时就出双入对，在人们的眼里，是一对金童玉女。后一块到北京打拼，在她父母眼里他俨然是未来的女婿。

　　她支吾道："他忙着。"

　　她父亲看着她："你们不仅是恋人，还是黄金搭档，如今你开个唱，他应该到场的。"

　　"你们不会是闹什么矛盾了吧？他写的歌也没听你唱。"母亲道。

　　听她母亲这样一说，她父亲也用疑问的眼光看着她。

　　"现在歌坛日新月异，他写的歌如今不流行了。"

　　"你不会也嫌弃他人了吧？"她父亲道。

　　"哎呀，我已很累了，不跟你们说了。"阿丹起身进到套房里面的卧室。

　　她母亲摇头："这孩子大了，也不知她成天想的啥！"

　　第二天，天空飘着霏霏细雨，阿丹父母与她告别。马涛安排了一辆车送他们返回雅安。

　　她母亲告诉她，说他父亲喊胸部痛，有一段时间了。

　　她叮嘱母亲回去后一定带父亲去医院好好检查一下身体，母亲也要她抽空多回家里看看。

　　她点头答应，目送父母坐上车驶远了，不由得掉下了伤心的眼泪。

　　马涛打着伞走过来，把雨伞撑在她的头顶，搂着她的肩膀。

　　她母亲坐在副驾驶位，从车的倒光镜中，看到了他们的亲昵举动，一丝不安袭上心头。

三

　　乌斯娅娜从外面回到公寓，她打开底楼的信件投递箱。有一封是居伦达尔出版社的邮件，她扯开口皮，拿出一张纸，是她诗集的用稿通知：乌斯娅娜小姐，诗稿经编委会一致通过，决定出版该部诗稿，请务必近期来社里签订出版协议。

她兴奋地回到屋里，又把用稿通知看了一遍。

"刘喆，你知道了我的诗稿就要出版了吗？我订婚那天你怎么不出现？是真的不在乎我吗？"她喃喃道，神情充满了忧郁和悲伤。

特里尔推门进屋，看着她手中握着一封信，情绪低落于是问道："在看什么呢？"走过去把眼光落在了那封信纸上。

她把用稿信递给他，他接过看了一遍，喜悦道："你的诗稿就要出版了，这可是好事呀！"又看看她，"你这模样可不是应该有的表情。"

"是呀，诗稿终于要集结出版了，当然值得庆幸，可我就纳闷了，当初诗歌出版社不是评价很高吗？怎么突然就变了？"

特里尔："不是说他们社长给卡了吗？对诗的鉴赏人们眼光往往是不一致的，你也别多想。"

她思索着，眼前闪现出在诗歌出版社她与雅塔差点相撞的情形。在她与特里尔订婚的现场，那个高喊"不"的女子也出现在她的脑海里。她顿然醒悟：难怪说有些眼熟，原来是同一个女子。

"你在想什么？"特里尔道。

她盯着他："你说的请人去诗歌出版社问的那人是个女的吧？"

他点点头："怎么了？"

"她就是出现在我们订婚仪式上的那人吧？"

"你问这……"

"没什么，也就随便问问。"其实她已猜到了，事情一定就坏在那个女子的身上。不过事已至此，再去深究已没有了意思。

"那天她的表现很反常，你没有什么要告诉我的吗？"

"我不是说了吗，那就是一个疯女人，别理她！"

"就这么简单？"她盯着他。

"你不要把问题想复杂了，重要的是我们订了婚，明年就把婚结了。"

她不是那种认死理非要探出究竟的人，于是道："你还没有吃饭吧，我这就做去。"

"别，我们去外面吃吧，庆祝你诗集就要出版。"特里尔道。

雅塔在自己的屋里看着电视，一阵作呕，忙跑进卫生间吐了起来。她想想没对，披上外衣出了门。她来到一家医院做妇产检查，给她做检查的是一位中年女医生。

她对医生道："我会不会是怀了孕？"

医生看着她："从听诊的情况看不大像，不过你去做个化验吧！"

雅塔做了化验，结果出来后她把化验单拿给医生看。

医生对她道："你不是怀孕，呕吐的原因很可能是伤寒引起的，吃点药好好休息休息就没事了。"

回到家里她很郁闷，看着自己的肚子道："你怎么就不是怀孕了呢？要是真怀了孕，特里尔就休想甩掉我。"她转而一想，不是真怀孕，难道就不可以搞个假怀孕，只要能把特里尔抢过来。这念头一闪她把自己也吓了一跳，但为了达到目的，她决定豁出去了。

特里尔和乌斯娅娜在离他们公寓不远的一家餐厅就餐，环境不错。用餐中特里尔自责没在诗歌出版社帮上忙，并要了一瓶红酒，以示对她诗歌就要出版的庆贺。

他们用完餐，回到公寓，已是晚上九点过。特里尔迫不及待地拥抱乌斯娅娜，却被她推开了。

"喝了红酒，头有些晕。"她道。

特里尔显出有些不满："你怎么了，这段时间一直都在拒绝我，你可是我的未婚妻。"

乌斯娅娜没有给他过多解释，走到沙发上坐了下来。

他有些没趣，这时手机响了，他一看是雅塔打来的，他盯了乌斯娅娜一眼，走到过道上接听。

他压低声音："你怎么这时打来？"

雅塔对着电话道："我有很重要的事情要告诉你，你立马到我这里来。"

对她的口吻他有些生气："这时我来不了。"

"事关重大，你还是来吧，免得以后后悔。"她语气柔中带刚。

接听电话的特里尔虽然心有不悦，但听她这样说于是道："好吧！"

合上手机他回到客厅，对乌斯娅娜道："公司里有急事要处理，我得去去。"他从衣架上取下外衣，开门走了出去。

乌斯娅娜站在窗口，看着特里尔驾驶的车渐渐远去，脸色凝重起来。她知道他所说的公司急事只是个幌子，但她不想去戳穿他，那样彼此会搞得很不愉快。她已懒得去与他较劲，但想到自己要跟这男人生活一辈子，还是感到不寒而栗。她想挣扎、想抗争，总觉被一个无形的网捆绑着、束缚着，一股悲哀袭上心头。

雅塔龟缩在沙发上，想着特里尔出现后自己该怎样对他说。她和他是大学的学友，她比他要低一个年级，他们认识是在一次学校的舞会上。她被他的帅气、谈吐所吸引，于是主动邀请她跳舞。

特里尔风流倜傥，又是富豪家庭，自然是女生关注的焦点。雅塔到校不久就听人说了，只是不同年级，更不在一个班也就无缘认识。要不是那次舞会他们也许不会相识，至少不会关系发展很快。男女之间的认识其实也就是一种缘分，看似偶然，却孕育在必然中。刘喆与乌斯娅娜的认识何尝又不是如此。中国有句古话：百年修得同船渡，千年修得共枕眠。讲的便是前世的造化，换来今生的相识或修来姻缘。

那天晚间的舞会下来，特里尔请雅塔外出酒吧消夜，两人喝的酣畅，便开了房。时不时两人外出偷吃禁果。时间长了她便暴露出爱慕虚荣，贪图享乐的一面，且有强烈的控制欲望。这令他非常恼火和不爽。与其说他们之间有情谊，不如说是肉欲和占有欲使他们走到了一起。因此当他认识乌斯娅娜后，她美丽、清纯、质朴、高贵的气质恰恰是雅塔不具备的。对他有着强烈的吸引力，但他又贪恋雅塔的美色和放荡不羁，因此一直与其保持着若即若离的暧昧关系。

特里尔用自己的钥匙开门走了进来，见她蜷在沙发上，走上去："你把我急急忙忙叫过来做什么？"

"我去了医院。"她慵懒道。

"去医院干什么？你病了？"

"人家不是发呕吗？"话刚说到这她又一阵发呕，冲进了洗手间。

特里尔跟了进去，对正用纸巾揩嘴的雅塔道："医生说是什么病？"

"你真想知道？"她看着他。

"你这不是废话吗？这么晚了你把我叫来不就想告诉我吗？你要不说我走了。"

"别！"她拦住了他："我有了。"

"你有什么了？"他看着她。

"你是真不明白还是假装糊涂，我怀孕了，你的孩子！"她高声叫起来。

他惊住了，随后道："不，你不是吃了避孕药的吗？"

她看着他："最近有两次我忘记了。"

"你、你怎么能这样？"

雅塔愤怒道："我这是被你逼的，你不能想要就要，不想要就一脚把我踢开。"她随之又软下话来，上前拉着他，"你就看在孩子的分上，娶了我吧。"

"不行，你明天就去给我打掉！你要想让我成为人们耻笑的对象吗？"他猛地甩开她的手。由于用力过猛，她一个趔趄，摔了下去，头碰到茶几的棱角上，渗出了血来。

她站了起来狠狠地对他道："你害怕人们耻笑，难道就不害怕人们看穿你虚假的外衣，不怕你和你的家族身败名裂？！"

他举起了手，想狠狠给她两耳光，但他忍住了，他知道一旦把她逼到绝路，她是什么事情都干得出来的。

他于是收回手掌道："你这又是何苦？我身败名裂家族受辱对你又有什么好处？说吧，你需要多少钱？"

雅塔盯着他："你认为我是在讹诈你？"

"说吧，你要多少钱才能放过我？"

"在你眼里我真的就是为了钱吗？"雅塔流出了泪水，"我父亲庄园的资产不比你家族的少。"

特里尔走过去揩了揩她的眼泪："我知道你喜欢我，可我们并不适合结婚。好了，不要这么任性，除了婚姻其他的我都可以给你。"

她推开了他，近于偏执地："我不会放弃的，不要忘了刚才我给你说的话。"

当雅塔告诉他怀了他的孩子，还真打了他个措手不及。他可以无视她，但却忽视不了她腹中的孩子。而且雅塔的个性他知道，报复起来是不计后果的，处理不当他身败名裂不说，还会影响到家族的声誉，波及到生意上。他于是好言安抚，要她别干傻事，他们之间的事容他好好考虑。

雅塔知道现在就要他表态是不现实的，真把他逼急了他撒手不管，她可捞不到好。也见好就收，擦干净脸上的眼泪，装出一副可怜兮兮的样子："我就知道你不会不要我的。"

特里尔开车回家的路上，脑袋也是蒙的，他不知道接下来自己该如何处理他与雅塔，以及他与乌斯娅娜的关系。和一辆车会车时还差点撞上，幸好他及时踩了刹车。

四

丹麦的秋天来临了。天空更加高远，大海碧绿得像绿色的绸带，田野映入眼帘更多的是结穗的金色麦浪和山丘之中黄色的树叶，色彩更为浓烈。

这天傍晚，碧尔领着刘喆来到哥本哈根广场，听丹麦的音乐才女、才华横溢的青年歌手、作曲家艾格尼丝·奥贝勒演唱会。表演舞台前已座无虚席。

晚上八点，演唱会开始，不久天下起了蒙蒙细雨，可人们的热情依然高涨。在电子琴和钢琴的合奏下，奥贝勒自弹自唱的丹麦民谣，美妙而略带忧郁的歌声伴着秋日的微风细雨，给人们带来一种极美的艺术享受。

刘喆对碧尔道："我很喜欢奥贝勒所作的曲，挺佩服她的。"

碧尔点点头，侧头对他道，"想认识她吗？"

"可以吗？"

"我有一个好朋友跟她挺熟的，我可以让她帮忙联系一下。"

"那敢情好。"能有机会跟奥贝勒当面学习交流，是他求之不得的事。

第二天一早，碧尔托朋友联系的事就有了回音，说奥贝勒愿意和刘喆一见，安排下午在一家中式茶馆见面。

刘喆和碧尔下午如约而至。茶馆的装饰西化雅致，有渺渺的轻音乐飘来，很适合人们交谈。

碧尔指着刘喆对奥贝勒用英语道："这位是中国来的作曲家刘喆，昨晚我们在广场听了你的演唱会，他大加赞赏，很想见上你一面。"

奥贝勒穿着一条黑裤子，一件绿色的丝绒外套，她与刘喆握起手来很有力，声音富有磁性："2010 年中国上海世博会时，我去丹麦馆演唱过。"他们用英语开始了交流。

"是的，当时你的曲，你的歌声刮起了一股不小的来自'美人鱼'故乡的旋风，让中国人了解了丹麦的音乐，记住了艾格尼丝·奥贝勒的名字。"刘喆道。

奥贝勒谦逊地笑了笑："听说你是带着提问来的，我很乐意尽我所能回答你的问题。"

"谢谢！不过我可不是提问而来，是请教而来。"刘喆道。

奥贝勒和碧尔都轻声地笑了起来。

奥贝勒："说罢，我很乐于回答。"

"你的创作不仅限于一个音乐风格，是怎么做到的？"刘喆问道。

奥贝勒："你多注意一下民谣和独立风格音乐。"

"你是说民谣利于多元和传唱，独立风格音乐会使其具有个性化？"

奥贝勒微笑着点点头："刘先生，你很有悟性。"

"你的歌声具有很强的穿透力，当然除了你有一副好嗓子而外，是怎么做到的？"他提出了下一个感兴趣的问题。

"有些作曲的人，把旋律搞得很复杂，其实既随性又简单的歌曲，往往能触及听众的心灵。"

他们就这样一问一答交流起来，预约的二个小时很快过去，刘喆知道她很忙，不便多打扰。送奥贝勒离去后，刘喆去柜台付茶钱，收银员指着碧尔道："茶钱，那位小姐已经付过了。"

刘喆要把钱给她，她笑道："跟我就别客气了。"他只得把钱收了起来。

刘喆在哥本哈根除熟读了乌斯娅娜外祖父的作曲手记，还拜访了好几位像奥贝勒这样的音乐人。语言有国界，但音乐无国界，美妙的音乐能走进人的内心，抵达灵魂深处。他徜徉在音乐的世界里，吸取着阳光和养分。不知不觉他在丹麦已待了两个多月，整个北欧这年的秋天似乎很短暂，很快进入到了深秋季节。

这天早上碧尔来工作室时，依旧给刘喆带来早点。

他吃着面包喝着牛奶对她道，自己准备去挪威，随后便从那里回国。

碧尔见挽留不住他，表示惋惜。

"我要谢谢你，给你添了不少麻烦，也得到了你不少的帮助。"刘喆道。

"你怎么谢我呢？"碧尔看着他。

"你想我怎样谢？"

"说实话我开始有些喜欢你了。"

她这话使喝着牛奶的刘喆差点呛了出来。

"怎么，我就不如你那位乌斯娅娜吗？"碧尔看着他。

"不、不是这个意思。"他连忙辩解。

"看你紧张的，我知道你对乌斯娅娜的感情，你不是随意移情别恋的人。"

他这才松了口气。

她道："但你得答应当我的一次模特儿。"

他刚放下的心又紧张起来："不会是你外面墙上挂的一些裸模画吧？"

她哈哈大笑。

"我、我可不行。"他竭力推辞道。

"不是叫你做裸模，是画一张你的工作场景，"她比画着，"你忧郁、专注的神情好有质感。"

"这个可以答应。"他笑了。

她让他坐在临窗的一张桌前摆着谱曲的姿势。她支好画架，用画笔蘸熟褐色和调色油，然后在油画布上涂抹起来。不一会儿，便勾勒出他的轮廓和画的阴影部分。

经过四个多小时的作画，画面的立体感呈现出来，他已有了一个基本的形体和面部表情，看得出是他的头像。

"好了，今天就画到这，明天继续。"她道。

"你怎么不接着画完。"

她看着他："要等油布干了才能继续画。再说坐一天，你受得了，我可受不了。"

他也不好再说什么，起身走过来看着她画的画，称赞道："画的不错！"

她笑笑："这幅画的名称我都想好了。"

"哦。"他看着她。

她指着画："看这眉宇之间透着一股忧郁，就叫忧郁男神。"

他笑了笑，未置可否。

她道："走，吃饭去，下午我们去坐游艇。"

吃过午饭，他们来到新港码头。现在已是十月底，港口那儿的人流不像夏天时那么满满的了。

她带他上了一艘豪华游艇，游艇主人三十来岁，皮肤黝黑，常年在游艇上的缘故。是她的一位熟人。

游艇主人握住他的手用英语道："欢迎、欢迎！我还是第一次见碧尔小姐带着男士上我的游艇，你不会是她的男朋友吧？"

他摇摇头。

碧尔道："你这个爱探别人隐私的家伙。"

游艇主人不生气，嘿嘿一笑，用丹麦语讲道："不是你男朋友，我就有机会了。"

她用丹麦语回答："去你的，开好你的游艇。"

男子开心地来到驾驶位，拉燃引擎，游艇驶离码头，朝外海开去。

丹麦人喜欢游艇，就像中国人喜欢豪车一样，有一艘游艇是很开心的事。不一会儿游艇便开到了外海，虽是深秋，但太阳就在头顶，也不觉得寒冷。她站在船头，鲜艳的围巾在海风中飘摆，她张开双臂拥抱着蓝天碧海。

游艇主人从冰柜里拿出瓶香槟，和两个高脚玻璃杯，走到刘喆的跟前："来，喝上一杯。"

他接过一只杯子，男子为他和自己倒上酒。他们碰了一下，喝了起来。

二个多小时后，游艇驶到了一座小岛处，刘喆和碧尔登上小岛。小岛很美，秋草茵茵，野花遍地，碧尔高兴地在前面蹦着跳着，不时伸手采着喜爱的花朵。

刘喆却不由想到了他和乌斯娅娜被困的那个密西尔岛，生出无限的惆怅。他把眼光从碧尔身上转到了海的方向，追逐着在海滩上漫步的一男一女两个年轻人，远远地看着他们并排牵手走着，在秋日阳光的映照下，女孩金色的头发闪闪发光。

碧尔手捧着鲜花来到他的身边，看着他专注的目光，把头也调了过去。

"一对恋人。"他轻轻道，不想破坏这宁静的气氛。

"想你的乌斯娅娜了？"

刘喆回身看着他："什么我的？"深深叹了口气，"她从不曾属于我。"

碧儿看着那对年轻人，高声道："多么浪漫的下午，徐徐的海风，迷人的光线，这是产生伟大爱情故事的完美背景！"收回视线大胆地看着他，"你应开启另一段崭新的爱情！"

刘喆避开她火辣辣的目光："可我无法做到。"

碧儿遗憾地一声叹息，他们又朝前走去。

"能谈谈你的前男友吗？"刘喆道。

碧尔点点头："他与我是大学的学友，他高我两个年级。那年的大学生足球运动会的决赛在我们学校进行，他是我们校队的队长，强健的体魄，娴熟的球技俘获了不少女生的心，但他打动我的却是那双忧郁深沉的眼神。"说到这她看了看他，"也许这是我看到你，就有一种天然亲切感的缘故吧。那天我在场边为他摇旗呐喊，把嗓子都喊哑了。"

"在大学你们就成了恋人？"

碧尔摇摇头："那是我毕业后的第三年了，当时学校举行建校 60 周年校庆，而他已是丹麦国家队的一名主力球员。在参与一个游戏节目时，我与他刚好是搭档，我还以为他不认识我，他却说我给他的印象很深，当然就是因为那场足球赛。想想也是，一个姑娘不顾自身的体面在场边大呼小叫的，把嗓子都喊哑了，能不给人留下记忆吗？"说到这儿她轻轻地笑了。

刘喆也笑了："还真有你的。"

"这样我们就认识了，很快进入到热恋，他很喜欢小孩，要是他没有去世，现在我们已有了自己的孩子。"

他们一边走着一边摆谈，一个多小时就把小岛游遍了，随后他们乘坐游艇返回了新港码头。

第二天，他们接着开始画忧郁男神。

他摆好了头天的姿势。她开始加入新的色彩，使之融入原有的底色，增强了立体效果，使原有色成为更高色调。接下来开始画窗帘布、桌子及背景，通过控制画笔力度使画面色彩淡薄，薄到好像在画水彩画一样。

上午又很快过去了，她说作画的第二个步骤完成了，明天又再接着画。这样经过了四天的折腾已经形成了成品，作曲状态的刘喆跃然在画布上。脸和手部的色调光滑简洁，鲜艳和谐。作为景物部分的绘画也色调柔和，栩栩如生。他不得不赞叹她作画的水平。

她看着自己作的画，满意地点点头："过两天再做最后的润色就完成了。"

"啊！"他惊道，"不会到时还让我坐在这里吧？"

她笑笑："不用了。"放下画笔道，"说吧，走之前你有什么要求或愿望我能帮助你实现的。"

"我想再去趟赫尔辛格小镇。"

已知道他故事的碧尔："你要去看看乌斯娅娜的外祖母？"

"我就只是去看看她居住的木屋。老太太是位非常和蔼可亲的老人，她送给我的那本她丈夫生前的谱曲手记，使我受益匪浅，是我欺骗了她，尽管不是我有意的。"

"还真看不出你是位重情重义的男子，好吧，我们这就去。"

第六章　雪困高山滑雪场

一

刘喆坐着碧尔的车前往赫尔辛格小镇，当他们到达时已是黄昏。他们把车停在离乌斯娅娜外祖母的乡间别墅有一段距离的地方，然后下了车。

别墅出现在他们的视野中，碧尔站了下来，刘喆独自朝别墅走去。

夕阳西下，远远地他看见乌斯娅娜的外祖母依然坐在屋外的草坪上，恬静安然地享受阳光抚慰，也仿佛在等待他和乌斯娅娜游玩后的返回。他于是有了片刻的恍惚，乌斯娅娜就在自己的身边，他们一块去观海，一块看城堡，一块湖中划船，一块开着老爷车外出，一块坐在屋前的草坪上聊天。

他不敢再靠前，怕被老人家看到，他不知该如何应对。就这样他凝视着别墅，凝视着别墅前沐浴着夕阳的老人，眼睛湿润了。

不知过了多久，碧尔走到他的身边："我们回去吧。"

他再次深情地凝望后，这才返身往回走。

他们重新上了车，碧尔启动小车往回开去。

在返回的路上眼看天就要黑了，碧尔把车开到了路边的一家布置颇为温馨的旅馆。

碧尔到前台办理了入住手续，他们顺着细细的碎石路来到一排平房的客房处。当头一间开着的门外坐着一位中年男子，一动不动旁若无鹜地抽着香烟。落日余晖照在他冷峻的脸庞上，像一尊雕塑。

他们走过他的面前，来到一处房前。碧尔开门走了进去，见他还站在门口，对他道："你怎么不进来？"

"你只开了一间吗？我再去开一间吧！"

她走回将他拉了进去，对他道："这里可是情侣旅馆，我们分开而宿别人怎么看？"

"可我们不……"

"亏你还是大男人！"她打断了他的话，把房门关上。

他看见屋里有把椅子，决定就在椅子上将就一夜。

碧尔去了浴室，她没有关浴室的房门，哗哗的流水声传了出来。他体内有种欲望在膨胀，似乎有些受不了，起身想暂时去屋外。

他走到房门口，手刚握住门把柄，碧尔在浴室喊道："把挂在衣柜里的浴衣递给我。"随之水声停止了。

他知道她洗完了，但要拿浴衣进浴室他还是有些犹豫。

"听见了吗？"碧尔又喊道。

"嗯——"他只得应了声，走到壁柜处，打开壁柜取出浴衣，走到浴室门口，侧过脸去将浴衣递了进去。

碧尔身材非常匀称，在她的画室里就有一张她的裸体自画像。清晰的轮廓，光润的肌肤，丰满的乳房，金色的短发，以及透出的呼之欲出的青春活力，充分展示着她的魅力。

她接过浴衣穿上，在蘸有水蒸气的镜子里，梳理着头发，开口很低的领口凸显着两只高耸的乳房。

她出了浴室，看到坐在椅子上刘喆回避的目光，笑道："看不出来，你还挺害羞的，我的身子你可偷看了的。"

"我、我就坐在这里没动的，给你浴衣也是背过身的。"他极力辩解。

"我说的可是在瑞典的斯德哥尔摩，我喝醉那次，不是你给我换的浴衣吗？"

"我只顾换衣了，哪顾得看，再说那时你吐得一身酒臭，谁还有兴趣欣赏。"

她靠了过来，一股淡淡的紫罗兰浴液味，伴着肉体芬芳袭进了他的鼻孔，他有了短暂的晕厥。

"你闻闻，今天还有酒臭吗？"她更加凑近了。她喜欢这个从中国来的男子，真心实意地喜欢，包括他的穿着，他说话的模样，以及他的羞涩。

他往后仰过身去："别、别凑过来，再过来我可把持不住，会对你做出不礼貌的。"

她哈哈笑了起来："我不会强迫你做不愿意的事情。"

她退了回去，从酒柜里倒了两杯香槟，递过一杯给他："不过我想问，是我对你没有足够的吸引力吗？"

"恰恰相反，"他接过香槟一口喝了下去，压抑住自己即将爆发的情绪，"我听说哥本哈根被人们称为性都，这里的女孩都很开放吗？"

她又哈哈笑了起来："那是世人的误读，只是这里的女孩多数遇到自己真心喜欢的人，不会拒绝。你不会认为我是一个很随意的人吧？"

他审视地看着她，摇摇头。

"自从我爱的人死后，我没有对任何一个男人感过兴趣，更不要说近我身了，直到遇见你。"她在另一张椅子上坐下，"你抵御我的诱惑，将来不会后悔吗？"

他摇摇头。

她低头看了看装着酒的杯子，又抬头看着她："你这样做不会是为了她吧？"

他知道她指的是乌斯娅娜，他也不明白自己抵御碧尔的诱惑，潜意识里是不是为了乌斯娅娜。

"你跟她做过爱吗？"

"没有。"他摇摇头。

"你们不是还没开始就结束了吗？"

"是的，不过请原谅我，我无法将爱从她的身上转移，如这样也是对你的不恭。"

她欣赏地点点头，起身给了他额头一个轻轻的吻："你让我肃然起敬，我尊重你的选择。"

二

刘喆去了挪威。碧尔在工作室，专注地精心润色着那幅《忧郁男神》油画，她将对他的好感和敬重都融入到了这幅画的创作中。

11 月初，浓雾已经降临到哥本哈根的街道上。

这天乌斯娅娜到居伦达尔出版社，拿到诗集的样书出来，初冬的街头已是寒意浓浓。她穿着一袭大红色的呢子外衣，肩头披了一条羊绒花格针织披肩，兴致勃勃地随意走在大街上。不知不觉她来到了国家美术馆，看到那里正在举办画展，她于是走了进去。

展览的画都为现代画家所画，参观的人也不少，突然一幅画映入了她的眼帘，她惊愕地停下脚步看着，那正是碧尔画的《忧郁男神》。原来这幅油画完成后，碧尔送去参加了国家美术馆举办的画展。

画上的刘喆仿佛在用那双迷人而忧郁的眼神看着她，她感到一阵晕厥，于是用手抚着头。

一个中年女性工作人员见状走过来："小姐，你怎么了？"

她稳定了下情绪："没、没什么？"

她看了下署名的作者："你能告诉我这幅画的作者碧尔在哪里吗？"

"怎么，你想买她这幅画？作者可说了，这幅画是只参展不出售的。"

"我很欣赏作者的画风，想与她聊聊。"

"是这样，那你来办公室我给你查查。"

乌斯娅娜随那工作人员去了办公室。

碧尔在工作室，正在创作一幅大型油画，有几个男女模特儿或站或坐在模特区。

乌斯娅娜走了进来。

碧尔专注地画着，并没有留意到她的到来。乌斯娅娜没有打扰她，而是隔着一段距离静静地看着。碧尔到叫休息时，才注意到进来的乌斯娅娜。

"你找谁？"她走了过去。

"你就是碧尔吧？"

碧尔点点头："你是？"

"我叫乌斯娅娜，从美术馆来，很冒昧地来见你。"

"你就是乌斯娅娜？！"碧尔惊叫了一声，回头对那些模特儿说道："今天就到这里。"那些模特儿不明白来了什么人，使得碧尔要结束今天的绘画，不由得多打量了几眼乌斯娅娜，然后陆续朝外走去。

碧尔去到洗手间洗了手，换了一件米黄色羊绒衫，对乌斯娅娜道："走，我们去外面聊。"

碧尔开了车，她们来到码头，登上一艘游轮改建的咖啡厅。

这里面向大海，海上风光一览无余，咖啡厅开了空调很暖和。她们要了咖啡，边喝边聊了起来，当然话题离不开刘喆。

碧尔："你和刘喆的故事他都给我讲了，看得出来他很喜欢你。"

乌斯娅娜黯然："既然如此在我订婚那天他为什么不来？"

"那天他从瑞典的首都斯德哥尔摩特意赶来，路上坐的出租车坏了，刚好我路过，便搭载了他。"

乌斯娅娜疑惑地看着她："那怎么没见到他？"

"他去买玫瑰花，说要向你求婚，哪怕你不答应，他也就会安心了。"

"他要是赶来我知道他在乎我，会跟他走的。"她低声道。

碧尔叹了口气："也许这就是命运吧。他买花回来时，正赶上我的手包被人抢了，他去追赶抢包贼并与他打了起来，后来被警察带到警局协助调查。当我们赶到你的订婚仪式现场时，已人去屋空。只见到你和你未婚夫的招贴板，他很失意。"

她看着碧尔："你说的这些是真的？"

她点点头："不仅如此他在离开哥本哈根去挪威时，还专程去了赫尔辛格小镇，向你外祖母遥拜，只是没有惊动她老人家。"

乌斯娅娜两眼涌出了泪花。

"你有何打算？"碧尔道。

"我虽然不再爱特里尔，但毕竟成了他的未婚妻，木已成舟。此时反悔会影响到家族的声誉，父母是不会答应的。"

碧尔惋惜地握住她的手，叹息一声。

"也许这就是命运的安排吧！"乌斯娅娜哀怨道。

碧尔把乌斯娅娜送回公寓门口，才开车回去。

乌斯娅娜从碧尔那里了解到刘喆的消息，特别是知道他心中如此强烈地爱着自己，她感到很是欣慰，也为阴差阳错而痛惜。她回到公寓时，特里尔还没有回来，她开始做饭。可满脑子里都是刘喆，以致把菜都烧煳了，她赶紧手忙脚乱地关了火。

房门一阵锁响后特里尔开门走了进来，闻到一股煳味，问："怎么了？"

"菜烧煳了。"她颇为沮丧。

"一定想你的诗去了吧？我们去外面吃，等结了婚我们请个佣人做饭，你呢就安心写你的诗。"他安慰道。

乌斯娅娜也不好申辩，只得脱下做饭的围裙，与他一同去到外面的餐厅。

吃饭间乌斯娅娜依然显得心不在焉，特里尔问："怎么了？"

"没、没什么。"她掩饰道。

"对了，你今天不是去出版社拿样书吗？拿到了吗？"

她点点头。

"吓我一跳，看你那副样子，我还以为又出现什么问题了呢。"

正说着，特里尔的电话又响了，他看是雅塔打来的，对碧尔道："我接个电话。"

他走到走廊的一个拐弯处，接了电话。

雅塔在电话里大声道："你什么时候给我正式答复？"

他心里压住火："这事能急吗？你给我点儿时间。"

"我可告诉你特里尔，别给我耍花招。"

"想好了我会告诉你的。"特里尔挂了电话。

乌斯娅娜知道这个电话一定又是那个叫雅塔的女子打来的，她已没有了刨根问底的兴致。

特里尔走了回来，抱怨道："这些客户来电话也真会挑时间。"

她不想戳穿他，对他道："我已吃好了，我们回去吧。"说罢径直朝外走去。

特里尔只好付了款，追了上去，还不停解释："你相信我，真是一个客户来的电话。"

她站了下来，盯着他："如是客户来的电话，你用得着回避我吗？你敢调大音量让我也听见吗？"

特里尔被她问住了，嗫嚅道："乌斯娅娜，你要相信我是爱你的。"

她没有理睬他，回身继续朝前走去。

三

一百多年前，挪威人创造出滑雪运动，很快风靡全球。在挪威滑雪也是刘喆来到欧洲的一大选项。

刘喆在挪威首都奥斯陆度过一段时间后，去到挪威小镇特吕西尔高山滑雪场。喜欢滑雪是他还在四川老家时就有了的爱好。他时不时邀约几个朋友前去位于大邑县的西岭雪山滑雪。西岭雪山被誉为"南方的林海雪原"、"东方的阿尔卑斯"。记得有一次还是阿丹跟他一块儿去的。

他在雪场的宾馆住了下来。从窗口望去，可看见山上的雪道有人在那里滑雪，也有初学者在雪地上摔倒。眼前的场景使他想起了当年他和阿丹去到西岭雪山的情景。

那是三年前的一个冬季，他去西岭雪山滑雪，阿丹一时兴起也要去，于是一同到了西岭雪山滑雪场。

身穿蓝色滑雪服的刘喆，从一个雪坡上滑下。

"快来教我呀！"阿丹在远处叫道。

她穿着红色的滑雪服，脚上蹬着滑雪板，站着一动也不敢动。

刘喆快速滑了过去，在她跟前一个漂亮的动作停了下来。

他脱下了滑雪板，搀扶着阿丹学滑雪，教她掌握滑雪的基本要领："两板与肩要同宽，上身与膝盖微微朝前倾。"

阿丹按着他的说法开始学着滑行，两眼紧盯着脚下，生怕跌倒。

刘喆一边跟着一边道："眼睛看前方，两腿用力一致，保持平行滑行，对、对，就这样。"

阿丹练了一会儿似乎有些得法了，可就在这时她脚下不稳，身子摇晃着，刘喆连忙上去保护她，结果和她一起摔倒在雪地上。她的滑雪板脱落了，因是一个斜坡，抱在一起的他们，就在雪地里翻滚起来。

停下后她说自己脚崴了，不能走路。他只得背着她回到宾馆，她在他的背上却美滋滋的。回到宾馆房间，她跳了下来，原来她的脚并没有崴，骗他背她而已。

"好呀，你竟敢骗我！"他追打着她，她咯咯地笑着，在屋里躲闪。随后他们拥抱在一起，他吻了她，她给了他热烈的回吻。那天他们身心都交融在一起，仿佛世界都是他们的。

如今他又来到雪场，不由触景生情，生出几分落寞。

特吕西尔的滑雪季节刚开始，人不算太多。他在滑雪场尽情尽兴地享受着滑雪带给他的快乐，也在滑雪中忘记现实生活带给他的痛苦和烦恼。

不想几天后，这里的天气突变，一场大雪下来，覆盖了整个滑雪的场所，与外界的道路也中断了。

这是一场特吕西尔雪场百年不遇的大雪，滑雪的人被困，雪场告急。

挪威政府施展营救，但气候恶劣，收效甚微。

哥本哈根也下起了雪，无声无息地飘落下来。

傍晚乌斯娅娜从外面回公寓，进到厨房做饭，特里尔在沙发上看着当天的报纸。

窗外，雪花漫天飞舞。透过紧闭的窗户，她看得见雪花的形状。

客厅开着的电视上，一个身穿羽绒服的女记者在播报："百年不遇的罕见大雪，袭击了挪威特吕西尔。由于风雪天气直升机无法降落，高山滑雪场还有部分世界各地前来的滑雪爱好者亟待救援，目前政府正在积极想办法施救。"

听到这，乌斯娅娜连忙从厨房奔了出来，她知道刘喆说过这月初他会去特吕西尔滑雪场。

看完播报她非常着急，对特里尔道："我们得去挪威。"

"去挪威干什么？"特里尔不解。

"上次在火车上，我听刘喆说这期间要去特吕西尔滑雪场的，看我们能否做些什么？"

"你是说那个去过赫尔辛格小镇的中国人？"

她点点头。

"抢救人员那可是挪威政府的事，用得着你操心？"

"我学过护理，也许能帮上忙。"她开始拿提箱收拾行李。

特里尔冲过去按住提箱："你疯了吗？为一个中国人，你竟然不顾危险要去挪威。"

乌斯娅娜盯着他："我不能见他有危险而什么都不做。"

她拎着提箱来到公寓楼下，雪花依然飘着。

特里尔追了出来试图再次阻拦她，她伸手叫停一辆的士，然后把提箱放到车后备箱里。

"乌斯娅娜，你真要去特吕西尔？"特里尔叫道。

乌斯娅娜看着他："我希望你能跟我一块儿去！"

"不，我不会放下手里的工作，你再想想现在那里很危险。"

她拉开车门，回头对特里尔："我会注意自身安全的。"随后坐了上去，对出租车司机说道："去火车站。"

她来到火车站，买了夜间前往挪威首都奥斯陆的火车票。

第二天早上七点她在奥斯陆下了火车，这里虽然没有下雪，但天空是灰蒙蒙的，气温很低，她将防寒服帽戴在头上。出了奥斯陆火车站，她准备打的前往特吕西尔，问了几个出租车司机都不愿去那里。她只好来到通往特吕西尔小镇的公路上等车，有几辆过路的卡车她招手未停，最后一辆越野货车在她面前停了下来。

开车的是一个中年男子，穿着一件真毛领的蓝色防寒服。他的下巴有道酒窝，红润的双颊和浓密的灰色胡须给人一种沉着而镇定的感觉。

他看着她的提箱，知道她是从外地来的，于是用英语对她道："你是去特吕西尔？"

"是的，大叔，你能带上我吗？"她也用英语回答。

"上车吧姑娘。"

"谢谢！"她高兴地把行李放在后排，自己上了副驾驶座位。

中年男子性格很开朗，说自己叫安德森，是特吕西尔镇上的人，到奥斯陆是准备家里人过冬的食物。对她此时到特吕西尔很纳闷，说那里正遭受雪灾。她说自己是丹麦人，一个朋友正在特吕西尔的高山滑雪场，听到电视上报道说困住了不少人，她有些担心去看看。

"是你的恋人吧？"他问。

她摇摇头："是一个认识的中国人。"

"一个认识的中国人就让你从丹麦跑到这里来？"中年男子表示不愿相信。

她也不便多说，其实她也在想，为什么一个认识不久的刘喆，会让她如此关心，难道仅仅是出于一种友谊，或先前他帮助过自己。她自己都厘不清，外人当然也就更说不明白了。其实人们做事往往是一时冲动，或由着一种本性的驱使，但往往这种冲动和本性揭示了内心真实的诉求。

地上出现了积雪，越接近特吕西尔小镇积雪越厚。路上时有政府部门的抢险车开往小镇。

前面的云层显得很阴很厚重，安德森："看来又一场暴风雪要下来了。"

乌斯娅娜脸色十分焦虑，她不知道刘喆在高山滑雪场的情形到底怎样？

四

高山滑雪场，已被一片白茫茫的积雪所覆盖。

宾馆里困住了二三十个前来滑雪的人。有前去探路的两人回来告诉大家，说下山的路已被积雪封住，根本看不出道路，一不留神就会掉进沟壑里去。

大家都非常悲观，滑雪场的工作人员虽然叫大家不要惊慌，相信政府会来解救他们。但有两次直升机飞来，因山势险峻，加之气候恶劣，不但不能停到滑雪场，就连低空飞行都不敢。有架直升机试图尝试一下降落，一阵飓风吹来，险些撞了山。空投的救济物资不是投在了沟壑里，就是被吹得无影无踪。这两天连飞机的轰鸣声都没有听见了。

眼看更大的暴风雪将至，不少人很绝望，有一个年轻的男子几近发疯的状态。

刘喆和众人一起，看着变化的天空显得很是无奈。

乌斯娅娜乘坐的越野货车开到了特吕西尔小镇。

她从车上跳了下来，拿出提箱，回头对安德森道："谢谢您，大叔！"

安德森用手指着一个方向："姑娘，从这里走过去不远就是救援指挥部。"

"好的。"她告别了安德森大叔，朝他指的方向走去。

踏着积雪她来到救援队指挥部所在地，拍了拍身上的灰土和雪痕，推门走了进去。

一个身材高大的男人，正在沙盘上看着地形，他是救援队的队长，后面的长凳上坐着几位救援队员。

听见动静，队长抬起头，看着一个风尘仆仆的姑娘闯了进来，用挪威语问道："姑娘，你找谁？"

挪威语和丹麦语十分相似，是可以沟通的，她急切地问："我从丹麦赶过来，高山滑雪场的被困人员解救出来了吗？"

队长摇摇头。

"你们怎么不快去救援？坐在这里等什么？"乌斯娅娜着急地喊道。

"气象预报几小时后又将有暴风雪，这样的天气无法展开施救。"队长道。

乌斯娅娜盯着队长："你的意思是得等这场暴风雪过后才能上去救人？"

队长点点头："我们现在要做的只有等待。"

"上面的人已经被困了好几天，再不想法营救会出人命的。"乌斯娅娜急得快哭了出来。

"看你这样着急，你什么人在上面？"

"我爱的人。"不知怎么她竟然冒出了这句话。

队长走到她跟前："姑娘，我理解你的心情，我们也着急，可老天爷这样我们也没有办法。"

"咳！"乌斯娅娜沮丧而无奈地转身离开了指挥部，在雪地里心急如焚地走着。

"姑娘！"有人叫她。

她抬头一看是搭她进镇的安德森大叔，在一栋房屋前刚卸完装载的过冬物资。

"安德森大叔，您叫我？"

安德森点点头："你的恋人有消息吗？"

"不是恋人，大叔。"

安德森宽厚地笑笑："好、好，一位认识的朋友。"

她痛苦地摇摇头。

安德森："来，先进屋暖和暖和。"走过来将她拉进了屋。

屋里有位老奶奶和一个小男孩，老奶奶热情地招呼她坐下。

安德森大叔在炉子上为她倒了杯热茶："快喝了暖暖身子。"

"谢谢！"她接过热茶喝了几口，身子暖和了一些，这才沮丧道："救援队的人讲，几小时后又将有暴风雪，无法上去救人。"

"是呀，积雪将道路覆盖了，要找到上去的路很难，半道上暴风雪一来，就很危险了。"

"安德森大叔，"乌斯娅娜看着他，"你是这当地人，对雪场的道路一定很熟，你有办法上去吧？"

安德森大叔看着她："上去无用，也无法将他们带下来，不是说了几小时以后又有暴风雪吗？"

"听说上面通信中断了，水电一定也供应不上了，他们被困几天，与外界联系不上，人会陷入绝望的。"

安德森大叔看着她。

她说道："大叔如果能将我带上去，他们就看到了希望。"

"你想上去？"安德森大叔瞪大了眼睛。

她点点头，坚定道："是的。"

"不行、不行！你一个女孩上不去的。"安德森大叔直摇脑袋。

"我行的，从这里到雪场也就四五公里路。"她坚持道。

"虽说只有四五公里，雪地里没有三个小时根本上不去。"

"我不怕！只要你带我上去，多少钱都行。"她急切道。

大叔还是摇摇头。

她失望地起身，给老奶奶和安德森大叔告了别出了房门。

她拎着提箱走在雪地里，不知接下来该怎么办？也不知此时雪场的刘喆情况怎样？想着想着眼泪就掉了下来，她不由得低头用手抹了抹眼泪。

当她抬头时，一人挡在了她面前，是那位安德森大叔。

安德森大叔看着她："你真的不怕，想上去？"

"嗯！"她坚定地点点头。

"你确信要找的人在雪场？"

"我有这样的感应。"

"就为了这样的感应，你就要冒这样大的险？"大叔看着她。

乌斯娅娜点点头，"我必须这样做，否则心会不安。"

见她如此淡定，大叔抬头看了看正聚集着乌云的天空："也许我们还来得及在暴风雪前赶上去。"

乌斯娅娜这才破涕为笑。

安德森大叔在前，乌斯娅娜拄着一根木棍在后，他们开始朝滑雪场进发。

深一脚浅一脚，乌斯娅娜踏着大叔的脚印，走得非常吃力，

随后救援队把被困人员一一护送下山。

救援队长看到了乌斯娅娜，惊讶地用挪威语："你怎么在这里？"

她得意地笑道："你上不来，我就自己上来了呗。"

"你们这是……"不明就里的刘喆用英语问道。

队长看着他，改用英语对乌斯娅娜道："你说的爱人是他吧？"

乌斯娅娜狡黠地笑了笑。

"你们说什么？"刘喆看着他们摸不着头脑。

队长拍着他的肩："小子，你好有福气，这姑娘得知你被风雪所困，火急火燎地从六百多公里外的丹麦哥本哈根跑来，急着催促要我上山救人，说她爱的人在上面。我说得等暴风雪过后，天气好转才能上山。她却等不得，竟然不顾生死不知怎么跑上来了。我看呀，这个姑娘把你看着比她的生命还要重要，好好珍惜吧！"

刘喆回头看乌斯娅娜，她却已经走出去了。

<h1 style="text-align:center">五</h1>

他们下到山下的特吕西尔小镇后，刘喆和乌斯娅娜随同被困人员走向政府安排的体检地点。

在一辆越野车旁，站着抽着烟的特里尔，他的目光注视着从山上下来的人群。他看到了与刘喆一同走着的乌斯娅娜，猛喷了几口烟，在他的目光中闪烁着一种充满嫉妒、仇恨的痛苦。

走着的乌斯娅娜和刘喆，听见有人在喊乌斯娅娜，他们侧头，见是特里尔。

特里尔把手中的烟往雪地里一砸，压抑着内心的愤怒，走了过来："乌斯娅娜，你没事吧？"

乌斯娅娜："我没事。"

刘喆对他们道："你们谈，我先进去了。"说罢进了体检室。

"你怎么来了，不是不愿意来的吗？"乌斯娅娜看着特里尔。

特里尔一声冷笑："我要是不来，保不准你就跟那小子私奔了。"

"你怎么能这样说？"她表示了不满。

"我只相信我所看到的和我的直觉。"他道。

她觉得他有些无聊，不想与他争辩，把头扭向了一边。

刘喆体检完身体后出来，乌斯娅娜上前询问："怎么样？"

"心脏、血压、体温都正常，没事的了。"

"这就好！"特里尔也走了过来，用一只手搂住了乌斯娅娜的腰，"我和乌斯娅娜还要商议我们的婚礼筹备，没什么我们就走了，你自己多保重。"

刘喆点点头。

特里尔拥着乌斯娅娜朝一旁停着的一辆越野车走去。

乌斯娅娜上车前回望了一下刘喆，这才拉开车门上了车。

特里尔开动汽车，车经过刘喆身旁时，乌斯娅娜按下车窗，看着路旁的刘喆，眼里是复杂的神情。

越野车加速朝前开去，刘喆看着车消失在远方，这才收回视线，但头脑乱麻一般。

一人的手扒在他肩头，他回头一看是带乌斯娅娜上山的安德森大叔。

安德森大叔看着越野车消失的方向："多好的姑娘，你就这样让她被别的男人带走了？"

刘喆的脸上是不舍与无奈的表情。

从特吕西尔小镇到奥斯陆的公路上，铺着积雪，道路不好走。

特里尔一边艰难地开着车，一边道："想不到你竟然不顾生命危险上了高山滑雪场。"

乌斯娅娜收回望着窗外的视线看着他："我来这里了，不去滑雪场跟身在哥本哈根有什么区别？"

特里尔醋意道："你对我可都没有这么上心。"

乌斯娅娜哧一声笑了："看你这醋意吃的，这不是人命关天吗，他在这里又没有别的亲人朋友。"

特里尔显然并不认同她的说法，与她发生了争吵。

回到哥本哈根已是晚上，连日来的焦心和旅途疲惫，乌斯娅娜比平时都早就上了床，坐在床头看书。厨房传来牛奶机的噪音，也听见杯子碰撞的声音，还有特里尔自顾自地吹着口哨，她轻轻叹了口气。

回来的路上开始的争吵之后，特里尔都在向她示好。她也试着唤起几年来对他所拥有的爱情，他的笑容、他的温暖、他的话语……但她想到的却是他的自私、谎言与冷漠。

特里尔从厨房出来把一杯牛奶放在床头柜上，坐在床沿上，把她的头发撩到一边，吻她的后脖颈。

"我的女神，晚上喝杯牛奶对睡眠有好处。"

乌斯娅娜坐直了，用被子把自己包裹起来，伸手端过牛奶，却避开他的目光。

"乌斯娅娜，我们不要争吵了好吗？告诉我，你的心中没有……"

他的话还未说完，手机来了短信提示音。他反应极为迅速，拿出手机看了一下，是雅塔发来的，说有急事要见他。

他对乌斯娅娜说，是公司企划部有事找他，去去就回，让她喝了牛奶先休息，然后就离开了。

乌斯娅娜一动不动也不搭腔，她已没有情绪去戳穿他的谎言。她的头开始疼起来，她去到浴室把门反锁了起来，坐在浴缸的边上，忍住不让自己的眼泪流下来。她的心在抽搐，为什么刘喆不是特里尔，或者特里尔是刘喆呢？她困惑不已。从浴室出来，她到厨房为自己倒了杯红葡萄酒，一口饮下。

她木然地来到阳台上，月光已经离场，四周一片漆黑，她俯看了一眼空空荡荡的大街，

一股寒意从脚底升到头顶，不由紧了紧身上的睡衣。

特里尔开车来到雅塔的住处，刚进到她的房间，穿着睡衣的雅塔便扑了上来抱住他。

"你到挪威奥斯陆干吗去了？"

"你知道我去了奥斯陆？"

"我去你公司找过你，听他们说的。"

"我去特吕西尔小镇接回乌斯娅娜。"

"她在那里做什么？"

"那里刚发生过雪灾。好了，不说这些了。"见她发问，他就想到乌斯娅娜不顾自身安危，上高山滑雪场见刘喆这件事，令他心里不痛快。

他把雅塔放开，在客厅的沙发上坐了下来："你这么晚了叫我来做什么？"

"我爸给我来了电话，说要买一台新车送给我，你是卖车的，我当然得找你了。"

"这话不能明天说吗？非让我跑一趟，我今天真的很累。"

雅塔不高兴了，撇着嘴："你去奥斯陆特吕西尔小镇好几百公里都不嫌累，到我这里你就说累了？"

"好，明天去我公司，我陪同你挑选。"特里尔说罢要起身。

雅塔按住他："不行！今天我可是你的客户，你还没跟我介绍你的车型呢。听说我要买车不少商家都快打爆我的电话了。"指了指桌上的酒菜，"我还没吃饭呢，我们边吃你边介绍。"

特里尔没有办法，只得坐下来与她喝着酒，耐心介绍不同车型的性能和价格。

雅塔的兴趣哪在车子上，几杯酒下肚，便按捺不住肉体的欲望。她撩拨着特里尔，使他不能自持，欲火中烧的他们，边朝卧

室里走，边互扯对方的衣服。

第二天，晨曦透过窗帘流进来，房间里很冷。客厅里的桌子上，菜、酒瓶、烟灰缸、一堆烟蒂……一片狼藉。特里尔和雅塔的衣服沿着卧室扔了一地，像一些空荡荡的木偶。

雅塔睁开眼皮，立即打了个冷战，她伸出胳膊，把被子拉到下巴。这时特里尔也醒了，看着天色已亮，坐了起来。

雅塔拉过他的手摸着自己的肚子。

"孩子的事，我看还是打掉吧。"特里尔下了床，捡起地上的衣裤穿起来。

"孩子我是要留下来的，"雅塔两眼瞪着他，"你难道就真的不想娶我吗？"

"我给你说过了，我们做情人可以，做夫妻不行，我喜欢的是乌斯娅娜。"穿戴好的特里尔出了卧室，随后传来外面的关门声。

"你混蛋！"雅塔冲外面叫道，把他睡过的枕头狠狠地甩到地上，以发泄心中的强烈不满。

特里尔回到公寓时，乌斯娅娜醉躺在椅上还没醒来。她平时很少喝酒，一喝就醉。

第七章　玫瑰葡萄园

一

一架空中客车从挪威首都奥斯陆机场呼啸着飞上蓝天，朝着东方飞去。

机舱里坐着刘喆，他望着窗外机翼下快速隐去的城市，发出无限的感慨。四个月的欧洲之行，无论在作曲上，还是人生的感悟上都有不少的收获，当然也留下了无法弥补的遗憾。他心中憧憬着自己艺术人生的重新崛起。

乌斯娅娜的诗集由居伦达尔出版社出版后，引起了很大的轰动，又是签名售书又是电视采访。第一版三万册很快销售一空，第二次印刷也在加紧开印，乌斯娅娜一时成了丹麦家喻户晓的诗人。

诗歌出版社社长，在董事会上受到批评，说居然将这么好的一本诗稿放弃了，并质疑他的鉴赏能力和艺术水准。搞得他心头恼火又不便说出真相，一旦说出，又变成为了私利、压制人才的骂名。他只好不开腔，灰头土脸地坐在那里。

董事会后社长来到雅塔家里，雅塔看到他叔叔一脸的怒气，忙问："怎么了，叔叔？"

"我为了帮你，放弃了出版乌斯娅娜的诗集，结果被竞争对手居伦达尔出版社出版了。诗集火了，乌斯娅娜火了，居伦达尔出版社在发掘人才上也拔得头筹，万众瞩目，我落得成了没有眼光的人！"

雅塔连忙安慰："叔叔的这份情侄女会记住的。"

叔叔问她："我就不明白了，你跟乌斯娅娜究竟有什么过节，非得要打压她。"

雅塔这才不得不说出了她和乌斯娅娜以及特里尔的关系。

"你既然说特里尔跟乌斯娅娜订了婚，那现在就不要跟他有往来了。"

她则不以为然道："订婚又不是结婚，再说了，我跟他的事是过不去的。"

"怎么了？"叔叔看着她。

"我肚里已有了他的孩子！"雅塔决定把谎言进行到底。

"啊——"叔叔大吃一惊，"他知道吗？"

"知道，可他要我打掉肚里的孩子，说我们只能做情人，不能做夫妻。"

雅塔叔叔很愤怒："有他这样的吗？这不是欺负人吗？"

"是呀叔叔，我父母不在哥本哈根，这里您就是我唯一的亲人，这事您还得帮我。"

"咳！"她叔叔无力地坐了下来，随后又起身，"不行，我这就找他去。"匆匆出了门。

雅塔狡黠而得意地笑了，冲着她叔叔的背影喊："叔叔，您可得替我做主呀！"

雅塔的叔叔来到时代汽车销售公司找特里尔。

女秘书上前："请问您找谁？"

雅塔叔叔："我找特里尔。"

"对不起，总经理正在开会，要不您稍等一会儿。"

"我就要这时见他！"他强行闯进了会议室。

特里尔正组织召开销售会议，听取销售部的业绩汇报，见有人闯进于是问："你找谁？"

雅塔的叔叔看着他："你就是特里尔吧？"

他点点头："你是？"

"我是雅塔她叔叔。"

他知道来者不善，只得宣布休会，把雅塔的叔叔请到自己的办公室。

进到办公室，雅塔叔叔就对他单刀直入："你把雅塔肚子搞大了，却想去娶别的姑娘！"

特里尔赶忙把房门关上，怕外面的员工听见："我跟雅塔是你情我愿，别说得这么难听。"

雅塔的叔叔直视着他："好个你情我愿，你把她玩够了就想甩掉她。"

"我会给她补偿的。"他喃喃道。

"补偿，她的青春你能补偿得了？她的身心你能补偿得了？"

"那我能怎么办？我跟乌斯娅娜已经订婚。"

"我告诉你，雅塔肚子一天比一天大，这事你要是不处理好，我就组织一场记者见面会，让大家来评评理，看看你这样的做法对不对！"

特里尔知道只要将此事一曝光，乌斯娅娜一定不会再接受他。父亲会因他给家族丢脸，气得暴跳如雷，说不定会把公司收回去，交给别人管理。

他权衡利弊后道："这事你得容我想想，要不就请便。我会说你侄女勾引我，怀孕的目的就是想骗取我们家族的钱财。"

雅塔的叔叔怒火中烧："我侄女看上你是她瞎了眼，我可明确告诉你，富家子弟仗势家中财富玩弄女性，这样的事例报上天天有，你也很快成为其中一员。你既然不顾你家族的名誉，雅塔一个外地来的女子，又怕什么舆论呢？看看到时是指责她的多还是谴责你的人多。"

特里尔没有吱声，他知道如是那样，自己将身败名裂，会被千夫所指。

"再说了，雅塔的父亲在家乡有很大的一片葡萄园，你父亲不是酿红酒的吗？说不定有合作的机会。"

特里尔还是没有吱声。

雅塔叔叔："你好好想想吧！"说罢气呼呼地走了。

二

不久前阿丹的母亲来电话，说她父亲去医院做了检查，结果出来医生怀疑是肺癌。

阿丹一听就哭了，要她母亲带着父亲到北京来做复检。

今天是她父亲来北京的日子，阿丹坐着马涛开的车到火车站接，本来她给父母寄了钱要他们买飞机票的，老人家节约坚持坐火车过来。

接到她父母后，马涛送他们回到阿丹的公寓楼前，便告辞开车离开。

阿丹拎着父母带来的一个大包，带他们乘了电梯上到二十五层。然后来到自己的房门前，掏出钥匙开门走了进去。

她父母进屋后放下手中的行李。

她母亲环视了一下眼前的房屋："阿丹，这房子是你的呀？"

"北京的房子，我哪买得起，是公司给租的。"

她父亲问："刘喆人去哪儿了？"

她迟疑了一下答道："听说去外地了。"她怕她爸深问，忙把话岔开，"爸，医院都联系好了，明早我们就去。"

"你不会有啥事瞒着我们吧？"他父亲有些疑虑。

"不要多想了，我能有啥事瞒着你们？"阿丹道，"好了，你们赶了两天的车，很辛苦的，早些休息吧，明天一早得去医院。"

从欧洲回到北京的刘喆，一头扎在了新的音乐创作中。

他认为自己过去的音乐创作，视野不开阔，只注重了本土音乐元素。要走上更广阔的天地，有必要借鉴西洋音乐的精华。

这天傍晚，他穿着一件黄色的毛衣，正在家沉浸在音乐的创作中。门外响起了敲门声，他开门见是他的好朋友，《好歌曲》编辑部的赵东。

"怎么给你打电话老是关机？"赵东道。

"有什么事吗？"

赵东指着他："你小子从欧洲回来了也不吭声，就不兴我来看看你。"

"进来吧！"刘喆把他让进了屋。

"这趟去欧洲的情况怎样？收获不小吧？"赵东边朝里走边道。因屋里有暖气，他脱下了穿着的防寒大衣，挂到一旁的衣架上。

他倒了杯开水递给赵东："我在欧洲，特别在丹麦，不但接触了高雅艺术，还接触了乡村音乐。与作曲家艾格尼丝·奥贝勒也有过交流。"

"哦，看来还真收获不小！有没有创作出啥作品？"

"你还不要说，我认识了一位叫乌斯娅娜的姑娘，她是写诗的。诗写得非常的捧，我还将两首谱成了曲，她的外祖父是丹麦一位很有名的作曲家。"

"如此说来他外祖父收你为徒了。"赵东看着他。

"她外祖父三年前去世了。"

"咳！"赵东遗憾地叹了口气。

"不过她外祖母把她外祖父谱曲的手记送给了我，使我受益匪浅。"

"那可是无比珍贵的物品，怎么就会舍得送给了你？"像是突然恍然大悟，指着他道，"你老实说，与那姑娘是不是有了恋情。"

"应该说是彼此倾慕，不过也仅限于此。她外祖母送我手记，是我给乌斯娅娜扮演了一对恋人。"

赵东一副羡慕嫉妒恨的感觉："你小子看来艳福不浅。对了，你刚才说她的诗很好，有两首你还谱了曲，能唱给我听听吗？"

他起身打开电子琴，先弹唱了一首《日落》，赵东静静地聆听。刘喆唱完后抬头征询赵东的意见，赵东没有说话，他又唱了另一首《生命季节》。

他深情地演唱着，眼前出现了木屋、小船、湖水、森林、岛屿……乌斯娅娜正向他款款走来。

刘喆唱完最后一个音符，仍然沉浸在音乐的旋律和对情景的再现中。

赵东被深深地感染，不由得站了起来鼓起掌来："诗写得真好，简单直接，而不失深沉大气。《生命季节》磅礴的气度，直抵人的心灵，给人以启迪。而你的曲风给人耳目一新的感觉，充满了空灵和跃动。"

刘喆受到了鼓舞："你还想听的话，我在回北京的飞机上写了一首我作词作曲的歌《偶遇》。"

"哦，"赵东看着他，"写好了吗？"

刘喆从案桌上拿起一张正修改着的歌谱："歌词写好了，曲子今晚还得修改一下。"

赵东接过看了一遍，很兴奋："你改好后就给我电话，我来试听。"

刘喆："好的！"

赵东起身道："我就不打扰了，修改好后随时给我电话。"

刘喆激情澎湃，连夜修改曲子，天快亮时，把曲子修改好了。他自己很满意，意犹未尽，想唱给人听，他当然第一个想到赵东。他给赵东打电话关机，又打座机，语音提示占线。

刘喆骂道："好呀，重色轻友，怕我打扰，居然把手机关掉，座机搁一边。"但也无奈只得倒头而睡。

哪知还在睡梦中，门外便传来"砰砰"的敲门声，把他从沉睡中惊醒。

"谁呀？"他很是恼火。

外面的人没有吱声，而是又"砰砰"地敲着门，他只得穿了拖鞋走到门口，开门一看是赵东。

"这么早，你来干啥？"

"你看看天，太阳都晒到你屁股了！"随后举了下手中买的早餐，"知道你昨晚熬夜，给你送吃的来了。"

刘喆转身回屋，让赵东进了屋。

刘喆打着哈欠，看了看墙上的挂钟："才睡了两个小时，你就来搅肇。昨晚有佳人在你那里吧？"

赵东笑了："看来啥子都瞒不过你，不过你怎么知道？"

"你不是说修改好曲子后就给你打电话吗？谁知手机关机，座机也打不通，就晓得你没有好事。"

赵东嘿嘿一笑："我这不是负荆请罪来了吗？"他将早餐放到客厅的茶几上。

刘喆进了卫生间洗漱，当他出来后看见赵东已在琴房，哼着他连夜赶着修改的曲子。

他走过去："怎么样？"

赵东侧头看着他："来，你试唱一下。"

刘喆点点头拿起歌谱放在电子琴边试唱了起来：

我和你偶遇在开往丹麦的邮轮
落日把你雕成一尊女神
美丽而婉约
犹如上天的使者
赫尔辛格小镇传来的歌声
还有教堂的钟声
至今仍萦绕耳旁
挥之不去

一叶小舟划向密西尔岛
翔飞的海鸥碧波的海水
我们在大海里畅游
快乐时光洒满洁白的沙滩
鼓足勇气要向你表白
表白我的爱意
命运却把我们分开
阴差阳错

高山雪场风雪弥漫
有你前行的脚步
以命相搏只为心系偶遇的人
我们天各一方
再没看到你的身影
可早已刻在脑海无法删除
命运天注定
情归何处

他试唱完后，赵东仍半闭半醒沉浸在听的状态。

"怎么样？"刘喆心情颇有些忐忑。

赵东睁开了眼，指着他道："你叫我怎么说你？"

"怎么了，不行吗？"他紧张地。

"你这趟去欧洲，值，真他妈值！"赵东高声道。

刘喆这才松了口气，用手摸了摸胸口："你吓死我了！"

"你的曲风有了明显的变化，不再拘泥于形式上的格律，而是随着心绪而走，如行云流水。这首歌词恐怕也是受了乌斯娅娜的影响，不但唯美动听，有思想性，而且节奏感强，充满画面感，非常易于传唱。毫不夸张地说你的曲风实现了一种蜕变，中西融合把流行歌曲提升到一个新的层面。这几首歌推出的话，一定会风靡大江南北。"

听赵东这样说，刘喆当然很高兴，但他道："谢谢你的鼓励，不过我还没有打算即刻推出，还需要再打磨。"

"看来你的创作态度也是日趋严谨，很好。"赵东鼓励他，"从你的曲风中，可感受到强烈的唯美主义倾向和摩登的现代气质，照你目前的态势发展，重新在乐坛站起来指日可待。"

"有你这句话我就有信心了。"

赵东指着电子琴旁放着的歌谱：这好东西，我们《好歌曲》要了，连同你的《日落》《生命季节》。

刘喆笑道："我就知道你小子没安好心，什么负荆请罪？你是嗅到了气味，一早把我堵在屋里，怕我给了别的刊物。"

两人哈哈笑了起来。

赵东收住笑："对了，阿丹的父母来了你知道吗？"

刘喆摇摇头："我跟她已没有什么联系了，他们来干什么？"

"听说她父亲是来复检的，在当地检查怀疑是肺癌。"

"啊！李叔，那情况怎样？"

"要过几天才拿得到化验结果，你跟阿丹真的结束了吗？"赵东问。

刘喆点点头："我尊重她的选择。"

三

阿丹的父母在等待化验结果期间，一直想见刘喆。

阿丹总是以各种理由搪塞，她父亲似乎发现什么不对劲儿的地方，这天晚上忍不住问她是不是和刘喆出了什么状况。

她沉默不语，知道父母对刘喆很好，如果说出她已放弃了刘喆，选择了对自己事业更为有利的经纪公司老总马涛，后果是不堪设想的，她想以后再找机会告诉父母。

"你不会是移情别恋了吧？"他父亲严厉地追问。

"爸，看你说的。"

她母亲在一旁插话："没有就好，你跟刘喆是家乡人，又是同学，当初要是没有他带着你一块走上音乐道路，你就没有今天的成绩。"

这时门外传来了敲门声，这么晚了谁还会来？阿丹想着走到门口从猫眼往外看去，见竟是刘喆，大为吃惊，将门开了一条缝挤身出去。

"你怎么来了？"

"听说伯父、伯母来了，我过来看看。"

"他们还不知道我们分手的事，我也不想现在让他们知道。"

刘喆点点头："两个老人家是我尊敬的长辈，得知他们来了，我不能熟视无睹不是吗？"

屋内传来她父亲的问话："阿丹，是谁来了？"

阿丹："是刘喆从外地回来了。"

"哦，快让他进来！"屋里传来她父亲的声音。

刘喆进了屋，阿丹父母看见果然是他非常高兴。

阿丹父亲道："我还差点错怪阿丹这孩子，怀疑你们分手了，刚才还在追问她呢！你来了，太好了！"

刘喆和阿丹父母拉着家常，他按阿丹的要求一点也没有暴露他们已分手的事实。

阿丹父亲对他们道："我的病况也不知怎么发展，说不定哪天就去了天国，能看着你们结婚，就是我作为一个父亲的最后心愿。"

刘喆拉着他的手："伯父，看你说的，你一定会好起来的，即或有什么疑难病症，现代医学这么发达，一定会有办法的。再说了，看你这气色会有啥病？"他的乐观感染了大家，几天来的沉闷阴霾一扫而光。

一旁阿丹的手机铃声响了，她一看是马涛打来的，盯了刘喆一眼，揿断了电话。

随后手机铃声又响起，刘喆："你接吧！"

她走到边上，接听了电话。

马涛在电话里告诉她，后天在深圳有场明星演唱会，为她争取到了机会，明天就得飞过去。

她为难地道："你知道的，我父母在这里，父亲还等着拿复查结果，我怎么能丢下他们？"

马涛在电话里不悦道："我可是好不容易争取来的名额，参加演出的还有香港的刘德华、孙燕姿等大牌明星，这不是你一直想要的吗？你要是不能去，我就把机会给别人了。"

她不知该去还是放弃："我、我……她想解释几句。"

马涛撂下一句话："你今晚好好想想，明早给我回话。"说罢挂了电话。

她无奈而纠结地放下手机。

她在接电话时，刘喆听见她所说的话，猜到了电话的大致内容，走了过去："是马涛打来的？"

"嗯。"

"演出的事？"

她点点头，看了看另一边的父母："不过我已回了他。"

"你去吧，这几天就把你父母交给我，我会照顾好他们的。"

"这怎么好？"她看着他。

他低声道："我们虽然已不是恋人关系，还是朋友吧？再说了你父母也没有把我当外人。"

"谢谢你，我……"她要想说什么。

刘喆："你什么都不需要说了。"

阿丹去了广州参加明星演唱会，刘喆带着她的父母去看了故宫，游了颐和园，还转了王府井。她父母很是开心。

这天刘喆开车去医院，拿了阿丹父亲照的 X 光片和化验报告，然后去到医生处。

医生看了化验报告，又将 X 光片插入光片灯箱仔细查看。然后对他道："病人肺上的阴影是良性的肿瘤，吃药调理，没有什么大碍。"

刘喆长长地舒了口气，他立即给阿丹打电话，想及时告诉她这个好消息，却关机。

　　他于是驱车来到阿丹的公寓，给她父母报告了复查结果。

　　阿丹父亲自从在地方医院检查怀疑是癌症以来，压在心头的一块大石终于去掉，兴奋地拥抱着刘喆："太好了！太好了！"

　　她母亲也高兴地流下了眼泪。

　　刘喆因有事在身要告辞，阿丹父亲道："我没大碍，只是虚惊一场，这算是好事，好事要成双！"

　　"还有什么好事？"刘喆不明白。

　　阿丹父亲道："哎，你和阿丹都不小了，来到北京也算站住了脚，我看就在明年春节回四川把婚事给办了！"

　　刘喆欲言又止。

　　阿丹母亲道："孩子她爸说得对，结了婚你们相互之间照顾起来更方便。有了孩子送回老家，我给你们带。"

　　刘喆不知该如何回答他和阿丹已分开的事实，阿丹担心她父亲的病还特别交代过。虽然她父亲的病复诊出来无大碍，但他还是觉得不应该由自己来告诉她父母，由阿丹说出更好一些。

　　刘喆只得敷衍道："我和阿丹都还年轻，还需要在事业上多打拼。"

　　"你这是什么话？你们都是快三十岁的人了，事业多大算成功？那是无止境的。成家立业，成了家才能立业，这点你们不懂吗？"

　　"老头子，有话好好跟孩子们说。"阿丹母亲在一边道。

　　刘喆言不由衷地："到时再说吧！"起身道，"伯父、伯母，你们早些休息，我走了！"他赶忙告辞出来，情绪不佳地乘坐电梯离开。

　　刘喆走后，阿丹父亲怨气还未消，指着外面："他这是啥话？啥叫到时再说？"

　　阿丹母亲道："慢慢再劝劝吧！"

　　阿丹父亲仍然气不平："我们阿丹哪点配不上他，他要跟阿丹玩花花肠子，看我跟他没完。不行，我要给阿丹打电话，问问他们之间到底怎么回事？"他父亲拨了阿丹的手机号，语音提示是处于关机状态，他生气地撂下电话。

"好了、好了，老头子，见病没事了你这倔脾气又上来了。你这火爆脾气不改呀，早晚得出事。"阿丹母亲道。

夜晚的广州万家灯火，非常地壮丽华美。

五星级白云宾馆，1205房间里的阿丹在浴室里洗浴，她用水冲掉身上的洗浴液，然后拧紧水龙头，一边用毛巾把身上的水擦干，一边从镜中观察自己。她身材非常苗条，肌肤像水蜜桃般细腻光滑。

镜中的她俯身责备道："刘喆对你多好，你却抛弃了他，你是一个负心的人。"

她大吃一惊，盯着镜中的她，心里道："要是跟着刘喆，会有眼前的一切吗？"

随后她穿着浴衣进到客厅，打开关机的手机，给北京的父母拨通了电话。电话是她母亲接的，她母亲告诉她不要担心他们，下午刘喆从医院过来，说她父亲包块是良性的，不是恶性肿瘤。她听后欣喜地流下了眼泪，长长地舒了口气。

她母亲还说刘喆对他们很好，带他们去了不少地方游玩。

随后她父亲抢过了电话责问："下午给你打电话你怎么关机？"

"下午在开会讨论明天演唱会的事。"她感到父亲问话中的一些情绪，"爸，你身体没事了，应该开心才对呀？"

"都是那个刘喆给闹的！"

"他怎么了？"

电话里她父亲表达了对刘喆的不满："给他谈起你们的婚事，他总推脱，说什么还年轻，还需要在事业上多打拼。"

她知道刘喆受了委屈，但她也不能在电话里说，一两句话是说不清楚的。她只得道："刘喆说的有道理，这也是我的意思。"

"你们不会合起来瞒着我们什么吧？"

他父亲还想说什么，她道："爸，明天就要开演唱会了，还有很多需要准备的。"

阿丹合上手机，对刘喆她心生愧疚，但为了自己的星光大道，她认为牺牲掉刘喆是明智之举。想到这内疚的心情有了缓解。

马涛从外面开门进来了，看到沉思中的阿丹走了过来："怎么了？"看到她手中握着的手机，"给谁打电话了？"

"我爸的复检报告出来，是良性肿瘤。"

"这不是好事吗？瞧你愁眉苦脸的样子，难道还有什么烦心的？"

她摇摇头。

"是怕明天上台紧张？"

她摇摇头："我没什么，只是有些累。"

马涛笑了："好了，我们来预祝明天的胜利，你好好地放松放松！"他抱起了她走向床边。

夜空一弯月亮挂于宾馆的屋檐之上，阿丹房间的灯光熄灭了。

四

经济危机席卷整个欧洲，特里尔家酒庄的红酒出现了严重滞销，但又不能不生产，这样一来周转资金就成了问题。特里尔的父亲尼尔森跑了几家银行都不愿贷款给他，收购葡萄的定金该支付了，要是不及时地落实，一旦到了收购季节葡萄就会旁落他人。没有葡萄原料酒庄将面临停产，搞不好还有破产的可能，急得尼尔森像热锅上的蚂蚁。

雅塔的叔叔从别处得知了特里尔家酒庄出现的危机，他眉头一皱，计上心头。通过朋友告知尼尔森，说位于奥尔胡斯的玫瑰葡萄园，盛产高质量的葡萄。庄园主霍顿是一位有远见，热心的人，他如去求助他也许会有帮助。

走投无路的尼尔森抱着一试的心态，让司机开车来到了奥尔胡斯的玫瑰葡萄园。进入园区有人把守，他摇下车窗递过自己的名片。

看守看了他一眼："您是尼尔森董事长？"

他点点头。

看守连忙拉开庄园大门，他们车开了进去。葡萄庄园很大，车道两旁都是葡萄架，有不少做工的人在修剪藤蔓。虽然还不是葡萄成熟的季节，空气中依然洋溢着葡萄和树脂的香味。

朝阳如火，云雀叽叽喳喳地飞向高空。

车在葡萄园里开了二十多分钟，拐了几个弯，终于放慢了速度。经过一道双开大门，车徐徐前行，车道两侧种着修剪齐整的圣诞红花卉，最后车停在一栋白色的别墅前。

一个穿着一身宽大的皮制服装，蜡黄色面容高大臃肿的中年男子在别墅外等候，他便是庄园的主人霍顿，碧尔的父亲。

尼尔森下了车，与霍顿握手："劳驾庄园主在此等候！"

霍顿哈哈一笑："想不到是赫赫有名的尼尔森董事长亲自前来，还恕我未到庄园大门去迎接。请！"

宾客来到客厅就座，有庄园人员给他们倒上红酒后退下。

"我看你葡萄园很大的，看长势葡萄一定是大丰收呀！"尼尔森道。

"咳，每年就那样，您今年的葡萄酒产量咋样？"

尼尔森叹了口气："您知道的，经济萧条蔓延到了红酒业，日子难过呀！"

"红酒是可储存的，倒闭的是那些品质不好的小酒厂，谁不知道你们尼尔森家族酒庄酿制的红酒，无论是产量还是品质，不要说在丹麦，就是在整个欧洲也是排得上号的。"

尼尔森摇摇头："不瞒您说，摊子越是铺得大所需资金越多，铺出去的货倒是不少，可这资金回不了笼，手头紧呀！"

"哦，"霍顿看着他，"这您得去找银行呀，到我这里来……"

"银行是嫌贫爱富的主，过去是追着我贷款，可如今见红酒业有了危机，就相互推诿。没有流动资金订购不了葡萄，我这心里急呀！"

"所以您就跑到我这里来……可我不放款呀！"

"我的朋友告诉我，您是很有远见的葡萄种植园的庄园主，我今天来是想跟您谈谈，请求无定金预订您庄园里的葡萄。"

霍顿面露难色："我也有难处呀，改良品种，扩大种植面积就不说了，就是日常开支也不小呀！法国的拉菲酒庄前两天也来人说要订货，不说定金，就是预付款都打过来了。"

"我可是奔着您的美名来的，您可不能见死不救啊。"尼尔森几乎是在哀求了。

霍顿转过话题："您家特里尔少爷还好吧？"

"怎么，您知道他？"

"不瞒您说，我也是最近才听说的。"

"哦……"尼尔森不明白他提到特里尔的用意。

"我可听说他跟我的女儿雅塔走得很近。"

"是吗？我可没听特里尔提起过。"

"听雅塔的叔叔来电话讲，好像关系很不一般。"

尼尔森看着他。

霍顿喝了杯中酒："我也打电话问过雅塔，对您家少爷可是有意？她回答我她和你儿子的关系已经发展到无法分开的地步。"

尼尔森疑惑地："您说的可是真的？"

"这事我能骗您？"霍顿为自己和尼尔森已空的酒杯里倒上红酒，"要是他们成了一对，您的事不就是我的事，一家人就不说两家话，我这庄园的葡萄您要多少给多少！还用得着说定金吗？"

"可我儿子特里尔他已是有未婚妻的人。"尼尔森道。

"我只有雅塔这么一个女儿，她要天上的星星我都会想法给她摘下来，您儿子难道比摘星星还难吗？"

尼尔森无言以对。

玫瑰葡萄园中的交谈结束后，霍顿送尼尔森来到他的轿车旁，尼尔森拉开车门回头对霍顿道："再见！"

霍顿微笑地："希望很快再在这葡萄园见到您。"

尼尔森上了车，司机启动了轿车，朝葡萄园外驶去。

轿车在公路上行驶着，尼尔森面无表情，他对霍顿以他儿子的婚姻大事来说事很不爽。但眼前要渡过难关，霍顿犹如一根救命稻草他又不能不想法抓住。如果真的他与霍顿结了儿女亲家，他的酒庄原料来源就不缺了。他想应该找到儿子问清情况，到底是怎么一回事。

轿车开到了一个公路口，尼尔森对司机道："去哥本哈根。"

司机搬动方向盘车向右拐，朝着哥本哈根驶去。

傍晚，特里尔回到家，开门后见父亲坐在屋里，惊讶道："爸，您怎么来了？"

"我来看看你。"他父亲审视地看着他，想知道霍顿所说特里尔与他女儿雅塔的事是真是假。

"太好了，爸！您好久没到我这里来了，您还没有吃饭吧？"

尼尔森摇摇头。

"家里没有啥吃的，我们去外面。"

他父亲点点头："你的未婚妻乌斯娅娜呢？"

"她去了她的闺蜜芬克那里，要不我把她叫回来。"特里尔摸出手机。

"不用，我想跟你单独聊聊。"

特里尔看着父亲，知道他突然而来，一定有什么事。

他们来到楼下的一家中国人开的餐厅。

坐定后服务生过来，特里尔点了几道菜，服务生拿着菜单去了后厨。

特里尔对父亲道："妈还好吧？"

"你妈没事就逛街或去教堂，身体好着呢，你不用担心。"

"我们家的酒庄还行吧？"

"我来也还有为酒庄的事。"

"哦！"他看着他父亲。

"你知道现在整个欧洲的经济非常不景气，我们家酒庄的酒滞销，发出去的酒款也不能及时收回，资金运转非常困难，如不能很好解决，酒庄就得停产，甚至有破产的危险。"

这时服务生把他们要的菜品送上。

服务生走后，特里尔道："爸，您到哥本哈根是去银行贷款的？"

"银行那帮家伙，见整个红酒行业萧条已经不贷款给我们酒庄了。"

"啊，那咋办？"

他父亲看着他，思考怎样进行他们之间的实质性谈话。

"您不会是要从我公司抽调资金吧？我公司的流动资金可不多。"

"你告诉我，你是否认识一个叫雅塔的姑娘。"

"雅塔，你是说霍顿·雅塔？"

他父亲点点头。

"认识，怎么了？"他看着父亲，对他父亲突然提到雅塔未免有些紧张。

"你们的关系怎么样？"

"就是认识而已，爸，您怎么问这个问题？"他隐瞒了他与雅塔的关系。

"我来找你，不是要听你敷衍的，你实话告诉我，她是不是喜欢你？"他父亲盯着他。

他避开父亲的目光："我是有未婚妻的，您又不是不知道。"

"可你还跟雅塔很暧昧，是吗？"

"我喜欢乌斯娅娜，可雅塔对我也挺好。我想过，乌斯娅娜端庄稳重，是合适作妻子的，而雅塔过于热情奔放，有时还会做出过激的事情……"

他父亲看着他："于是你就把她视作情人？"

他垂下眼帘。

"孩子，你这是在玩火！"他父亲正色道。

"爸，您是来兴师问罪的？"

"你知道吗？他父亲的葡萄园会成为我们酒庄的供应商。"

"我听说过她家是搞种植的，不过具体的情况我就不太了解，也没兴趣关心。"

"她已跟她父亲谈了你们的关系。"

"她怎么说？"特里尔心更为紧张。

"她说你们很要好，已经发展到无法分开的地步。"

特里尔感到事情不像他想象的那样简单，放下了手中的勺子。

"她父亲说了，如果你们能走到一起，他家的葡萄园就可成为我们酒庄的种植基地。"

"爸，"他压低声音，"你不能为了您的酒庄，牺牲掉我的婚姻吧。我想娶的可是乌斯娅娜，而且她现在是我的未婚妻。"

"她不还只是你的未婚妻吗？你公司的资金哪里来的？还不是从酒庄来的，要是没了酒庄，你的公司今后还怎么发展？"

"爸，今天我不想跟您讨论这个问题，我看跟您还是想些别的办法吧。"

"我要是还有别的办法，还跑到这里来跟你谈。"他父亲放下勺子，坐在那里生着闷气，一顿饭吃得很郁闷。

他父亲要他好好考虑考虑，是爱情重要还是现实重要。

父子俩就这样不欢而散。

五

阿丹在广州明星演唱会结束的第二天，她父亲吃了晚饭，对她母亲道："你收拾屋子，我得去楼下转转，这段时间太郁闷了。"

"别走远了，小心迷路转不回来。"

"我也是走南闯北之人，说这些。"她父亲说罢开了房门走了出去。

他出了公寓，因病没事了，一阵高兴哼着小曲在街头溜达。不知不觉走出去了两条街道，拐角处看见有一个报亭他走了过去。

有报纸在整版报道广州明星演唱会的情况，不少人在购买。

一个看着报纸的人在议论："阿丹的新男友真不错，还去探班。"

另一人道："报上不是说了吗，是她签约的经纪公司的老总。"

听到这些议论他愣住了，上去对他们道："你们乱说啥？"

一人看了他一眼，拍着报纸："谁乱说了，这上面都写着呢！"

他抓过报纸一看，果然上面有这样的报道，拿着报纸转身便走，那人把报纸抢了过去："哎，这是我的报纸。"

他走到报亭拿起一份要走，亭主喊道："哎，钱！"

他赶忙掏出一元硬币丢到摊位上，急急忙忙回到了公寓。

阿丹母亲看见他满脸的怒气，忙问："老头子，你这是怎么了？出去时不是挺高兴的吗？"

他把报纸往桌上一拍："看你女儿干的好事！"

阿丹母亲拿过看了一遍，也很是生气："阿丹怎么会这样？刘喆人多好！"

"是呀，做人不能忘了本。"她父亲道。

"这报上说的不会是真的吧？"阿丹母亲将信将疑。

"我看十有八九错不了，那天我们给刘喆讲，让他们早日成亲，见他闪烁其词，似有难言之隐，我就觉得有些不大对劲，晚上阿丹来电话也是对他们的结婚问题躲躲闪闪。"

"老头子不要那么早下定论，孩子回来了问问不就清楚了。"

正说着，门开了，阿丹拎着行李箱进来。

她父亲拉着脸坐在一边，母亲也忧心忡忡的样子。

阿丹先是一惊："爸的复查结果出来，不是说没什么了吗？"

她爸道:"你是怕病收不了我的命,你又来气死我吗?"

"爸,您这是怎么了?"她不明白又看看她母亲。

她母亲朝桌上努了努嘴。

她看到了那张报纸,明白了父亲生气的原因。于是对父母道:"既然你们都知道了,我也就不用多说了。"

她母亲道:"孩子,这是为了什么?"

阿丹把行李箱放下后缓缓道:"你们也知道,我在北京打拼不容易,再往上走刘喆就无法帮助我了,马总你们见过的,不但可以为我出歌碟,还可为我举办个人演唱会。跟了他,我的前途会是一片星光灿烂。"

"够了!"她父亲打断了她的话,"你的意思有奶便是娘是吧?要是你能够攀上对你有用的父母,把我们也要抛弃了是吧?我们走,这就跟你妈回四川老家。"

"爸,你这是干什么?"她着急道。

她母亲道:"闺女呀,不怨你爸生气,我们当初让你上音乐学院,同意你到北京发展,不是要你为了所谓的成功变得六亲不认。"

阿丹:"你们是我亲生的父母,这是无法改变的,我也爱你们。那么多北漂的人是为了什么?不就是为了能有朝一日成功吗?为了这一天牺牲掉爱情的人还少吗?"

"我们这就走!"她父亲站了起来,"你现在长大了,翅膀硬了,我们不在你眼前,免得碍你事。"她父亲进屋去收拾行李。

阿丹急得眼泪都流出来了。

她母亲对她道:"你父亲是急性子,先回去也好,免得在这里没病气出病来。"

她父亲收拾好行李,打电话给刘喆,要他前来送他们去火车站。

刘喆不知出了什么事很快开车赶了过来。

他来到公寓楼前时，阿丹的父母已提着行李在楼下等候，阿丹一直在劝阻，试图挽留他们。

刘喆跳下车，迎过去："李叔，发生了什么事？急着要走。"看到阿丹招呼道，"你回来了？"

阿丹点点头："你帮我劝劝我爸，他说什么都要走。"

刘喆："李叔，既然身体不要紧了，你和阿姨也难得来北京，我陪二老多转转。"

阿丹父亲："刘喆，啥都别说了！我和你阿姨这就走，再不走恐怕就得真病了。"

刘喆见她父亲执意要走，看了阿丹一眼，只得拎了她父母的行李箱放到车的后备箱，然后打开车门，让阿丹父母坐了上去。

他将车开走，从倒车镜上，他看到悲伤孤寂乃至落寞的阿丹，正用手抹着眼泪。

车驶出小区，很快上了主大街，朝火车站驶去。

"李叔，到底发生了什么事？"车上刘喆问。

"你和阿丹分手的事我们都知道了。"阿丹的母亲道。

"你们急着要走，就为这事？"刘喆问。

"这孩子太气人了，变得我和她妈都快不认识了。"阿丹父亲提高了嗓门。

"李叔、阿姨，你们也别生气，看气坏了身子。阿丹也许有她的难处吧。"

"你也别替她护着了，想成功成名本没有啥错，可不讲亲情道义，甚至丢弃人格尊严，这样的成功有何意义？！"她父亲愤愤道。

阿丹母亲："是呀，想不到这闺女变化如此之快，早知如此就不让她到这里发展。"

说话间刘喆将车开到了火车站，他为他们购了两张到成都的卧铺票，送他们上了火车安顿好，直到火车启动他才离开站台。

出火车站后，他给阿丹打了电话，告诉她李叔和阿姨已安全上了火车，后天下午就可到达成都，让她放心。并说她父母是一时接受不了他们分手的现实，过了这阵后会慢慢想开的。

阿丹蜷缩在沙发上，正为父母的数落和离开伤感，接了刘喆的电话后，心情稍有缓解。

"你恨我吗？"电话里她道。

"恨谈不上，只是感到悲哀。所谓的爱情，在现实的名利面前怎么会变得这么不堪一击？！"

刘喆的话比骂她薄情还令她难受。有人为了爱情，可以抛弃一切荣华富贵。也有人为了功成名就，视爱情为玩物。人生究竟需要什么，她并不清楚，但她已迷恋舞台的聚光灯，享受歌迷的鲜花与掌声，以及娱记的追捧。至于浮华背后的孤寂，洗尽铅华的落寞，她不去多想，也不想去思考，只想享受眼前的快乐和满足。

第八章　婚姻危机

一

　　鼎力健身中心，坐落在北京东直门街，三楼的户外悬挂着鼎力健身中心的大招牌。

　　健身房里，刘喆穿着短裤，赤着上身在综合训练器上，练着臂力。块块的肌肉随着双臂的运动隆起和舒缓，无不显示出他肌肉的发达和力度。

　　赵东穿戴整齐在一旁吃力地举着哑铃，一看就不是来健身的。

　　刘喆在拉了上百个后站了起来，抓过一旁的毛巾擦着流出汗水的脸和双臂，赵东也停止了举哑铃，他们走向休息区。

　　刘喆边走边对赵东道："你到这里来找我，一定有什么事吧？"

　　"还真有一事。"

　　刘喆停下脚步："说吧？"

　　"不是一两句能说完的，离这不远有家酒吧，一会儿我们过去坐坐。"

　　刘喆在洗浴间冲了澡，穿上棕色厚卡克外套，他们出了健身中心。此时正是下班高峰，街头车水马龙，人行道上行人熙熙攘攘。他们拐进一个胡同，来到几十米外的一家叫古风的酒吧。这时是下午五点多钟，离酒吧人来的高峰还有一段时间，因而人不多。

老板娘是一位风韵犹存的女士，见他们进来连忙迎了上来："哟，是赵老师，二位快请进。"

他们进了酒吧，赵东把他领到靠里的一处环境不错的地方坐下。

刘喆对赵东："看来你是这里的常客。"

赵东笑笑："没事爱过来坐坐。"

刘喆指着他："哦，我知道了，你是醉翁之意不在酒吧？"

赵东嘿嘿一笑："你懂的，秀色可餐。"

"啥秀、啥餐？你们嘀咕啥呢？"他们抬起头，老板娘走了过来。

赵东和刘喆对视坏笑了一下。赵东："老板娘，给我们来扎啤酒。"

老板娘对柜台里的伙计道："给这两位来扎沃斯乐，还有上份香煎牛油果三文治。"

"哎，我们可没要三文治。"赵东急忙道。

"你们这时来一定还没吃饭，放心吧，三文治是我请你们的。"说罢离开，去别处张罗去了。

刘喆："看来老板娘对你还挺好的。"

"那是自然！"赵东得意地笑了笑。

"哦，我明白了，那晚打你电话不通，怕就是跟这位老板娘在一起吧？"

赵东笑了，未置可否。

很快伙计把扎啤和三文治跟他们上了上来，然后退下。

刘喆："看来你跟老板娘挺熟的，她老公是做啥的？"

赵东环视了一下四周："这酒吧原来是她和她老公一块开的，挣了钱后，她老公就跟一个服务员拿着钱私奔了，就只给她留下这间经营的酒吧。咳，她也挺不容易的。"

刘喆："你不是跟你爱人离婚了吗？我看老板娘挺合适你的，要不我去说说。"

"先别说我，我来找你可为一事。"

"哦——"刘喆望着赵东。

赵东从身上摸出一张照片递给刘喆。

照片上的姑娘新潮时尚，五官端庄，眼睛大而有神，头微微上扬，染黄的头发披于耳际，在摄影灯映衬下泛着莹莹的光泽，油绿色的低胸晚礼服，露出丰满的乳胸，头戴一顶红白相间的花冠，像个美丽的公主。

他看着赵东："这是什么意思？"

"这是我的一个远房亲戚，去年初来北京，在一家医院做护士。前两天她母亲给我来电话，让我要是有合适的给她介绍一下。"

刘喆把照片推到他面前："这可不行。"

"你小子不要不识抬举，论长相不比你阿丹差，职业也不错。"

"我，我不是这个意思，你知道的！"

"你是忘不了阿丹？"

"阿丹不是已成了过去吗。"

"哦，我知道了，还是忘不了那个丹麦姑娘叫乌斯娅娜的。"

刘喆沉默。

"被我说中了吧？"赵东得意道，"不过你不是说她已订婚了吗？说不定就快结婚了。"

"我目前实在没有这份心情。"

赵东看着他："看不出你小子还是个情种，要不先接触接触？等彼此有了感觉再说。"

刘喆还想说什么，赵东止住了他："就这么说定了。"

夜晚刘喆躺在床上，睡得很不踏实，似睡非睡之间，在一个浅浅的梦之云天中，思想的影子仿若飞鸟一般，清爽敏捷地飞翔其间。梦中的他来到遥远的那个叫赫尔辛格的丹麦小镇，乌斯娅娜与他坐在门前的草坪上，看着头上的星星。

"乌斯娅娜！"他叫了声坐了起来，发现是个梦。可梦的气息久久萦绕在他的脑海，即使睁眼坐了起来，也知道那种氛围，那飞闪而过的情感碎片。

他已睡意全无，望着窗外，一缕初现的灰白晨光正划破黑压压的天际。他披衣伫立窗边，静观这座城市的苏醒。

特里尔在办公室看着一份文件，接到他父亲打来的电话。

"爸，有什么事吗？"他握住座机的话筒。

"你和雅塔的事考虑得怎么样了？"他父亲单刀直入。

他沉默不语。

见他不吱声，父亲在电话里训斥他："爱情和婚姻可不是一回事，你要分清了。"

特里尔："可我……"

他的话还没有说完，他父亲打断了他的话："爱情讲究心动、情趣、感情，属于理想的东西。婚姻则讲究利益、权衡、门当，属于现实的东西。"

"爸，我实话跟你说，我喜欢的是乌斯娅娜，那个雅塔也就是玩玩。"

他父亲在电话里火了："玩玩，你把人家的肚子都搞大了，还说是玩玩？她父亲来找我了，还说近期安排你们的婚礼，一旦你们成了婚，他葡萄园里的葡萄，就将源源不断地运进我们的酒庄，酒庄就有救了。"

"爸，你这是要我放弃爱情呀！"

"我给你说了这么多，你怎么就没有听进去，爱情能换来贷款，还是能换来葡萄？"

他默默地放下电话，跌坐在椅子上，自语道："这个雅塔还真有她的！"随后恨恨地，"爸，你这是要卖了我呀！"

146

"谁要卖了你？"门外走进乌斯娅娜。

"你怎么来了？"他感到有些惊讶。

"不是说今下午一块去选婚纱的吗？"

"咳，你看我这记性。你坐一会，手上这份文件处理了就走。"

他看完手中的文件签了字，打电话叫来女秘书把文件递给她："这是我们本月需要提供的车辆清单，你给我们的供货商传过去。"

"好的。"女秘书接过文件给乌斯娅娜打了个招呼走了出去。

特里尔起身从衣架上取下大衣，对乌斯娅娜："我们走吧。"

乌斯娅娜发现他脸色有些不好："你怎么了？"

"没、没什么，刚才肚子痛了一会儿，可能是中午吃多了。"

"这么大的人了还不知道节制！"乌斯娅娜道。

在婚纱店乌斯娅娜在试婚纱，穿着一件对特里尔："这件好看吗？"

特里尔还想着先前父亲打来的电话，有些心不在焉，并没有听到她的问话。

乌斯娅娜走过去："特里尔，你看这婚纱怎么样？"

特里尔抬头看了一下："还不错！"

"什么还不错？行就行不行就不行。"

特里尔："那就是这个样式的了，你喜欢就好。"

乌斯娅娜对店员道："就订这种样式的。"

店员："好的，小姐，请跟我来，我让师傅给您量尺寸。"

乌斯娅娜对特里尔："我去了。"

特里尔点点头。

乌斯娅娜跟着店员走到裁剪师傅的面前量制婚纱。

回家的路上特里尔闷头开着车。

乌斯娅娜看着他："你今天怎么了？心事重重的样子。"

特里尔掩饰地："没什么，有些疲倦而已。"

见他这样，乌斯娅娜也就不再说什么，一路无语。

阿丹的全国个人巡回演唱会虽然拉开了帷幕，可几场下来效果并不理想。她的演唱水准虽然不错，可多数翻唱的是别人作品，没有属于自己能让歌迷们过耳难忘的歌。说好的几个城市，因卖票不好，打电话给经纪公司的马涛，要求取消演唱会。阿丹很郁闷，要是演唱会就此中断，她的演唱生涯很有可能就此终结。

阿丹独自一人来到酒吧喝着闷酒，很快有了三分醉意。

赵东陪几个朋友过来玩，散场后从包间出来往外走，在大厅见到醉意蒙眬的阿丹，忙让朋友们先走，自己走了过去。

"怎么你一个人来了这里？"

"我，我怎么就不能一个人来。"阿丹又要往杯里倒红酒，赵东连忙夺过她的酒瓶，替她付了酒钱，要把她扶到外面。

"我没醉，我还要喝。"她嘴里咕噜着，但赵东不由分说，把她扶了出去。

外面的街头灯火辉煌。一辆出租车闪着空车标志过来了，赵东一举手，出租车在他们面前停了下来。他把阿丹扶上车，怕她一人不安全，也坐了上去送她回家。

"你今天怎么了？"赵东问。

"我，我的个人全国巡演演唱会，就快夭折了，我的演唱生涯也快完蛋了。"她痛苦道。

"怎么回事？"

她说出了事情原委，并对他道："对了，你不是《好歌曲》的编辑吗？有没有发现好的原创歌曲。"

赵东欲言又止。

"怎么，我问你呢？"阿丹道。

赵东想了想，对她道："这期的《好歌曲》确实有几首不错的，不过作者也许不会同意给你演唱。"

"我可以给钱,要多少都行!"

"不是钱的问题。"

"那是?"她醉眼疑惑道。

"你看看再说吧!"赵东不便说明作者是刘喆。

出租车到了阿丹的公寓楼下,赵东先下车,阿丹跟着下了车。

赵东看着阿丹进了公寓大门,这才重坐上出租车离开。

二

乌斯娅娜去到做婚纱的商场。

店员见她来了高兴道:"小姐,您来了。"

她点点头:"我的婚纱做好了吗?"

"做好了,这边请。"她把乌斯娅娜带到一个展柜前。

那套婚纱套在模特儿模型身上,非常漂亮,她满意地点点头。

"您先坐下休息,我这就给您包装好。"店员道。

她走到一旁的座椅上等待。

不一会儿店员把她的婚纱,用包装盒子装好递给了她。

她起身接过:"谢谢!"

乌斯娅娜抱着婚纱盒走出商店,被一人拦住了去路,她一看是雅塔。她对雅塔没有好印象,想从一侧离开。

雅塔:"乌斯娅娜小姐,我想跟你聊聊。"

"跟我?"乌斯娅娜指着自己,她内心充满疑惑。

"是的。"

乌斯娅娜想她们之间没有什么好谈的:"对不起,我跟你并不熟……"

"就一小会儿,不会耽误你太长时间的。"雅塔坚持道。

乌斯娅娜往旁边一站:"有什么话说吧!"

"这里说话不方便,前面不远处有家咖啡店,我们去那里坐坐。"

乌斯娅娜不知她要说什么，但看她那副认真的样子，只得抱着婚纱盒，跟她去了不远处的咖啡店。

店里的人还不多，她们走到无人的桌前，乌斯娅娜把婚纱盒放到桌子一侧，然后坐了下来。她不知雅塔此时约自己来这里，究竟要告诉些什么，但她没有问。

雅塔抬头看看她，也没有说话，她们在进行一种内心的较量。

乌斯娅娜将视线从她的脸上移开，斜望着窗外蓝天，对她仿佛有种不屑一顾的神态。

最后还是雅塔沉不住气了，对乌斯娅娜道："你就不想急于知道我找你来是什么事？"

她回过头淡淡一笑："你既然火急火燎地把我找来，不就是要告诉我吗？"

在第一回合的较量中，雅塔处于劣势。

雅塔看了一眼婚纱盒："是婚纱吧？"不待她同意就将盒子打开，看着婚纱，"哟，真漂亮。"

"我跟特里尔下月结婚，还请雅塔小姐赏光。"

雅塔把盒子盖上："这喜酒我怕是喝不上了！"

"何出此言？"乌斯娅娜不明白地看着她。

她拍了拍盒子："因为该穿上这婚纱的是我，我来找你谈，就是想请你离开特里尔。"

乌斯娅娜蔑视地直视她，意思是凭什么？她看着雅塔："到这时候了，你以为特里尔会娶你？"

雅塔："特里尔爱的是我，而不是你乌斯娅娜。"

雅塔的话深深地刺痛了她："你不认为说这话很无聊吗？你想让我退出就退出吗？"她不屑地直视她，"特里尔真的会喜欢你吗？只不过是跟你逢场作戏而已。"

雅塔厚颜道："即或是作戏也要把戏演下去。"

"既然要演戏那是你们的事，我可不当听众，他要是真的喜欢你，让他退婚娶你好了。"乌斯娅娜说罢起身要走。

雅塔拉住她，一改刚才的骄横："就算我求你好了吧，我怀着他的孩子。"

乌斯娅娜心里一愣，下意识地看了看她的肚子，这才发现微微有些凸起。她气愤地将她的手推开，拂袖而去，竟然把婚纱都忘了带走。

雅塔看着桌上的婚纱满意地笑了，冲着离去的乌斯娅娜："我还忘了告诉你，特里尔的家族要是没有我家的葡萄园，就会马上倒闭！"

乌斯娅娜没有理睬她，径直走出了店门。

后面传来追出门外的雅塔声嘶力竭的喊声："你要是不退出，我会让特里尔这个道貌岸然的家伙身败名裂！"

雅塔的喊声被吹来的旋风，裹卷着四处飘散。随后她得意地返回咖啡店，回到座位前。见无人注意，将垫在肚子上的枕巾扯出塞进挎包，付了费这才慢慢踱出了咖啡店。

"小姐！"店里的一个年轻女服务员追上她。

她回身看着女服务员。

女服务员："你们桌上还有盒子忘记拿了。"

她想起那是乌斯娅娜的婚纱，对服务员道："那里面是一套婚纱，你要是喜欢就送给你了，要是不喜欢就当垃圾扔掉。"

"啊！"女服务员吃惊不解地看着她离去。

乌斯娅娜在街头越走越快，心情坏到了极点，他与特里尔恋爱已有六年了，之所以一直没有结婚，其实就是少了迫切要走到一起的激情。下个月结婚对她来讲，与其说是爱情的结果，不如说是爱情长跑后的一种归属，与爱情其实已无多大关系。

想不到她已认命，准备跟特里尔生活在一起时，口口声声说爱她的特里尔，却背叛自己跟别的女人混在一起，还让那女人怀了孕。今天那女人特意跑来对自己一番羞辱，想到这她的眼泪簌簌地流了下来。

她来到海边，大海阴沉着空旷而辽远。几只海鸥贴着海面穿刺，鸣叫着逃向远处。

她独自坐在礁石上，双手托着腮帮。凛冽的海风撩拨着她的衣襟和长发，她要想清楚自己该如何处理与特里尔的关系。她可以容忍两人之间没有激情，平淡地生活，但她无法容忍特里尔对她当面说一套，背后做一套。

无边无尽的蔚蓝色大海，不久前还散发出迷人的光泽，现在却浸润在一片迷蒙的雾障之中，仿佛是噙着眼泪看这个世界一样。阴沉冷寂的天给人带来悲凉的气息，也正映衬出乌斯娅娜眼下的心境。

夜晚，神情黯然的乌斯娅娜才回到公寓。

电梯里她按下楼层的按钮，把头靠在冰冷的金属墙上。她感到自己的思维已经麻木了，从身体到身心都感到很累，她要再不逃离也许自己有一天会疯掉的。

随着一阵轻微的摇晃，电梯停了下来。

她出了电梯走到房门前，掏出钥匙刚要开门，特里尔从里面打开了，看见她焦急地："你去了哪里？这时才回来？打你电话也关机。"

她冷冷地盯着他："你还在乎我吗？"

"你这是怎么了？"他看着她，发现她情绪低落。

"我去了哪里，你真的想知道吗？"

"当然，你这是啥话？"

"下午我去店里取订制的婚纱，被人给堵住了，你想知道那人是谁吗？"

"谁？"

"雅塔！"她轻声道。

"她跟你在一起？"他显得有些紧张。

"她说她怀了你的孩子！"

"你别理这个疯子！"特里尔大声道。

乌斯娅娜看着他："敢做就要敢当，你回答我，那孩子是你的吗？"

特里尔回避她的目光，上前按住她的双肩，想给她以安抚。

她用手拿开他的手，从柜子里取出她的那只粉红色提箱，开始收拾自己的衣物。

"你这是要干什么？"他上前制止。

乌斯娅娜直视他："你认为我还住在这里合适吗？"她不理会他的劝阻，收拾完东西把房门钥匙放到桌上，拎着提箱出门而去。

"你去哪儿？"他追到房门前，在背后冲她道。

她没有理会，进了电梯，门很快关上，电梯朝下运行。

"嘻！"特里尔颓然靠在房门边。

乌斯娅娜来到街头，天空此时细雨霏霏，在路灯的光亮下，泛着根根银丝。

路上的行人很少，街中央的过往车辆也不多，且快速地驶过。

她拖着提箱，漫无目标地孑孑走着，雨水淋湿了她的头发，飘落在她的身上。夜风一阵紧似一阵地撩起她的衣襟，她不由用另一只手紧了紧胸襟。她的家不在这里，父母也在国外，她不知道自己应该去哪儿？泪水溢出了眼眶，和着雨水顺着脸颊流淌。

一辆黄色赛车开过了她的跟前，突然间停了下来，又倒了回来。

车窗落了下来，伸出碧尔的头："果然是你？乌斯娅娜！"见她没有反应，连忙下了车走到她身边，"你这是怎么了？快上车！"不由分说接过她的提箱，放入车的后备箱，把她推进车内，然后上了车，启动车子朝前开去。

车在碧尔住家的停车场停下，碧尔把乌斯娅娜带回了家。她的家很宽敞，布置颇具艺术气质。

　　碧尔为她调试好了浴室水的温度，对她道："快去洗洗，别感冒了！"

　　她洗完澡换了衣服，来到客厅。

　　碧尔为她煮了一杯咖啡，放在她面前的桌上："喝了身体会暖和一些。"

　　"谢谢！"她道。

　　"究竟发生了什么，能告诉我吗？对了，你未婚夫呢？"

　　"我不想再提到他！"她神情颇为落寞。

　　"怎么了，你们不是都准备婚礼了吗？"

　　她与碧尔讲了事情的由来。

　　"有些男人对得来的爱情并不珍惜，也许根本就不是奔着爱情来的。"碧尔道。

　　"我们谈恋爱到今天已有 6 年了，虽然谈不上炙热，但我已把他认定了是今生要嫁的人，即或彼此间存在不协调的地方，想不到他竟然做出如此之事。"

　　"你有什么打算？会就此跟他分手吗？"

　　"我现在脑子很乱，还没有认真想过，我想先让自己冷静下来再做打算！"

　　碧尔点点头："这样也好！"

三

　　晚上，马涛在自己的别墅，接到阿丹巡回演唱会上海主办方韩总打来的电话，告知他下月的上海演唱会要取消。

　　韩总在电话里诉苦道："目前只卖出了二三百张票，连场租费和灯光费都不够呀！"

　　"不是离演唱会还有半个月吗？再加大宣传努力吧，我们可是长期合作关系了。"

　　韩总无奈道："好吧，那就再等一个星期看看，不过话说回来，一个星期后上不了一千张就得取消。"

马涛放下电话，无奈地摇摇头。

早晨阿丹醒来，猛地想起什么，趁起身用床头的座机给马涛打了电话。

马涛在家看到是阿丹的电话，想了想接听。

阿丹在电话里告诉他，听《好歌曲》编辑部的赵东讲，这期的《好歌曲》有几首不错的原创，让他找来看看。

他知道赵东对音乐有着独特的理解，他既然说不错，就一定错不了。

马涛在去公司的路上就给秘书打电话，要她找来一本这期的《好歌曲》。

当他进到办公室时，女秘书随后跟进来："赵总，这是你要的这期《好歌曲》。"她把手中拿着的期刊放到了他的办公桌上。

女秘书走后，他拿起《好歌曲》坐到椅子上翻看起来，当他看到隆重推出的《落日》《生命季节》《偶遇》时，兴奋起来，凭他多年做音乐的眼光，知道这些都是近年来难得的好歌，谁唱谁红。可一看作曲者的名字刘喆，他的心又凉了半截，刘喆会把歌给阿丹唱吗？

马涛拿起桌上的座机给阿丹打了电话，在电话里他告诉她《好歌曲》看了，确实有三首不错的歌。

"那还不快给作者联系，同意由我来演唱。"阿丹道。

"他不会同意的。"马涛说出了自己的看法。

"可给他钱，多给钱也行。"

"给多少钱也没有用。"

"赵东也这样说，他到底是谁？"阿丹心里犯着嘀咕。

"作曲者是刘喆。"

"什么，刘喆？"她怀疑自己听错了。

"是的，所以他不会把歌曲给你唱的。"

阿丹颓然地无以言语，她内心五味杂陈，想不到两年多未推出好歌的刘喆，竟能一口气创作出三首令人瞩目的歌曲。

马涛在电话里道："今晚我请赵东吃饭，你也来。"

晚餐安排在一家豪华餐厅的雅间，只有马涛、阿丹和赵东。

这是一家海鲜厅，大闸蟹、三文鱼、鲍鱼、龙虾依次上来了。

赵东："马总，这，你太破费了。"

"我们是朋友，你别介意。"马涛道。

赵东："无功不受禄，你和阿丹请我吃这顿饭，是为了刘喆的那三首歌吧？"

"明人不说暗话，"马涛道，"既然你说到了，就请你给刘喆说说，由阿丹来首唱。"

赵东看了眼一旁的阿丹，没有言语，低头吃了块三文鱼片。

阿丹把一只大闸蟹，放到赵东面前的盘中："我知道你和刘喆的关系，你说的话他是会考虑的。"

马涛："目前阿丹的情况你是了解的，如果没有脍炙人口的新歌，她的演唱会就得被迫取消，这样一来，在业内就会造成恶劣影响，甚至影响她的演唱生涯。"

赵东沉吟了一下："既然这样我就试试，不过结果不可乐观。"

马涛为他酒杯倒了酒，也给自己和阿丹倒上，举起酒杯："来，我和阿丹敬你，你跟他说价钱好说，请他开个价。"

他们碰了杯，马涛首先一饮而尽，阿丹也喝下杯中酒。赵东看了他们一眼，只得将杯中酒喝了下去。

既然马涛和阿丹所托，赵东只得硬着头皮去试试，正好他也有事要找刘喆。

宴席散后，他给刘喆打了电话，约他到曾去过的那家古风酒吧见面，说有事要与他商量。

他打的先到了酒吧，老板娘看见他很高兴，热了壶普洱茶给他，他边喝边等刘喆。

不一会儿刘喆进到酒吧，老板娘热情地迎上："你来了，赵东已在等你了。"

刘喆向老板娘问了好朝里走去，他看见赵东给他招手，走过去："啥事，这样急着找我？"

赵东拿起一个小茶杯，给他倒上热茶："你坐下听我说。"

刘喆在赵东的对面坐了下来。

赵东看着他："你小子如今可火了，你的三首歌曲在《好歌曲》发表后，编辑部可收到了不少赞誉的电话。有认识你的人说你实现了对自己的突破，一个充满才气的刘喆又回来了。"

"这可得感谢你，对我来讲你就是伯乐。"刘喆端起茶杯喝了口茶水。

"你啥时学会的拍马屁？"赵东笑了，"过几天我们《好歌曲》杂志社要开个针对你三首歌的研讨会，请了不少的媒体来报道，你可得好好准备准备。"

"哦，谢谢！"刘喆拍了拍他的肩膀。

服务生上来给他们端了一些干果类的小吃，说是老板娘赠送的，随后退了下去。

刘喆看着赵东："说吧，这么晚了把我火急火燎地叫出来，不可能就是告诉我有不少赞誉的电话，以及开研讨会的事情吧？"

"真还啥事都瞒不住你！"赵东道，"不过这件事情我也不知该不该告诉你？"

刘喆看着他："说吧，我可见不得说半句留半句的人。"

"我也是受人之托要与你商谈，关于那三首歌曲的版权转让。"

"受人之托？是谁？"

"马涛。"

刘喆看着赵东："是他想要？"

赵东点点头："价钱由你开。"

刘喆激动地站了起来，手指向一旁："你给他讲，给多少我都不会卖！"说罢转身要走。

赵东在身后对他道："是阿丹要唱！"

刘喆止住步。

赵东："阿丹不是在搞个人全国巡回演唱会吗？"

刘喆点点头。

赵东："因为没有独特的歌曲，观看演出的人不多，已有好几座城市提出了退约，下月本已联系好的上海演唱会也提了出来。"

"哦。"刘喆回身看着他。

"也许情况比这还遭。"

刘喆不解地看着他。

"一个因没有听众而取消演唱会的歌手，是很难再在歌坛立足的。"

刘喆："可她的演唱实力还是在那里的。"

赵东摇摇头："这没有用，你看有实力的歌手还少吗？他们缺少的是一首好歌。凭一首脍炙人口的经典歌曲，迅速红遍大江南北的歌手，这样的事例可不在少数，有些人一首歌唱一辈子呢。"

刘喆从认同他的观点到一副与己何关的神态："她跟我现在有一毛钱关系吗？我更不愿跟那个马涛有任何瓜葛。你去告诉他们，急于求成，拔苗助长，迟早要自吃苦果。"说罢出了酒吧。

赵东从后面追了出来，与他并行走着："他们出再多的钱，你也不愿意把你的歌给阿丹唱，是因为她做事绝情，在你低谷时抛弃了你的缘故吗？"

刘喆没有回话，而是快速朝前走去。

赵东跟不上他的步伐，只得停了下来，冲刘喆喊道："阿丹的巡回演唱会一旦夭折，很有可能会结束她的演唱生涯！"

刘喆的脚步迟缓了一下，随后又加快步伐朝前走去。

赵东无奈地摇摇头。

马涛办公室的灯亮着。

他坐在办公桌前面无表情，手指无意识地敲打着桌面。

阿丹立在窗口，双手抱在胸前，看着外面城市的灯火。可她的心思并不是在欣赏城市的美丽夜景，而是和马涛一块在焦急地等待赵东的消息。

阿丹实在忍不住了，走到马涛面前，对用手指无意识敲打茶几的马涛："你说刘喆会同意吗？"

马涛停止了敲打，看着她："你要我说实话吗？"

她点点头。

"不会！"

"为什么？是他记恨我。"

"是，也不是。"

阿丹神情黯淡："我是对不起他的。"

"怎么，你有后悔？"马涛看着他。

阿丹："也说不上后悔，就是觉得在他低谷的时候离开他……毕竟我们曾经是恋人，一块出来打拼。"

"本以为他已江郎才尽，不想居然有了不一般的爆发力。"马涛道。

马涛放在办公桌上的手机彩铃声响起，他抓过来一看，不是赵东打来的，而是上海那家组织阿丹演唱会的文化公司的韩总。韩总在电话里问，这边有什么新的举措扭转阿丹演唱会的颓势。

马涛告诉他，正在想办法让阿丹有新的脍炙人口的歌曲演唱，要他无论如何再坚持几天。

韩总："答应的一个星期一过，你们不能有新的亮点吸引观众，我就无能为力了。"对方说完挂断了电话。

上海方韩总的来电，陡增了紧张的气氛，马涛办公室的空气弥漫着一股压抑的气息。

不一会马涛的手机又响了，这次是赵东打来的。他说跟刘喆谈了，他没有同意。

马涛："你没告诉他我们愿意出高价吗？"

"他根本不谈价就走了。"赵东在电话里道。

"他没有说什么原因吗？"

"没有，要不你们再直接找他再谈谈？"赵东道。

马涛无奈地放下电话。

"他怎么说？"阿丹问。

"刘喆没有同意，也没有谈原因和条件。"

"看来他一定是恨死我了。"阿丹悲哀道，"这就是宿命。"

四

特里尔的所作所为令乌斯娅娜非常伤心，她没有爆发，但内心非常的凄苦。她在城里临时租了住房，本想回到外地的父母身边，但她成为名人后，经常参加一些哥本哈根诗歌界的活动，又应约给一些刊物写稿，加之她不忍心离外祖母太远，所以她决定留在哥本哈根一段时间。

这天吃过早饭，她去到碧尔的工作室。

碧尔正在画一幅山水的油画，听见有人过来，回头一看是乌斯娅娜，高兴地叫道："怎么是你？"

乌斯娅娜笑了笑："我不会打扰你吧？"

"没事！"碧尔停止了作画，洗了手，为她调制了一杯咖啡。

碧尔把咖啡放到桌上，推到她的面前："你来是要告诉我，关于你对特里尔的决定吗？"

她苦笑了一下："那件事我还没有想清楚，今天我来找你是想买你画的刘喆那幅油画。"

"这——"碧尔很为难。

"我可多些补偿。"她看着碧尔。

碧尔："乌斯娅娜，你误会了，那幅画在展览时我就说过是非卖品，它寄托了我的美好回忆，我怎么能作为商品卖掉？"

乌斯娅娜理解地点点头，但显得非常的遗憾："我要那幅画也是为了纪念，既然这样我当然不能勉强你。你还在作画，我就不耽误你了。"她站起身朝外走去。

看到她对刘喆的那份真挚的情愫，碧尔被深深地感染了，追了上去："乌斯娅娜，你等一等。"

　　她站了下来，碧尔来到她的身旁，握住她的双手："那幅画你拿去吧！"

　　"不是非卖品吗？我可不能强人所难。"她的态度是真诚的。

　　"我是不卖，但我也没有说不馈赠呀！"

　　"那幅画融进了你的很多心血，我知道也寄予了你的不少情感，我怎么会不付钱呢？"

　　"我说过给钱我是不会卖的，只是你比我更应该得到这幅画。"

　　听碧尔这样说，她只好连声道："谢谢、谢谢！"

　　碧尔："走吧，我们这就去取，正好我还没有去过你新搬的家呢！"

　　碧尔开着车载着乌斯娅娜，拉着油画《忧郁男神》，来到乌斯娅娜所租的住所。她们下了车，一人抬一边将油画抬进了三楼的屋子，两人把画挂在了墙上。乌斯娅娜留碧尔在家里午餐，自己去到厨房做饭。

　　碧尔走动着，环视着她房间的布置，体现了温馨时尚简约的风格。

　　随后她进到厨房，对正在做菜的乌斯娅娜："你的房间布置，很符合你的诗人气质。"

　　"你知道我写诗？"碧尔笑笑。

　　"我可没跟你提及过。"

　　"如今的丹麦，提起你乌斯娅娜，没多少人不知道的。"碧尔笑道，"我认识刘喆时，他正在谱写你的诗《生命季节》的曲呢。"说罢还吟出了其中的诗句，并说前不久还买了她的诗集呢。

　　"你对刘喆也很有好感。"乌斯娅娜道。

　　碧尔看着她："可他对你就不同了，你们完全可以来一场轰轰烈烈的异国恋情。"

乌斯娅娜思考着，没有表态。

"你倒是说话呀！你不是说很可能会与特里尔分手吗？"

她回答道："考虑的因素或者叫顾虑多了一些，也许是性格使然，这就是你所说的诗人气质吧！"

碧尔握住她的手："错过了就不会再来，到时后悔就晚了。"

用过午餐，送走碧尔后，乌斯娅娜回到客厅，站在画前欣赏。

画中刘喆专注的神情，是她所熟悉的。一股甜蜜的滋味在心底涌起，与他相处日子的画面，一一浮现在眼前。

她又想起了外祖母，决定去赫尔辛格小镇看望。

五

黄昏中，赫尔辛格小镇的天空丹霞映红了天际。隆冬过后，丹麦出现了春意。

火车站前的铁轨上，一列火车拉着汽笛，缓缓驶入停靠在站台上。

下车的人不多，穿着米色风衣的乌斯娅娜，拎着提箱走下火车，随着人流出了站口。她回头望了望车站，然后朝镇外的外祖母家走去。

乡间别墅沐浴在夕阳之下，屋外的花开得很艳丽。

乌斯娅娜走到木屋前，喊道："外祖母。"

首先出来的是女佣，看见乌斯娅娜后冲屋里："老太太，是你外孙女来了。"

外祖母拄着拐杖走到屋外，苍白略显病态的脸露出慈祥的笑容。

乌斯娅娜放下提箱，扑上去抱住外祖母。

女佣上前拎起她的提箱，走回屋里。

"你又想起来看我了？"外祖母显得非常高兴。

乌斯娅娜看着日益消瘦的外祖母，泪花溢上眼眶，担忧道：

"您身体还好吧？"

外祖母笑道："傻孩子，你不是看我好好的吗？走，快进屋。"

来到屋里，她外祖母吩咐女佣多做几个菜，女佣去了厨房。

外祖母拉着她坐了下来，看着她："上次你来电话说你订婚了？"

她点点头。

"我看那中国小伙挺不错的，我真替你高兴。"

乌斯娅娜沮丧地低垂下眼帘，眼里含着泪光。

"你怎么了？"外祖母看着她。

她觉得自己不能再隐瞒真相，于是低声道："与我订婚的不是那个中国小伙。"

"啊，那是谁？"外祖母吃惊地看着她，"婚姻之事可不能随随便便。"

"上次来的那中国刘喆，是我在邮轮上认识的。那次我和男友说好一块来看你，哪知他临时有急事来不了，只好我一人来。不想在火车上又遇到了来这里旅游的刘喆，带他去了几家旅店，因是旅游旺季都住满了，于是让他来我家借宿。"

"你说的可是真的？"外祖母睁大了眼睛。

她点点头："哪知你错认他为我的男友，我也不忍心让你失望，就以错为错了。后来我想给你说出真相，但看你对他挺好的，也就放弃了，你不会怪我吧？"

"你呀，这样的事也做得出来！"外祖母责备道，但并不十分生气，"看你俩那么般配，而且挺默契的，还真把我给蒙住了。那你说说，与你订婚的未婚夫情况怎样？你们打算什么时候结婚？"

她的眼泪流了出来。

"怎么，看你并不幸福？"

"他叫特里尔，经营一家汽车销售公司，不过我跟他订婚后不久，就出现了一些状况。"

“什么状况？”

乌斯娅娜把发生的事情给外祖母讲了。

外祖母生气地用拐杖杵了杵地板：“这个特里尔。”继而问，“你打算怎么办？是与他结婚，还是退掉这门亲事？”

“我还没有想好。”她道。

“我可怜的外孙女，”外祖母道，“你就在这多住些日子，好好想明白了再做出决定。这婚姻可是大事，不能草率。”

她点点头：“我知道了外祖母。”

夜色笼罩着赫尔辛格小镇，乡间别墅里她外祖母和佣人都已睡去，乌斯雅娜的房间还亮着灯光。她坐在床头，双手抱住曲着的双腿在思考着。

就在这所乡间别墅，她和刘喆度过了二十多天的快乐时光。她不得不承认，刘喆的帅气、才气和善良留给她的印象是深刻的，她被他所吸引，以至于喜欢上了这个中国小伙。

她在想她订婚那天，刘喆要是出现在她的面前，说明他是在乎自己，也是喜欢自己的。从碧尔后来告诉她的情形也证实了这点，她会毫不犹豫地拒绝特里尔，而宣布自己喜欢他。

命运往往不是按人们想要的轨迹运行，姻缘之所以叫姻缘，除了相互之间的倾慕和爱恋，还得有缘分。相爱的人往往因各种必然或偶然的因素而失之交臂，有些是错过了就错过了，而真正结婚的人并非自己的所爱。

她也想过自己和特里尔，虽然已没有男女爱恋中的激情，但毕竟相处了 6 年。没有其他方面她会嫁给他，而后生儿育女。爱情对多数人来说是奢侈的，男女组合成家庭在一起过日子，则是多数人的现实选择。

要是雅塔不来找自己，说出她与特里尔的苟且之事，并告诉她自己怀着他的孩子，她会认可这样的命运安排，尽管心有不甘。可发生了他与雅塔这样的事情，就超出了她的认知底线，但真要作出与他分手的决定，她还是得让自己想清楚。在丹麦，男女恋人婚前与别人发生关系，并不是严重的问题。可在乌斯娅娜看来，爱情却受到了玷污，她不得不重新审视自己与特里尔的婚姻问题。

　　夜里她做了一个梦。她和刘喆坐在小岛的岸边，他们的头上是漫天闪烁的星辰，脚下是不断拍打着海岸的海水。她的手指上套着一枚闪亮的钻戒，刘喆微笑地看着她。

　　"刘喆！"她不由得叫了一声，坐了起来，她知道自己做梦了。她再也睡不着，披衣起来走到窗前，看着外面的月色思考着该作何抉择。

第九章　重返哥本哈根

一

清晨，乌斯娅娜来到湖边。冬天还未消尽，湖面上粼粼的微波好像还冻结着。从树枝上偶尔掉下的冰块摔到停靠着的小船上，那声音就像摔碎了个杯子。湖对岸树林的上空，飘起的云雾，赋予这冰冻世界一点灵动的气息。

她坐在一块树桩上，看着眼前冰雪即将消融的世界。

初升的阳光从树梢上泻下来，斑驳地像碎金般洒落在地上，已有遍地的小草钻出了冻结的土地。

凝神中，她看见刘喆正笑盈盈地朝自己走来。

她一怔，站了起来，惊异地叫道："刘喆。"随着她的叫声刘喆消失了。

她揉了揉自己的眼睛，知道这是自己的幻觉。近日来，特别是来到外祖母的小镇，这样的幻觉时有出现。她发现自己是真喜欢上了刘喆这个中国小伙，以前自己已有男朋友，后来又订了婚，她不得不压抑这种情愫。由于特里尔的背叛，现在自己对刘喆的爱恋就像眼前破土的小草，疯狂地生长。

她回到乡间别墅，坐在门前，望着远方痴痴地发呆。

外祖母拄着拐杖，从屋里来到门前，看到乌斯娅娜的神情，开口道："乌斯娅娜，你这是怎么了？"

她侧头看着外祖母，掩饰道："没、没什么？"

外祖母走到她跟前，摸着她的头："我可怜的外孙女，看特里尔对你的背叛，伤你有多深。好外孙女，他不值得你为他这样。"

"没事的，外祖母。"她站了起来，勉强地笑了笑。

有几只羽毛漂亮的小鸟飞来，在草坪上空鸣叫着折了弯，朝太阳升起的东方飞去。

外祖母道："你要振作起来，就像这鸟儿一样快乐自在。"

"我知道了，外祖母。"

外祖母笑了笑，朝屋里走去。突然头一晕，脚一软倒在了地上。

她惊叫着奔过去："外祖母，您怎么了？"

佣人闻讯从屋里奔了出来。

乌斯娅娜很快请来了镇上的医生，医生对躺在床头的她外祖母进行了诊断。

她外祖母的病医生是了解的，他把她叫到屋外："你外祖母看样子是不行了。"

"我把她转到哥本哈根的大医院治疗。"

医生摇摇头："你外祖母就是大医院都没法治疗才回来的，她说要在自己的屋里辞世。"

乌斯娅娜的情绪异常低落，眼泪止不住流了出来。

医生告诫她："你不可过度悲伤，让病人更为难受。"

她点点头，用手抹着眼泪。

晚上她外祖母睁开眼睛，醒了过来。

坐在外祖母旁边守候的乌斯娅娜，连忙倾过身子："外祖母，您终于醒了。"

外祖母笑了笑："你别害怕，乌斯娅娜。"

"我跟国外的爸妈打了电话，他们正赶回来。"

"我听到了上帝的召唤，我就要走了。"外祖母用很平淡的语气道。

乌斯娅娜的眼泪掉了下来。

"别哭，孩子！"外祖母用手，指了指外面客厅摆放的钢琴，"去给我弹唱一曲。"

"外祖母，你想听什么？"

"随便，你喜欢的就行。"

乌斯娅娜走到客厅钢琴前，打开琴盖试了一下音准，然后弹唱起了她作词，刘喆作曲的《生命季节》。

她外祖母躺在床头，安静地听着。

她弹唱完后，外祖母招手示意她过去。

她走到里屋外祖母床前，外祖母拉过她的手："你喜欢他？"

乌斯娅娜知道外祖母说的是刘喆，点点头。

"他是一个善良、正派，而且充满才气的中国小伙，去找他吧！"

"我哪都不去，就在这里守着你！"她哽咽道。

"傻孩子，你有了喜爱的人，外祖母高兴呢，去了天堂，见着你外祖父，跟他也有个交代。"

"我没留下他的电话，中国那么大，我上哪去找？"

"记住外祖母的话：两颗相爱的心，只要去寻找，就会有相遇的一天。"

乌斯娅娜点点头。

二

夜阑人静，躺在自己寝室床上的刘喆心绪颇不平静。他其实也知道没有新歌演唱的阿丹很可能会中断个人全国巡回演唱会，其演唱事业会受到重大打击。很多歌手不是脚踏实地地积累自己的实力，总想急于求成走捷径，焉之中国有句古话欲速则不达，

阿丹便是这样的人。当然出现这种局面，马涛也难辞其咎，为了
追求短期利益拔苗助长。

他也知道，马涛绝不是个善鸟，当初在自己事业低潮的时候
与他解约，阿丹如果失去了利用价值，被抛弃也只是时间问题，
他不敢想象阿丹将如何面对这种状况。

第二天一早，他到《好歌曲》编辑部找赵东。

赵东正在整理桌子，看见他很吃惊："怎么了，一大早就来
找我？"

"我想谈谈阿丹演唱的事。"

"你改变主意了？"

刘喆点点头又摇摇头。

赵东看着他："是因为气难平、恨难消？"

刘喆："我是恨过她，但这不是问题的主要方面。"

赵东看着他。

"你知道《日出》和《生命季节》的作词不是我，用于商演
需征得词曲作者的授权。"

赵东点点头。

"至于《偶遇》这首需要用全部真挚爱恋，可说用生命来讴
歌爱情的歌，她适合演唱吗？"

赵东想了想："是有些问题。"

"爱情是庄严而神圣的，如果演唱者在生活中游戏人生，或
只顾个人得失，根本不相信爱情的人，在台上大唱爱情的伟大，
不仅会使人觉得滑稽，也是对爱情的亵渎。"

赵东指着他："我呀说不过你！我想知道，你要是看到阿丹
演唱生涯受损，又被经纪公司抛弃，你是不是特别解恨。"

"你小子不可小人之心度君子之腹，我跟她毕竟是老乡同
学，有过一段刻骨铭心的爱恋，你给我描述的她可能会出现的惨
状，我也是于心不忍。"刘喆道。

"怎么，怜香惜玉了？"赵东看着他，"你放弃刚才的意

见，同意她演唱你的那几首歌了？"

刘喆："我说过了，不同意她演唱的原因，不会改变。"

赵东："咳，这不是等于白说吗？"

刘喆长长吁了口气，仿佛下着决心，对赵东道："过两天你们举办的歌曲研讨会，我就不参加了。"

赵东："你要去哪？"

"去丹麦找乌斯娅娜要授权书。"

"为这事，你打个电话不就得了吗？"

刘喆："早知有今天，我就留下她的电话了。"

"啊，你们都那样情深意切，惺惺相惜的，还没互相留下电话。"

刘喆盯着他："我可不像你，见到美女就留电话。一个在丹麦，一个在中国，她又是订婚之人，留电话有用吗？"

"这不是就用上了吗？"

"去——"刘喆挥了挥手，"再说了我就是去了丹麦，也不一定能找到她。"说罢转身朝门外走去。

赵东在后面冲他道："过两天的歌曲研讨会可怎么办？邀请函都发下去了！"

"你不是我的伯乐吗？三首歌曲的创作情况你也知道，就代我说说。"说这话时他头也没回出了赵东办公室。

赵东摇摇头："你小子才是个情种，为了旧情人唱两首歌跑丹麦，我看还是忘不了那个乌斯娅娜。"

一架国航的空客飞机穿行在万米高空，刘喆坐在机窗旁看着窗外的云朵，心绪颇不宁静。他不知乌斯娅娜现在的情况怎么样，也许她与特里尔已经结婚。

机舱想起了播音员的声音："飞机开始降低高度，将在20分钟后降落在哥本哈根国际机场。"至此他所坐的飞机已经在空中飞行了14多个小时。

飞机降落后已是当地时间的早上10点钟，他要找到乌斯娅娜只有到赫尔辛格小镇，先找到她的外祖母，才能知道她的下落。

他想先找到碧尔，然后让她送自己去赫尔辛格小镇。于是打的来到碧尔作画工作室所在的阿迈厄布罗大街。下车后他抬头望了望眼前的大楼，走了进去。

当他乘坐电梯来到碧尔作画工作室时，工作室大门用铁链锁着。

他看见有个中年男子从走廊上路过，忙上前用英语询问："请问这画室的主人今天会来吗？"

那人答道："听说去了外地办画展，已有几天没见碧尔小姐了。"

"哦，是这样。"刘喆回望了一下锁着的门，失意地离去。

他决定坐火车前往赫尔辛格，随后来到火车站，购了去赫尔辛格镇的火车票。火车在傍晚到达，出了火车站他朝乡间别墅走去。

刚过去的这个冬天特别寒冷阴暗，眼下初春的天气显得格外温暖灿烂。被三月的骄阳镀金的小镇，开始散发出醉人的馨香。

刘喆来到别墅前，门前的鲜花在春天盛开着，他冲屋里喊道："老人家！"

没有人应答。他上前推了推门，门紧闭显然暗锁锁着。

乌斯娅娜的外祖母会去了哪里？他四下张望。

有个老人走了过来："你不是乌斯娅娜的男朋友吗？"

刘喆看是迈克大叔，于是道："迈克大叔，乌斯娅娜的外祖母呢？"

迈克大叔疑惑地看着他："你不知道？"

"我知道什么？"他有些丈二和尚摸不着头脑。

迈克大叔："乌斯娅娜没有告诉你？"

他摇摇头："我是刚从中国赶来。"

"你来迟了！乌斯娅娜的外祖母几天前去世了。"

"啊！"他大吃一惊，"老人家去世了？"

大叔点点头："就安葬在教堂旁边的墓地。"

"那乌斯娅娜呢？知道她去了哪里吗？"

迈克大叔怪怪地看着他。他知道大叔的心里一定想：你不是乌斯娅娜的男朋友吗？怎么连她的去处会不知道。

迈克大叔还是告诉他，安葬好乌斯娅娜的外祖母后，她和父母便离开了，至于去了哪里他也不知道。

碧尔挎着肩包走出电梯，来到工作室前，掏出钥匙开了门上的链子锁。

这时走过那个见过刘喆的中年男子："碧尔小姐，你回来了。"

碧尔点点头。

中年男子："对了，今天上午有个人来这里找你？"

"哦，是什么人？"

"他没说，是个黄皮肤的人。"

开了门正往里走的碧尔停了下来，回转身："你是说他会是日本人、韩国人，或是中国人。"

"他没说？不过好眼熟，像是在哪里见过，"说到这那人像是猛然想起什么，"对了，是在你的画展上见过，是那个《忧郁男神》。"

听到这的碧尔回身几步跨上前："你能确定吗？"

中年男子："我能确定，就是他。"

碧尔激动地："他去了哪儿，你知道吗？"

中年男子摇摇头："我说你去外地办画展，有几天没见了，他很失落地离开了。"

碧尔连忙重锁了门朝楼下奔去。

她来到地下停车场，上了赛车，拿出手机拨打了乌斯娅娜的电话，一接通便急切道："乌斯娅娜，我是碧尔。"

乌斯娅娜在电话那端："你好。"她还没有从失去外祖母的悲伤中解脱出来，"有什么事情吗？"

"你知道吗？刘喆来了哥本哈根。"

"啊！"乌斯娅娜在电话那端尖叫起来。

"你在家里吗？"

"是的。"

"半小时后在中央大街那家慢聊咖啡厅，咱们见面聊。"碧尔放下手机，驾车快速驶出。

碧尔把车开到中央大街停车处，在一辆奔驰后面停了下来。下车后她用电子钥匙锁了车门，朝对面的慢聊咖啡厅走去。街口的行人路灯正好是红灯，她停了下来，朝街对面望过去，咖啡厅外的人行道上已摆好了板凳座椅，两张桌子还空着。路灯变绿了，她快步过了街，在其中一张桌前坐了下来。

不一会儿，乌斯娅娜喘着粗气匆匆赶来，迫不及待地问："快告诉我怎么回事？"她解开外套的纽扣，用手指梳了梳头发，看得出她是何等的心急火燎。

"先喝点咖啡，再听我说。"碧尔和乌斯娅娜各自点了咖啡。

"快告诉我，刘喆在哪儿？"乌斯娅娜还是忍不住问道。

"前几天我不是去外地办画展了吗？刚才我回到工作室，听人说有个黄皮肤的男子今天早上找过我。"

"那也不一定就是刘喆。"乌斯娅娜道。

"那人还说了，是我画的《忧郁男神》上的那人，不是刘喆还会是谁？"

乌斯娅娜点点头："那一定是他，可他会去哪里？"

"从我对他的了解，我有一种预感，他来找我不是目的，而是想让我载他去小镇，最终的目的就是要找你。"碧尔道。

听她这样一说，乌斯娅娜立马站了起来："那我们这就去赫尔辛格！"

"可这咖啡？"

"不喝了，我们得尽快赶过去。"

碧尔也起了身，刚没走出两步，服务生把她们要的咖啡端了出来，喊道："哎，你们的咖啡。"

碧尔回身："对不起！"从身上掏出 5 欧元放到桌上，刚好此时是绿灯，她与乌斯娅娜穿过街来到了她停车的地方。她们上了车，碧尔将车开了出去。

碧尔载着乌斯娅娜，朝通往赫尔辛格小镇的公路上快速行驶。

乌斯娅娜一路无语，她不知道刘喆此行的目的，但能见到他使她感到欣慰。自从外祖母走后，一直处于悲伤状态的她，心中有了一种甜蜜的味道。

刘喆怀着悲痛而失落的心情，去到镇上的花店，买了束百合花，在教堂牧师的陪同下，来到教堂外的墓地找到了乌斯娅娜外祖母的墓地，献上了鲜花。祈祷她在天国里安详，也为自己曾对她的善意欺骗而忏悔。

牧师站在一旁："阿门！"用手在身上画着十字。

黄昏中，碧尔的车开到了小镇别墅前。

乌斯娅娜跳下车奔了过去，门扉依然紧闭着。碧尔也下车跟了过来。

乌斯娅娜自语："他真的会来这里吗？"

碧尔："我们四下看看。"

她们围着别墅查看，碧尔突然叫了声："快看。"

乌斯娅娜奔了过去，在别墅右侧的窗台上，发现一个用油布包着的像书一样的东西。她上前拿过将它打开，映入眼帘的是一本笔记本，正是她外祖母送给刘喆的她外祖父的作曲笔记。

"是他，是他来过。"她激动道。

碧尔："我们来迟了，他会去哪儿呢？"

"墓地！"乌斯娅娜道，"他既然来了，一定会听说我外祖母去世，他会去凭吊的，我们走！"两个姑娘小跑着朝教堂旁的墓地而去。

而此时，刘喆已坐上回哥本哈根的火车。

坐在窗边的他，两眼虽看着外面的景色，却想着自己的心事。他不知自己该去向哪里？两个他在丹麦认识的女孩都无法联系上，他后悔当初相信有缘就会相见，没有留下她们的电话。一旦需要找到她们时，就像大海捞针。

火车呼呼地前行，残阳映着他沮丧而失意的脸庞。

乌斯娅娜和碧尔来到教堂旁边的墓地，看到了墓前的那束百合花。

"一定是他放置的。"碧尔道。

乌斯娅娜点点头，抬头四望，哪见刘喆的人影。

牧师看见了她们走了过来，与乌斯娅娜招呼道："乌斯娅娜，你是来找那个中国小伙的吧？"

乌斯娅娜点点头："是的牧师，你能告诉我他去哪里了吗？"

牧师摇摇头："他走了好一阵了。"

碧尔："我们去镇上找找吧？"

乌斯娅娜点点头，告别了牧师。

牧师在身上画着十字："愿上帝保佑你找到他。"

她们在镇上各处转了一转，还去了酒吧、餐饮、商场、旅店等处寻找，也不见他的踪影。

"他会去了哪里？"乌斯娅娜自语道。

碧尔："这里既然没有，他一定回了哥本哈根，我们快走。"

她们来到停车处上了车，碧尔将车倒了出来，开上公路，疾驰着直奔哥本哈根。

碧尔："我们要追上他回去的那趟列车，也许是找到他的最后机会。"说此话时她全神贯注，车快速地掠过路边的景物。

乌斯娅娜双手合十："但愿牧师的话能灵验，让我们找到刘喆。"

三

天色渐暗，火车上的刘喆失意地看着窗外，初春的天灰蒙蒙的，有雾，下着毛毛雨。

刘喆乘坐的火车在晚上 8 点多钟到达了哥本哈根中央车站，他随着人流下了火车。

情绪低落的他出了站口，茫然地环顾四周。一辆的士驶来，他举手拦了下来，坐上车。

出租车师傅用英语问道："先生，去哪里？"

"宾馆，哪家都行。"他用英语回答。

的士一溜烟开走了。

他刚走不久，碧尔的车就到了。碧尔和乌斯娅娜跳下车奔向站台，刘喆乘坐的那辆火车停靠着，乘客已去，清扫人员在做清洁卫生。

碧尔懊丧道："我们还是来晚了。"

出租车司机把刘喆拉到靠海边的一家宾馆，他付了费，提了行李箱下车。

他进到宾馆，来到总台，登记的是位先生，他递过护照。

对方登了记，交给他一把钥匙，他上楼进了房间，一头倒在了床上。

碧尔开车送乌斯娅娜回家。

时明时暗街灯的光亮滑过乌斯娅娜忧愁、焦急的脸庞。

"接下来你想怎么做？"碧尔道。

乌斯娅娜看着她："从他的行程和你先前的分析，他是为找我而来，我虽然不知他找我的用意，但一定是有什么事。"

碧尔点点头："不管出于什么目的，我敢说，想你一定是其中之一。"

听她这样一说，乌斯娅娜笑了。

碧尔："也许这就是天意吧！不找他时，他会不经意地出现；你找他时，却千回百转不知所处。"

乌斯娅娜苦笑一下："我要谢谢你，为我的事转了一天。"

碧尔笑道："看你说的，如今我们是好姐妹，不是吗？"

说话间乌斯娅娜的出租屋到了，她对碧尔道："去屋里坐坐吧？"

碧尔："时间不早了，改天吧！"

她点点头开门下了车，与碧尔挥手再见，碧尔将车开走了，她这才上楼回到自己的出租屋。

穿着睡衣的刘喆站在窗前，看着外面大海的夜色。

一轮圆月正在升起，将月辉静静地洒向海面。此行他没有见到心仪的乌斯娅娜，就连碧尔也没有见着，他不知自己下一步该何去何从。这时他的手机响了，他一看是赵东打来的。接听后赵东急切地告诉他，主编说了，后天的创作座谈会哪能少了作者，要他无论如何明天赶回去，参加后天的会议。

"既然要我一定参加，会期能不能改期。"刘喆道，他不死心，想再想法找找乌斯娅娜。

赵东在电话里道："通知都已发出了，面很广无法更改。"

他沉默着，也不知该怎么回答赵东。

最后赵东撂下一句话："不要说你小子还没出名，就是出名了，不出席你的创作研讨会，会被人认为耍大牌，你就不要想在这个圈子里混了！"

他只好无奈道："好吧！我明天赶回。"心情沉重地放下手机。

他想想拿起手机拨通了一个电话："我订一张明早从哥本哈根飞北京的机票。"

乌斯娅娜在家里的客厅里来回地走着，觉得就这样与刘喆失之交臂心有不甘，她决定一定要想法找到他。想到这她返身出门，刚到电梯口门打开了，走出特里尔。

"你这是要去哪？"特里尔问道。

她惊异地："你来干什么？"

"我给你打电话你不接，我只有来这里找你。"

"我正式告诉你，我们一切都结束了！"

"我想跟你谈谈。"

"没有什么好谈的，请你以后不要来打扰我。"她边说边进了电梯。

特里尔也想重新进到电梯，电梯门却关上了。他在外喊道："我喜欢的是你，我不会放弃的。"

一颗伤心、委屈、怨恨的泪珠从她的眼角滚落出来。

乌斯娅娜下到楼下，从自行车库推出一辆自行车，她用一条花色围巾围住脖子，然后骑车前往街头。

凛冽的夜风吹拂着她的头发和衣襟，她全然不顾奋力地蹬着。围巾吹散了，她用手将之甩到脖后，又继续顶风而行。

她来到一家宾馆前停下自行车，奔了进去。

她对登记的一位女士道："请问有位从中国来的，叫刘喆的先生在这里住宿吗？"

那女士查了查电脑上的登记记录，摇摇头："没有你要找的刘喆先生。"

她折回身，又骑向另一家宾馆。她想用最原始的方法，把刘喆从哥本哈根的城市里找出来。她一连找了十几家宾馆，都没有刘喆的踪影。

夜深了，她路过一家公园，着实累了，来到长椅上坐下休息。

有两个喝酒醉醺醺的男子路过，看见她一人坐在长椅上，走过来说着脏话。

一个胸前挂着硕大金项链的男子："小妞，你蛮漂亮的，在这拉客呢？"

另一个上前拉她："走，陪我们玩玩，多少钱都行！"

她甩开他的手，站了起来："走开，我不是你们想象中的人。"

　　两个男子淫笑了起来，戴金项链的男子道："不是？那你半夜三更在这里干什么？"

　　她这才注意到周边，有站街的女郎在搔首弄姿。

　　她走到停着的自行车旁，骑了上去又继续朝前蹬去，委屈无助的泪水止不住流了下来。

　　她在城里一条街道一条街道的宾馆寻找。有的登记人员已经睡下，她就叫醒求他们给查查，可还是没有任何收获。

　　天边开始发白，她已经疲惫不堪，但还是咬牙坚持着。

　　刘喆一直没有离开房间的窗前，一直待到太阳朝四周射出灼热光芒，越过海面直入他所在的这座宾馆。赶飞机的时间到了，他才进到房间，因为眼睛一直注意到光亮之处，顿时两眼发黑，等到眼睛适应了室内光线，他才拎着行李出了房间。

　　乌斯娅娜来到了海边，终于走进了刘喆住的那家宾馆。

　　总台没有人，她喊道："有人吗？"

　　过了一会儿，有个中年男子打着哈欠，从侧门走了出来："小姐，住宿吗？"

　　她摇摇头："大叔，我找人。"

　　"找人？找什么人？一大清早跑到我这里来找？"

　　"是一位先生。"

　　"先生？"大叔看了她一眼，"是你的恋人吗？"

　　"算是吧？"

　　"哦，吵架了吧？现在的年轻人呀，几句话不对就闹别扭。他叫什么我给你查查。"

　　"刘喆，从中国来的。"

　　大叔在电脑上搜索一阵："哦，还真有这人！"

　　乌斯娅娜喜出望外："大叔，快告诉我，他住哪个房间？"

　　大叔摇摇头："可他走了。"

　　"走了？"她盯着大叔，"去哪里了？"

"就在两小时前，他退房去了机场，说有急事要赶回去。"

"不能让他走了！"她叫道。

"怎么，他偷了你的钱吗？"

"他偷了我的心。"

"哦，我明白了，是不能让那家伙跑了。"

"谢谢大叔。"她道，转身要跑。

"你怎么去？"大叔看到了她停在门口的自行车。

"打的去！"

"天还早，的士不好打，我送你去。"大叔很快从车库开出汽车，对她道，"上车吧！"

她赶忙上了车，对大叔表示了谢意。

大叔加大油门朝机场疾驰而去。

40分钟后他们驾车来到了机场外面，他们刚跳下车，一架从停机坪腾空而起的飞机，从他们头顶掠过，朝东方飞去。

大叔手搭凉棚瞭望："这是一架中国的飞机，你要找的刘喆不会就在上面吧？"

乌斯娅娜拔腿就朝机场候机大厅跑去。

不一会儿她木讷地走了出来，大叔连忙迎上去："怎么样？"

乌斯娅娜抱着大叔哭出了声："他飞走了，就是刚才那架飞机。"

大叔拍着她的头宽慰："别哭姑娘，只要他在这个世上，哪有找不到的。"

飞机很快穿过云层，上升到万米高空。机窗外一片蓝天，清纯得如水洗一般。

郁郁寡欢的刘喆坐在机窗前，无心欣赏眼前的美景。乌斯娅娜的外祖母去世，使他失去了找到她的唯一线索。此行与其说是为阿丹求得歌曲演唱的版权，不如说是他想见到自己日思夜想的姑娘。他来时下定了决心，只要她还没有结婚，他就向她大胆表白出来。可如今这一切都成了一种空想，一个无法实现的梦幻。

四

　　刘喆乘坐的国航飞机，从哥本哈根起飞后经停莫斯科，然后飞往北京。10 多个小时的飞行时间，到达北京首都国际机场是北京时间的凌晨 4 点多钟。

　　刘喆出了候机大厅，被赵东接到。

　　赵东接过他的行李：“可盼到你回来了。”

　　刘喆看了看表：“离研讨会还有 4 个多小时，回去后还可睡一觉，倒倒时差。”

　　赵东：“不行，你这一觉下去还不知睡到啥时候，我们这就直接去会场，要睡你就在那里打个盹，研讨会完了你才回家睡个够。”

　　“你不够朋友，我这才走了两天，你就火急火燎地把我叫回来，还不让人睡觉。”

　　“我实话告诉你，由我们编辑部给你开研讨会，这是给你多大的面子，你要是不好好配合，可别怪我没帮你。”

　　“好好，听你的还不行吗？”

　　赵东笑了：“对了，你的那个乌斯娅娜找到了吗？”

　　他摇摇头：“她外祖母已去世，唯一的线索中断了。”

　　“你不是还认识一个什么尔的吗？”赵东看着他。

　　“碧尔，外出办画展去了。”

　　“看来你还真不凑巧。”赵东摇摇头，“不过你小子还挺有女人缘的。”

　　“快别说什么女人缘了，阿丹不是都跟别人跑了吗？”

　　“她这是短视，也可说是想急功近利。从情感上来讲她还是倾向你的，我看你对她也还是难以割舍，要不然你会大老远跑去丹麦，给她争取版权？”

　　“什么难以割舍，从情感上讲我跟她已翻篇了，不过就是作为老乡和同学想帮她一把而已。我去丹麦主要还不是想见乌斯娅娜。不瞒你说，要不是你把我催促回来，我会找遍哥本哈根的大街小巷。"

"看来你还真是个情种。"赵东笑道。

小车在黎明中驶进了北京城。

此时的哥本哈根是夜间十一点过钟。

乌斯娅娜和碧尔通着电话，讲述了她昨晚到宾馆寻找刘喆，今天一早差点就将他找着了的事，碧尔听了也为之惋惜。

"接下来你怎么办？"碧尔道。

"我想去中国的北京找他。"

"北京太大，你又不知道他的住处，甚至连电话都没有，你怎么找？"

"我想了，我在北京留过一年学，也不算陌生，他不是写歌的吗？顺着这条线索也许会找到。"

"这是个办法。"碧尔道。

乌斯娅娜放下手机，走到窗前，望着雨雾蒙蒙的夜空，陷入到一种思索之中。

良久，她回身打开电脑写下了一首诗《寻觅爱人》：

夜，像我黯淡的眼
悲伤的利剑划过长空
刺入我冰凉的胸膛

雨，似心中忧伤的泪
狂飙在浩渺的宇宙
击穿我漆黑的情怀

爱，似天边燃烧的星
穿越悲伤的藩篱
将我送达快乐的圣殿

我的爱人
走遍天涯
也要把你寻找

刘喆歌曲创作研讨会，9点钟如期在一家宾馆的会议室召开。

音乐界的几位泰斗和评论家，以及多家全国有影响的媒体参加了研讨会。会上刘喆介绍了三首歌曲的创作由来，还有自己作曲的体会，也谈了曲风的变化，得益于丹麦一位已故的作曲家的心得手记和与欧洲一些音乐家的交流。

对借鉴西方音乐创作手法，在他的作品中引进西方音乐元素，专家们给予了充分的肯定。研讨会开得非常成功，会后记者对他进行了采访。

有记者问："你说你的改变跟那个丹麦姑娘乌斯娅娜有关？"

"是的，她的诗有股直抵人心灵的力量，有好词才有好曲，她的《日出》和《生命季节》给了我创作的激情和灵感，才使我超越了以往的自己。而《偶遇》则是对她的情感所致一气呵成，喷薄而出。所以这三首歌曲的成功转型都与她有直接关系，而曲风的变化刚才也讲了，更是得益于她已故的外祖父的作曲心得。"随后他又回答了几个记者们感兴趣的问题。

研讨会结束后，赵东开车送他回家。

赵东："今天的研讨会很成功。"

刘喆已显疲惫："这还不是你的功劳，说实在的，我得好好谢谢你。"

车来到一个十字路口，赵东拐过一个弯道，继续道："你去丹麦没有找到乌斯娅娜，这说明你们缘分已尽，我的那位远房亲戚你该考虑了吧？"不见他搭腔，侧头一看他已睡着了，不由摆摆头苦笑一下。

车来到刘喆住处楼下，赵东停了车，侧头对他道："哎，你该下车了！"

他睡眼蒙眬地睁开眼："这是哪？"

赵东："下去吧，回家好好倒倒时差。"

刘喆下车，从后备箱拿出提箱，与赵东告了别。他上楼回到家，放下提箱，倒在床上便睡。

特里尔晚上下班，开车回到公寓。乘坐电梯来到自家的楼层，走到房门前掏出钥匙开门走了进去。

蓦然他看见一人背对着门脸朝着窗外，他吓了一跳，自己的家里怎么会有人。

那人慢慢转过身，他才看清原来是雅塔，而且手中还端着一个红酒杯。

"你怎么进来的？"他有些愠怒。

"我怎么就不能进来，如今我可是你名正言顺的未婚妻了。"雅塔站起身。

"你偷偷配了我房门的钥匙？"他看着雅塔。

"你不是也有我房门的钥匙吗？什么偷偷说得这样难听。"她放下手中的红酒杯，走到他跟前，为他脱掉身上的外衣，然后与他热吻起来。

特里尔被撩拨起了欲望，他们在卧室一番男欢女爱后，他感到肚子有些饿了，这才起来进到厨房做晚餐。

晚餐做好后，他叫雅塔起来吃饭。

雅塔穿着他的睡衣来到餐厅，对他道："我爸今天来电话了，说今年的葡萄给你们酒庄预留了生产 10 万瓶红酒的量。"

"我知道了，我爸下午告诉我了，这得谢谢你爸。"

"什么你爸、我爸，分得这样清楚，都是咱爸才对。"雅塔脸上露出得意之色。

席间雅塔又喝了不少红酒，且有了几分醉意。

雅塔看着公寓的房间哈哈笑了起来，用手在空中一划："这里终于属于我了，"指着特里尔，"我的宝贝，你也属于我了，我雅塔想得到的，还从来没有失过手。”

特里尔露出明显的不快：“我看你是喝醉了，我这就送你回去。”

“我哪里都不去，以前她乌斯娅娜住得，今天我雅塔就住得，这里从今往后就是我的家。”雅塔醉眼蒙眬地看着特里尔，“我真的好爱……你，我知道你也许并不爱我，不过这有什么关系呢？只要我们的肉体是相爱的，这很重要。还有我家有葡萄园，而你家酿葡萄酒，我们将是恋人和伙伴的关系不是吗？”

特里尔不想把他家的酒庄跟她家的葡萄园联系在一起，这样他就像矮她一截似的，他贪恋她的肉体，可心里爱着的却是乌斯娅娜，这是精神和肉体的分裂。

雅塔拿过红酒瓶又要倒酒喝，特里尔把酒瓶夺了过来：“看你喝酒这么多，还怀着孩子，对胎儿发育可不好。”他责备道。

雅塔抬眼看着他，得意地哈哈笑出了声。

“你笑什么？”他有些生气了。

“你们都被我骗了，什么怀孕，那不过是骗你们的，要不那样说我叔叔会去找你讨说法，你爸会去逼你就范，你我此时会在这里像夫妻一样就餐。”

听她这样一说，特里尔瞪大了眼睛，厉声道：“我看你是真醉了，尽说胡话！”

她猛地一拍桌子，桌上的菜汤蹦了出来：“你不要以为我不清醒，我可告诉你，要没有我爸的玫瑰葡萄园，你家的酒庄就得倒闭，你的公司也得跟着倒霉！”

特里尔的脸气得铁青，腮帮一鼓一鼓的，他想不到她不但不顾廉耻，竟然这样骄横跋扈。他掀翻了餐桌，桌上碗碟和饭菜乒乒乓乓摔到地上，有的炸裂碎成了几瓣。

“你干吗？”雅塔尖叫了起来。

特里尔从衣架上取下自己的外套，怒气冲冲地朝门外走去。

“你回来，你这个混蛋，我会让你后悔的。”雅塔歇斯底里地叫道。

"砰"的一声，特里尔重重地将门关上，离开了公寓。他无法忍受雅塔对他的欺骗和颐指气使。

第十章　情感诱惑

一

这是一个刮着风的春寒料峭的夜晚，天上不时飘下一些细细的雾雨。从地铁站出来的阿丹，竖起绿色呢子大衣的领子，快步走在回公寓的路上。

她走上天桥，桥下是川流不息的车辆，而天桥的另一端，则是像她一样行色匆匆的路人。以往过此天桥她都有一种温馨的愉悦之感，离家不远了，刘喆就在家里等着她。而今这样的感觉没有了，就是一个累了睡觉的地方而已。

新公寓离老住宿也不太远，她回到公寓后，痛苦郁闷地坐在沙发上，不仅是上海的个人演唱会取消，接下来的几场演唱会对方主办方也来电话取消，她的个人全国巡回演唱会就这样夭折了。

她面前的桌子上，摆着昨天的文艺周刊报，上面不但报道了刘喆的新歌研讨会成功举行，还刊登了阿丹巡回演唱会流产的消息。

阿丹的手机响了，是她父亲打来的。父亲说看到了报纸上的报道，问她是不是真的。

她哽咽道："爸！"

他父亲在电话里安慰她，没什么的，不唱就不唱。还说也看到了关于刘喆的报道，为他高兴。听到她父亲说到刘喆，她不由生起一丝怨气，如果他同意她演唱他的歌，事情也许不会变得这样糟。但她也知道由此怪罪刘喆是没有道理的，错是自己在先。当然她也不知道刘喆为此专程去了趟丹麦，只是没有找到作词者而作罢。

她默然放下电话，想想又给马涛拨去了电话，想找他来商量自己下一步该如何做。

马涛在夜总会搂着一个穿着暴露的夜店小姐，边调情边唱着歌。

他见自己放在桌上的手机振动着，拿起接听："哟，是阿丹小姐，什么？我听不清。"

他示意夜店小姐，她起身走到操作台，将扩音器的音量关小了一些。

马涛似乎能听到对方的说话了："什么，让我到你那里去，现在不行！我有个重要的接待……报纸呀！报纸我看见了，要是演唱这行不行了，咱们改演戏去。人还能给尿憋死？！对了，我一哥们儿最近在一剧组当演员副导演，要我帮他物色一个当小三的女三号，你要有兴趣我给推荐推荐？"

阿丹在电话那端将电话压了，马涛发火道："哟，唱功不见长，这脾气倒见长了！"

夜店小姐走了过来，双手拢着他的脖子，将头靠在他的肩头："小三角色，她不去我去。"

马涛把她顺势拉到怀里："你就不要添乱了。"将手在她身上一阵乱摸。

这时一阵敲门声，他才停止了放肆。

推门走进一男一女，男子给他介绍后面跟进的女子："马总，这位就是雨萱小姐。"

雨萱上前，略有几分怯生生地鞠躬道："马总！"

马涛打量她一番，她长得清新可人，脸上有两个迷人的酒窝。

他赞许地点点头："长得挺甜的，不知唱功怎样？"

男子走到调音台挑了首《风干的玫瑰》，消了伴音。

雨萱拿过话筒唱了起来，她的音色不错，发音很准，气息的处理也很到位。

马涛鼓掌道："不错、不错！"

男子："以后就要靠马总多多关照啰！"

马涛爽朗道："好说、好说，来，坐这里。"他拍了拍身边的座位。

雨萱看了男子一眼，男子点点头，雨萱走过去坐了下来。

马涛给她倒了杯红酒，递给她："来，喝一杯。"

她接过一饮而尽。

马涛高兴道："好，爽快！"

乌斯娅娜做着到中国寻找刘喆的准备，临行前她来到赫尔辛格小镇，站在外祖母的墓前，与外祖母对着话。她告诉外祖母，自己喜欢中国的小伙儿刘喆，就要启程去中国寻找他，求外祖母的在天之灵保佑，使她能找到他。

一阵风吹来，墓旁的小树枝摇曳起来，发出轻微的沙沙声。

她喃喃自语："外祖母，您一定是听到了我的请求，在为我祝福祈祷，我知道您也希望我们能在一起。"

雅塔在家里看着电视，心头涌起一阵呕吐，她连忙跑进了卫生间。呕吐完后她想想没对，开车去了医院。

她看内科，说自己是不是害了什么病。医生是个男的，他听诊后让她去看妇产科。

妇产科医生正巧是上次为她看病的那位，检查结果却是怀了孕。上次她以为怀孕却是病了，这次以为病了却是怀孕，命运就是这样给她开玩笑。

她听到这个消息，竟然不知是喜还是忧。过去谎说自己怀孕是想留住特里尔，如今乌斯娅娜离开了特里尔，特里尔眼看归属于她，自己却怀了孕。对于生小孩她还没有做好思想准备，要不要这个孩子她思想进行着激烈的斗争。

回到家中她坐立不安，还是没有想出个究竟来。她想不管怎样应该把自己怀孕的事告诉特里尔，这样的大事不该由自己一个人做主。上次自己给他撒了谎，令他很是愤怒，他要是知道这次自己真的怀孕了，也许就会消了气。

乌斯娅娜拎着提箱走到小镇火车站，刚到进站口，就看见特里尔停着小车在注视着进站口的人员。

他看见她奔了过来，拦住她："乌斯娅娜！"

她诧异地看着他："你怎么来了？"

"听你闺蜜芬克说你要去中国？"

乌斯娅娜："我去哪里跟你还有关系吗？"

"我想与你谈谈，我跟雅塔已经分开了。"

乌斯娅娜看着他："有些事是无法从头再来的。"说罢要往车站里走。

特里尔伸手抓住她："你对我就这样反感吗？"

"放开，我要回哥本哈根然后去机场，没有时间与你闲聊。"她甩开他的手。

"是去找那个刘喆吧？"

"你说得对，我是去找他，怎么，不可以吗？"她盯着他。

"你不是要去机场吗？我送你去吧！"

"不劳驾，我自己坐车去就行。"

特里尔抓过她的提箱，不由分说走到车前，把提箱放到了车的后备箱里。

他给乌斯娅娜把车门打开："上车吧！"

乌斯娅娜也不好再坚持，只得上了车。

他把门给她关上，这才转到另一侧驾驶室门前，拉开车门坐了上去，车一溜烟开走了。很快车驶上了大道，朝哥本哈根方向快速驶去。

第十章　情感诱惑

乌斯娅娜两眼茫然地盯着窗外，景物在快速地后移。眼前的这个男人是她相恋 6 年的恋人，可却背叛了她，去拥抱金钱和肉体，曾经的信誓旦旦，爱的誓言已随风而散。而她也要去中国，寻找那份属于她的新的情感归宿。她不由内心感慨爱情的无常，人生的无定。

特里尔两眼盯着前方："你就不再考虑改变去中国的主意？"

乌斯娅娜："我心意已定，不要再说了。"

特里尔心情显得烦躁，他将车快速地开着，超过了几辆汽车。

乌斯娅娜看到他的车速过快，喊道："慢一点！"

他却不理睬，想以开快车来压抑自己的情绪。

"雅塔并没有怀着我的孩子，她是想以此要挟我而已。"特里尔愤愤不平。

乌斯娅娜嘴角露出一丝轻蔑："我看在撒谎这点上，你们倒是挺般配的。"

"还说她家的葡萄园，可以为我家的酒庄提供所需的葡萄原材料。"

"这是多好的事，你跑来找我就不怕失去了这些？"

"去他的葡萄园，去他的酒庄，我要的可是你！"特里尔大声道。

"不，你不是要的我，其实你跟雅塔的性格也有相似的地方，那就是占有欲。你把我当成了私人的物品，不许别人染指，但又毫不珍惜。"

"我不管你怎么说我，我不要你去中国找那个刘喆。"

"你没有权力干涉我的事，你不送我去机场，就立即停车让我下去。"

特里尔没有理会她，车快速驶入弯道。

特里尔放在一旁的手机响了，他抓过来接听，是雅塔打的。

雅塔在电话里火急火燎地叫道："特里尔，你在哪呢？"

"我开着车！"他要挂电话。

雅塔在电话那端："你别挂电话，我告诉你，我怀孕了。"

特里尔怒气冲天地冲电话里吼："你就不能换个新的骗术！"说罢把电话挂断，扔到一边。骂了声，"骗子，以为我还会上你的当。"

这时前面有辆卡车在同向行驶，他一踩油门，车快速从左侧超卡车。这时前方迎面开来一辆货车，他刹车不及一头撞了上去，只听得一声巨响，车头被撞扁了。

晚上，阿丹穿着睡衣坐在公寓客厅的沙发里，一脸的愁云，电视也没有开，显得非常的落寞。门外有敲门声，她起身走到门口，从猫眼里朝外看了看，敲门的是房东李阿姨，她肥胖的身体挡在门前。

她打开门露出笑脸："李阿姨，有什么事吗？"

"下一年度的房租超过好几天了，你什么时候交？"

"不是由我的经纪公司交的吗？"

李阿姨："我问过那个马总了，他说以后就由你自己交了。"

阿丹气不打一处来，对李阿姨道："你先回去，我问问好吗？你放心不会差你一分钱的。"

李阿姨盯了她片刻，点点头，边走边回头对她道："我看你也不像是赖房租的人，不过我明天再来，不能付的话，就只好请你搬走，我孙子还指望这笔奶粉钱呢！"

阿丹回到房间，拿过桌上的手机给马涛打电话，语音提示：对不起，你拨打的手机已关机。

"这个马涛！"她气冲冲地换了外出的衣服，出了公寓来到街头，打了一辆的士朝马涛的住处而去。

的士开到西郊的一处高档住宅区停了下来，她付了钱下了的士，给门卫说了几句话，门卫见她是熟脸便让她进去。她乘坐电梯来到马涛的楼层，出电梯后奔到马涛的门前，按了门铃，没人应答。她又使劲敲门仍没有应答不说，还惊扰了隔壁另一房屋的主人。

一个老者打开门，伸出头，怒道："你找谁？有你这样敲门的吗？"

她只好颓然地收回了手。

老者缩回头后，"砰"的一声把门关上。

她想了想在门前坐了下来，她必须要把马涛等着。

不知过了多久，她有些迷迷糊糊了，这时电梯门开了，走出马涛和雨萱。马涛已有几分醉意，由雨萱扶着，朝住宅走来。

阿丹一激灵，睁开了迷糊的眼。

马涛并没有发现阿丹的存在，在雨萱的脸上亲了一下："为捧你我可花了二百万，今晚你得好好服侍服侍我。"

阿丹站了起来，冲过去抓住马涛："你不是人，怎么能这样对我？"

雨萱指着她："这女人是谁？"

马涛翻起醉眼看见是她："你，你怎么来这里了？"

阿丹瞥了雨萱一眼："你不但不付房租，还跟别的女人搞在一起！"

马涛伸手给了她一耳光："你有啥资格来教训我？我为你投入的钱还少吗？你这扶不上墙的泥！我已委托律师给你解约。"

"你、你不能这样对我，为了你我放弃了我的爱情，放弃了我的刘喆！"

马涛推开她："别给我说这些，这是你自己的选择，都像你这样我就得露宿街头了。"他搂着雨萱走到房门前，开门后走了进去，然后把门重重关了。

阿丹泪如雨下，她知道自己被他抛弃了，他对她不过是逢场作戏罢了，垂涎她的不过是美色和能为他赚钱。当他玩腻了，就另寻新欢；当她不能成为他赚钱的工具，抛弃她便只是时间问题。

她不知怎么下的楼，来到街头夜已深。寒风习习，她的衣摆在风中飘荡，凌乱的头发也被风吹来吹去，她无意去梳理。

她独自走着，不知自己该何去何从，就这样一直走着……

昏暗的街灯将她的影子拉长又缩短。

车祸发生后，特里尔当场死亡，乌斯娅娜被送进医院抢救，生命虽然保住了，但双腿却失去了知觉。她父母从国外赶回来照顾她，看到躺在病床上的她，非常地痛心，她母亲流了不少的眼泪。

这天是特里尔下葬的日子，天空飘着霏霏的雨丝，生前的亲朋好友前来墓地参加葬礼。

特里尔的父母悲痛欲绝，雅塔也穿着黑色的外套，戴着黑色的纱巾前来。她内心明白，特里尔的死跟自己的那个电话有关，她告诉他自己怀孕了，这次确实是真的，他怎么就不相信呢。她在内疚和痛楚中挣扎，她是爱特里尔的，刻骨铭心的爱，也可说狭隘偏执的爱害了特里尔，也害了她。

神父主持了葬礼仪式，下葬时神父再次祈祷："慈悲的天主，求你恩赐所有亡者早日解脱死亡的枷锁，进入平安与光明的天乡，因着你的慈爱能得享永生的幸福……"

特里尔的亲属将白色、紫色的花瓣扔到放在墓穴之中的墓棺上，有人开始用土掩埋。葬毕在墓前立上了十字架，并放上一束鲜花，参加葬礼的亲友随后默默离开墓地。

雅塔是最后一个离开的，她摸着肚子，对着墓碑道："特里尔，我没有骗你，肚子里确实怀着你的孩子，我会生下他好好抚养的。"

雅塔的父母对她要生下孩子极力反对，说一个未婚的妈妈生下孩子，她以后怎么嫁人。她不听坚决要生下孩子，家里没有办法只得妥协，她以这种办法来弥补对特里尔的伤害。

乌斯娅娜在医院接受治疗。

碧尔来医院看她，用轮椅推她到花园的路径上散心。

丹麦纬度较高，残雪依然笼罩着山头，树枝却已冰雪融化，露出嫩芽。

　　碧尔望着远天叹息道："真想不到事情的发展会是这样的。"

　　乌斯娅娜："我倒不十分悲观，也许这就是命运，想抗争却无能为力。"

　　"乌斯娅娜，上帝保佑，你一定会好起来的。"碧尔道。

　　乌斯娅娜将手抚在碧尔握着轮椅手把的手背上，表示对她祝福的感谢，继而道："特里尔死了，就死在我的面前，要不是我执意去中国找刘喆，他也许不会死去。"

　　"你不要自责，这不是你的错，再说了就是个意外。"

　　"看来我跟刘喆真的此生是有缘无分了。"她痛楚道。

　　"事情也许不会像你想象的那样糟，希望永远都在前方。"碧尔安慰道。

　　乌斯娅娜轻轻地摇摇头："时光流逝，我的希望正在碎为细屑，好像沙子正从指缝间漏掉，我真的好害怕。"说罢她含在眼里的泪水滚落了出来。

　　碧尔一声叹息，也为他们感到惋惜。

二

　　阿丹回到了四川雅安的老家，经历了沉浮的她也在反思自己。她来自农村，家里并不富裕，当初为供她上音乐学院，花光了积蓄。他父亲从北京回来后，得知无大病，情绪大为好转，什么事好像都看得开了些。

　　她母亲对回家的女儿道：回来也好，咱们就一家人踏踏实实过日子。她虽然有些不甘，也一时没有好去处，便在家里做做饭，父母从地里回来一块吃饭。

　　这天吃晚饭，电视里播放着刘喆写的新歌。她父亲忍不住责备她错过了刘喆这样好的男人，落得如今的境况。

　　她母亲阻止她父亲的进一步责备，问她将来有什么打算。她说她很累了，想先休息一段时间。

　　晚饭后，她的两个高中同学来看她，说她现在是大明星了，对她非常的羡慕。她也不知该如何回答她们，只得把话岔到一边。她们走后，她面对无星的夜空，内心生发起一种寂寥、苦闷、悔恨、无奈的情绪。对就此结束演唱生涯她心有不甘，可现实就是这样的残酷，她的情绪由此非常地低落。

刘喆和赵东在古风酒吧喝酒，灯光是柔和微暗的。他们坐在一个相对雅静的角落，喝着威士忌。

"你如今可火了，还有时间请我喝酒？"赵东看着他。

刘喆喝了一小口酒，看着赵东："我收到国家级电视台的一个频道举办的春之声音乐晚会的邀请，希望在晚会上演唱《生命季节》这首歌，说由我来推荐歌手。"

"你想推荐谁？"赵东问。

"阿丹。"

"阿丹？你不是不给她唱的吗？"赵东疑惑地盯着他。

"这是公益晚会，不是商演，不涉及版权利益。"

赵东点点头："可我听说阿丹回了老家。"

"哦，什么时候的事？"

"有一段时间了，她被马涛所弃，听说马涛最近在力捧一个叫雨萱的女子。"

"马涛就不是一个搞音乐的，纯粹一个投机者。"刘喆将酒杯往桌上一杵，随后缓过口气，"阿丹还是有演唱天赋的，可急于求成，想走捷径，吃点亏长点记性有好处。"

赵东点点头："你有和她和好的可能性吗？"

"你是说阿丹？"

赵东："是的。"

刘喆摇摇头："感情的事，不是说回去就能回去的。经历了一些事才知道什么是真爱，危机是试金石，让你能辨清敌友，辨清爱恨。"说罢端起酒杯喝下了杯中的酒。

赵东又给他倒上威士忌："你的那位丹麦姑娘，至今都没有一点消息吗？"

刘喆摇摇头："我虽然不知道她现在身在何方，是否成婚，过得好还是不好，但我相信她跟我在一起时是开心的、快乐的，她的骨子里一定是爱我的。"说到这他又举起酒杯，跟赵东碰了杯，喝了一口。

老板娘走了过来，给他们上了盘牛肉干："这是内蒙古的，你们尝尝，下酒不错。"

"谢谢老板娘！"刘喆道。

老板娘对赵东："你胃不好，酒可要少喝。"

赵东看着老板娘，脸上乐滋滋的："知道了。"

刘喆看着她离开，对赵东道："你们的关系好像又进了一层。"

"还真瞒不过你的眼睛，实话告诉你吧，我们准备今年五月举办婚礼。"

"她好像岁数比你大吧？"刘喆道。

赵东伸出了三个指头。

"啊，那你？"

"你大惊小怪啥，俗话说女大三抱金砖。"

"也是，也是。"刘喆笑道，"到时我可要来喝喜酒。"

"你小子，少不了你的。"

这时一个身材高挑，打扮时尚的姑娘从门外进来，看见了他们走了过来，对赵东道："表哥。"

"来、来，这坐。"赵东招呼她。

姑娘在他们旁边坐了下来。

"我来给你们介绍一下，"赵东指着姑娘，"黄雪梅，我表妹。"

刘喆想起了上次也是在这里，赵东给他看了一张她表妹的照片，想把他表妹介绍给他，正是眼前这位了，人比照片上还要漂亮。

刘喆礼貌地对她笑笑，把赵东拉到一边："你搞什么名堂？"

赵东笑笑："认识一下，交个朋友呗。"

"我跟你说过，我……"刘喆急道。

"表哥，你们在说什么呢？"黄雪梅道。

赵东走回来："他问我，你有这么漂亮的表妹怎么不早点介绍认识。"

"是吗？"她看着跟着走回的刘喆。

刘喆尴尬地笑笑，暗地里瞪了赵东一眼，赵东装着没有看见，问黄雪梅喝点什么？她要了杯柠檬水。

赵东举起杯子给刘喆碰了一下："我这表妹呀，如今成了你的粉丝，成天扭着要我介绍你们认识。"

刘喆又看了她一眼，她的皮肤很白，眼睛很亮。

她笑着对刘喆道："是呀，我很喜欢你写的歌，特别是最近那首《偶遇》。"说罢她情不自禁地哼了起来。

在酒吧喝完酒出来，赵东说表妹跟刘喆顺路要他送她回家，自己钻进一辆出租车先走了。

黄雪梅对刘喆道："我的家离这里只有两站路，我们走走吧？"

刘喆不好驳了姑娘的面子，点点头。他们朝前走去。

"上次听你表哥讲，你在一家医院上班？"刘喆无话找话，与姑娘一起行走，不主动搭腔似乎也不妥。

"是呀，在二医院做护士。"

"工作挺辛苦的。"

"三班倒，是辛苦一些，不过别人都称我们为白衣天使。"她对自己的工作也还满意。

"你喜欢唱歌？刚才听你的嗓子还不错。"

"我那是瞎哼哼，哪敢跟你们专业的比。"

"专业只是技巧多些罢了，唱歌主要是要有副好嗓子，你看从星光大道出来的歌星，不少是工人、农民和基层工作者。"

"你说我能成为歌星吗？"她看着他。

"要成为歌星也不容易，要天时地利人和。"他想到了阿丹，叹了口气，"即或成了歌星也有许多的烦恼。"

"你不会是说阿丹吧？你的前女友。"

"是你表哥告诉你的？"

黄雪梅笑了："表哥把我介绍给你做女朋友，我当然要对你的过去有所了解。"

"等等，"刘喆看着她，"我可没有让你表哥给我介绍女朋友的。"

"看看，我一个姑娘都不怕，你一个大老爷们还害羞，你不会说本姑娘配不上你吧？"她停住脚步，盯着他。

"哪会，你既然知道我过去女友是阿丹，就一定知道我是被抛弃之人……"

他的话还没有说完，黄雪梅道："那是她势利，有眼无珠。"

"那在你眼里我是什么？"刘喆来了兴趣。

"我表哥说你是一块宝，我看是潜力股。"说完她咯咯笑了。

刘喆也被她的情绪感染："我成股票了，不过你就不怕你表哥看走眼，把你套住了。阿丹以前就认为我是潜力股，买了这只股后只跌不涨，她只好抛了。"

"很多人都是原本买了好股却沉不住气，结果一抛就涨，后悔死了！我可是低价购进，放个十年八年一定会一飞冲天。"她说完为自己的这套理论洋洋得意，顺势挽着刘喆的胳膊，还摸出手机与他拍了两张自拍照。

不知不觉他们走了几条街，黄雪梅所住的公寓楼到了。

她站了下来抬起头，望着刘喆愉快地笑了起来，高耸的胸脯一起一伏，双眼闪烁出一种美来。

她放开挽着刘喆的手，指着一道大门："我租的公寓就在上面，要不上去坐一坐？"

"天已不早了，你明天还得上班。"

"好的，那我就上去了，谢谢你送我回家。"

刘喆笑笑："你表哥吩咐的，我哪敢违抗。"

"明晚有空吗？有部新上演的电影，听同事们讲不错。"

刘喆摇摇头："明天我要回趟老家，过几天才能回来。"

她遗憾地道："好吧，那我等你回来。"

"你别等我了，那时电影都下线了。"

"下线就看别的，拜拜！记得电话联系。"她给他做了个打电话的手势，快快乐乐地进了公寓大门。

刘喆自嘲地摇摇头，朝自己住宅走去。

起风了，他竖起了外衣的领子，双手插在口袋里，因为寒气逼人，他轻快地走着，又走了两个街口才回到家。

刚进门赵东的电话就来了，他在电话里问："你们在哪里呢？"

"放心不下你表妹吧，你放心，我已把她安全送回了公寓。"

"你们没去歌厅唱歌或夜总会嗨歌？"

"没有呢，我明天得赶飞机，你表妹明天还得上班呢。"

"看来你挺心痛她的。"

"去去去，这是哪跟哪！"

"你对我这个表妹的印象如何？"

"人挺漂亮，也很大方，特别地聪明，还跟我讲了一堆炒股经。"

"怎么回事？"赵东在电话那端纳闷，"没听说她炒股呀！"

"她这是在炒人呢。"刘喆重复了一遍黄雪梅的话。

赵东在电话里笑了："我这表妹的话虽不那么好听，但理端。"

"好像她知道我不少事，你跟她说的吧？"

"你的那位丹麦姑娘，乌斯娅娜我可没说，不然她会认为你处处留情呢！你这次去丹麦也没有找着她就死了心，好好开启一段新的恋情吧！"

"你就会看我笑话！"刘喆合上手机，用遥控器打开电视看了起来。

电视上正播着一场足球比赛，他的思绪又飞到了丹麦的赫尔辛格小镇，他与乌斯娅娜一同观看学生踢足球的情景。

乌斯娅娜出院后回到赫尔辛格小镇疗养，照顾她起居的是那个以前她外祖母的黑人女佣。她的屋里挂着花窗帘，帘子一拉就可以看到外面的阳光、月光或云朵的流光洒满屋前的草坪。

经过一段时间的治疗，她的身体在逐步地恢复，但站立是不行的，更不要说行走了。医生告诉她，很有可能她这辈子都要与轮椅为伴。她的父母都很忧伤和痛苦，她倒不十分悲观，认为也许这就是天意。

天气好时，她会在女佣的帮助下，滑动轮椅来到屋外，沐浴在阳光之下，看着游廊上的薰衣草和麝香草，以及草坪中的百合丛和玫瑰带。她时常一待就是好几个小时，在这里她可回想与刘喆在一起度过的快乐时光，也可构思她的诗作。

屋子后面遥远的地平线上，是一片常年冰雪覆盖的黑黝黝的山峦。太阳徐徐升起，新的一天又开始了，原先黑暗的大地被笼罩在一片朦胧的光亮之中。

碧尔这天前来看她，聊些开心的话。

她告诉碧尔，自己的第二本诗集也快完成了。碧尔很高兴，也很钦佩她的坚强。

碧尔还带来了关于刘喆的消息，说托去中国的人打听，他目前在中国成了很有影响力的青年作曲家，由她乌斯娅娜作词的两首歌，很受中国听众的欢迎。还拿出带回的报道刘喆的报刊指给她看，上面有刘喆的照片。

乌斯娅娜感慨万千，非常欣慰："看来他欧洲之行还是有收获的。"

碧尔："他在接受记者采访时，还专门提到了你，提到了这赫尔辛格小镇，提到了你外祖父的作曲手记。"

乌斯娅娜接过报纸看完后，眼里涌动着泪花："我外祖母没有看错他，他是重情重义的人。"

"你要给他取得联系吗？"碧尔问。

她轻轻地摇摇头："我如今的状况，只会给他增添痛苦和悲伤，还是珍藏在心底吧！”

碧尔握住她的手：“只是太苦你了。”

她摇摇头：“我虽然脚不能行走，身体受到了限制，但是我的思想是自由的，在精神世界中任我遨游驰骋。”

碧尔走后，她回到屋里，看着墙上挂着的那幅《忧郁男神》油画，心中涌起无限的思念。她自从来到了乡间别墅养伤后就把这幅油画也带来了。

三

黄雪梅去上班，因为心情愉快，在医院碰到熟人都打招呼。

在食堂午餐时，她的一个在妇产科当护士的姐妹王娟走过来挨着她而坐。

吃着饭的她忍不住噗嗤笑了一声。

王娟看了她一眼，对她道：“遇到啥好事这样开心？”

她左右环顾了一下，对王娟道：“我恋爱了。”

“啊！”王娟感了兴趣，“是谁？那个追你的张医生吗？”

她吃饭没有理睬王娟。

王娟生气了：“不告诉拉倒！”要起身离开。

她这才拉住王娟：“不是拿手术刀的张医生，是握笔的一个作曲的音乐家。”

“是谁？有名吗？”

“是潜力股。”

“什么乱七八糟的，你当这谈恋爱是炒股呀？！”王娟提高了嗓门，引来周围的人侧目。

她们立即做了个鬼脸。

“可惜没有见过他的人，不知长得怎么样？”王娟压低声音道。

“帅呆了。”

“你骗人！”王娟不相信，“怕是情人眼里出西施吧？”

她又看了一下四周，摸出手机把昨晚跟刘喆的自拍照调出来给王娟看。

"是挺不错，不过你可得抓牢了，不然就被别人抢走了。"王娟道。

她"砰"地将饭盒往桌上重重一放，右手在空中做了个抓的动作："我看他往哪里跑？"

周围的人又侧目地看着她们，黄雪梅这才意识到自己的失态，抱歉地对大家笑了笑："你们继续吃。"起身离开了食堂。

王娟追了上去。

刘喆的家在雅安城里，父亲在一家高档餐厅当大厨，母亲是一家银行的高管。他从北京飞到成都，然后赶班车回到雅安。他事先没有告诉父母自己回来，想给他们一个惊喜。进了家门后见父母还没有回来，他动手做了一顿丰盛的晚餐，然后才打电话告诉父母。

他母亲先回来，他父亲因是大厨，一般回家都比较晚，特意请了假赶回。

一家人边吃饭边聊天，他父母为他取得的成绩而骄傲，也为他走出低谷而欣慰。晚饭后，他父亲去厨房收拾，他与母亲在客厅继续聊天。

他母亲听他说一会儿要去阿丹家，拿歌给她唱，很不以为然。认为阿丹是个势利人，如今落魄是她的报应。

刘喆厚道地认为，她已为她的所作所为付出了代价，自己不记恨他，毕竟是老乡同学，又恋爱一场，能帮就帮一把。

母亲看着他："你实话告诉妈，有没有新的女朋友？"

他摇摇头。

"难道就没有遇到自己喜欢的姑娘？"

"遇到过一个心仪的女孩，但目前还没有结果。"

"哦，是哪儿的？"

他拿出手机，把那张邮轮上照的乌斯娅娜的侧影照片给他母亲看。

"是外国姑娘？"他母亲接过手机看着道。

他点点头："丹麦的。"

"虽然是侧面照，仍看得出来这姑娘挺漂亮，你们是怎么认识的？"

"去年我去欧洲在邮轮上认识的，不，应该说是在丹麦的一个叫赫尔辛格的小镇认识的。"

他母亲看着他。

"我作曲的成功转变，得益于她外祖父的一本手记，这次电视台选唱的歌，就是根据她的诗谱的曲。"

"她是位诗人？"

他点点头："是位很有才华的诗人。"

"那她对你的意思？"

"我想她是喜欢我的，不然不会我在挪威高山滑雪场被大雪所困时，她竟不顾危险跑来跟我在一起。"

"那你怎么不问问？"

"当时她有男朋友，后来我想去求婚的，可去晚了。"

他母亲不明白地看着他。

他一声叹息："也许现在她已结婚了。"

"什么叫也许？你们后来就没再联系过。"

"为歌词版权的事前不久我又去过一次丹麦，可没找到她。"

"嗐，你这孩子不是等于白说吗。"

说到这他也很揪心。

"你也岁数不小了，阿丹呢算是翻篇了，"他母亲把手机还给他，"这个丹麦姑娘呢看来也没戏了，我看你还是抓紧另找吧，不要把自己给耽搁了。"

他拿回手机："妈，你放心，我会抓紧个人问题，让你早日抱上孙子的。"

他母亲笑道："知道就好！"

夜色渐起，刘喆来到阿丹位于近郊大兴镇的家里。她父母看见他很高兴，寒暄后他问阿丹呢？她母亲告诉他，在城里的酒吧唱歌，但在什么酒吧他们也搞不清楚。

刘喆告辞出来，回到城里去找阿丹。

回到家乡的阿丹对将来何去何从感到茫然。她父亲虽然确诊不是不治之症，但身体一直不好，看病吃药是少不了的，而这些都得需要钱。她不得不去红帆夜总会唱歌，挣些钱补贴家用。

这晚有个北京过来的姓谭的煤老板，领了帮人前来夜总会玩耍，边饮着啤酒边听歌。

他认出了阿丹，对朋友道："那不是阿丹吗？在北京时我听过她的歌。"

阿丹唱完一首歌后，有人上前给她献了束花，并指了指谭老板的方向。阿丹把目光投过去，谭老板微微颔首。

阿丹演唱完她的节目后，那人又走到她跟前："阿丹小姐，我们谭老板请你过去坐坐。"

阿丹礼节性地走过去，谭老板站了起来，为她拉开座椅："请！"

阿丹坐了下去。

谭老板亲自为她倒了杯啤酒。

"我，我不会喝酒。"她推辞道。

"你们唱歌的，谁的酒量差了，不喝就是不给我谭某面子。"

阿丹："对不起，我真的不会喝。"

谭老板的脸挂不住了："你以为你是谁呀，还是那个在大剧院演出的大牌明星？落毛的凤凰不如鸡，你在这里唱歌不就是为了钱吗？你陪我喝，一瓶酒我给你一千，十瓶酒一万。"

阿丹看着他，很想把酒泼在他的脸上，但她想到父亲需要治疗的病，只得忍着屈辱，对谭老板道："开酒！"

有人连忙用开瓶器开了瓶盖，阿丹拿起一瓶喝了下去，喝到八瓶、九瓶，她开始有些把持不住自己，在那里硬挺着，喝下第十瓶后，她头一晕倒在座椅上。

谭老板叫人把她扶走，上了自己的车，直奔山月宾馆。

谭老板的车到了宾馆门前，他下了车，对司机道："明天早上10点来接我。"然后把阿丹扶到了宾馆自己的房间。

他把阿丹放到床上，看到她仍在醉意中，脸上浮起淫笑，得意地进了浴室。

刘喆回到城里去了红帆夜总会，雅安城不大，能供歌手唱歌的就只有这一家。老板告诉他是有在这里唱歌的阿丹，不过好像喝醉了，在半小时前被人接走了。

他想如是回家的话，半小时该到家了，自己应该碰得到她，于是问："知道去哪了吗？"

老板摇摇头："好像是跟一个北方来的人走的，听下面的人说，刚开始他们是在赌酒。"

"赌酒？"刘喆看着酒吧老板。

老板："是的，那人看来很有钱，说是她喝一瓶啤酒，那人给一千，后来就不见他们了。"

"谢谢！"刘喆出了酒吧，来到街头，他有一种不好的预兆。

谭老板在浴室冲了澡，穿着浴袍出来。他看着床上躺着的阿丹，一步步走到她跟前，开始解她的衣服。

她有些酒醒了："你，你在干什么？"

谭老板道："喝酒你不是得了一万吗？你要是今晚从了我，我给你十万。"说完扑了上去，用嘴强行亲吻她。

她竭力地躲避着，但却逐渐失去了反抗能力。这时她的手机铃声响了，她用手从一旁的提包里摸出手机，但她被谭老板压在身下无法接听，她机警地滑动屏幕使手机处于接听状态。

她大声尖叫道："不，谭老板你不能这样？"

打电话的是刘喆，他听到电话那头的不正常，急切道："喂喂，阿丹！你在哪？"却没有了回音。

谭老板夺过手机，丢到床铺的一边。

阿丹听出了是刘喆的声音，心里默念："刘喆，救我！"

谭老板强行要扯开她的衣服，她说道："你用得着这么粗暴吗？"

谭老板看着她："啥意思？"

"不就上床吗？为一万赌喝酒，我都不怕丢命，十万的诱惑我可无法抵御。"

"你是说你同意了？"谭老板看着她。

"我还有选择吗？不过刚才在车上呕吐了，我得先去洗洗，你不怕臭我可嫌烦。"她说着起身，去拿被谭老板丢在床铺上的自己的手机，谭老板劈手抢先夺过。她只得在谭老板的怀疑监视下，跟跟跄跄地进到浴室。

她将门关好闩上，然后把浴室喷头的水拧开，装着在洗浴的样子，她在想脱身的办法。

半个多小时过去了，谭老板见阿丹还在洗浴，走上前打门，冲里喊："开门，你要洗到什么时候？"他见门关得死死的，里面也没答应，知道自己被耍了，开始撞门。

阿丹在里面拼命抵着，但门还是被他强行撞开了。他上前抱着阿丹，撕扯她的衣服。

这时房门突然打开，刘喆首先冲了进来，后面是酒店的两名保安。刘喆看到施暴的谭老板，冲上去一把从后面揪住他浴衣的后衣领，把他从阿丹身边拉开，还没等他回过神来，一拳打在他的脸颊上，打得他眼冒金花。

谭老板想发着，看到跟进的两名保安，像泄气的皮球一下蔫了。原来刘喆发现不对后，通过手机微信上的定位功能，确定了阿丹的位置，及时赶来避免了阿丹的受害。

刘喆看到衣衫被撕烂，衣不遮体的阿丹，脱下自己的外套给她罩上。谭老板被两个保安扭送到附近的派出所，刘喆陪同阿丹随后去了派出所作证言笔录。

从派出所出来夜已深，刘喆护送阿丹回家。

"你怎么回雅安了？"阿丹问。

"我是专程回来找你的，去了你家听说你晚间会在夜总会唱歌，我就去到夜总会，那里的老板说你已经走了，这不给你打电话，才知道事情不妙。通过微信的定位功能找到了你，不然后果不堪设想。"

一阵晚风吹来，阿丹打了个寒战，将穿着的刘喆外套紧了紧："今天的情况你也看见了，你一定会笑话我吧？"

刘喆把眼光从她的脸上移开，投向远方的夜空，阿丹的家已在前面不远。

"你怎么会这样认为？"刘喆道。

"你刚才说专门回雅安来找我，有什么事值得你这个大作曲家亲自跑一趟的。"

"国家级电视台的一个频道，想在举办的春之声音乐晚会中，演唱由我作曲的《生命季节》，并要我推荐歌手，我推荐了你。"

阿丹不解地看着他，突然爆发了出来："我需要这首歌时，你说没有作词者的授权，今天你又跑来对我说，推荐我唱这首歌，你这是可怜我还是戏弄我？！"她情绪激动地，"我知道你恨我，但也用不着这样羞辱我！"

"你听我说，不是你想象的那样！"

"我不会唱的！"她朝前跑去，发现自己穿着他的衣服，又跑回来脱掉甩给她，这才朝远处自己的家跑去。

她回到家，父母已经睡了，她把自己关在寝室里，三下五除二脱掉身上被撕坏的外衣，换上一件朴素的衣服。曲腿蜷坐在地板上，头靠着墙，双眼紧闭，泪水顺着脸颊簌簌而下。

四

第二天一早，阿丹来到青衣江边，望着滚滚东去的江水，感慨万千。

这是一条通往长江的河流，小时候她便爱坐在这河边看着远去的江水，暗下决心，要走出大山，闯出一片属于自己的天地。

她从小就喜欢唱歌，梦想着当一名歌唱家。这理想似乎就要实现，可却被打回了原型。命运多舛，无奈落花空流去。

她望着眼前江水拍打着的沙滩，往事历历在目。以前她和刘喆爱来这河边玩耍，看天看水，谈理想和抱负，他们有共同的爱好和事业追求，高兴了便在这里尽情高歌。现在想来那是她至今人生中最快乐的时光，这样的时光就像眼前的流水，一去不复返了。

经历了人生波折后的她，就在这家乡春日的早晨，和煦的阳光下，清澈的江边，思维跳跃地想着，想着自己的童年、青年趣事，想着自己的初恋。

她也想到了昨晚刘喆来找自己演唱《生命季节》的事，按她的思维方式，她觉得自己对不起刘喆，他不给她新歌演唱她不怨他。可当她特别需要的时候，他不同意，最终导致她没有好歌而使演唱会流产，她的名声受损。现在又来邀请她演唱，她认为这是对她的羞辱。

就在她任思绪信马由缰地驰骋，一会儿笑一会儿心酸、一会儿流泪的时候，她听见身后有异样的声音，回头见是刘喆朝她走来。

刘喆走到了她跟前不远处站了下来，看到显得憔悴的她，疼惜地喊了声："阿丹！"

她的眼睛湿润了，随后叫道："不、不，你别过来！"

"你怎么了？"

"你是又来取笑我的吧？"

"阿丹，你错了，你怎么会这样想？"

阿丹退后几步："我、我不需要你的怜悯！"

刘喆："我来既不是取笑你，也不是要来可怜你，甚至也不是来安慰你。"

"我不会再回去唱歌了，我需要这首歌时，你却不答应，如今我落魄了，你却以一个胜利者的姿态跑来对我说，邀请我唱這首歌。你不但是在取笑我，還是對我的侮辱，我不想再見到你！"說罷跑走了。

"阿丹，你聽我說，不是你想象的那樣！"劉喆沖阿丹喊道，可阿丹根本不聽跑遠了。

阿丹慌慌張張地跑回家裡，關上房門。

在院壩喂雞的她母親驚異道："你這是怎麼了？"

不一會她母親看到劉喆走進了院壩："劉喆，你來了？"

"阿姨，我要跟阿丹說幾句話。"

"去吧，她在屋裡。"

劉喆上前去推門，門從裡面栓著，他敲著門喊道："阿丹、阿丹。"裡面卻沒有應答聲。

她母親走上去："阿丹，開門，是劉喆來了。"

裡面傳來阿丹的怒吼："讓他走，我不想見到他！"

她的態度如此決然，劉喆只得放下敲門的手。

從一旁走出阿丹父親，他沖屋裡喊道："阿丹，你再不開門我可要揍你了！"

劉喆連忙拉住她父親："李叔，別這樣，阿丹是對我有怨氣。"

"怨氣，什麼怨氣？我知道你對阿丹好，她卻不知好歹，連我這個做父親的都看不下去。"

她母親對劉喆："阿丹這次回來，情緒一直不好，你別怪她。"

"我不會的。"劉喆道。

她母親："要不你先回去，等她情緒穩定了我問問她的情況。"

劉喆點點頭："李叔、阿姨，我這次是短暫回來，一會兒就去機場，我有一首歌想請阿丹演唱，我給阿丹三天時間，讓她好好想想。"

她母親點點頭："謝謝你，劉喆。"

　　刘喆离开了阿丹家，给自己的父母道了别，赶班车到成都双流国际机场，乘机飞回了北京。

　　赵东开车在首都机场接到了刘喆，并不见阿丹，问："阿丹没有跟你一块回来？"

　　他摇摇头，将行李拎到后排座椅上，拉开副驾驶位坐了上去。

　　赵东随后上车启动了车子，朝城里开去。

　　赵东："看你眉头不展的样子，此行一定不顺利。"

　　"她对我的抵触情绪很大，认为我是在戏耍她。"

　　"怎么会这样？你没跟她解释清楚。"

　　"她根本就不愿听我解释。"刘喆道。

　　"原来是这样。"赵东把车汇入了进城的车流中。

　　一小时后，赵东把车开到了一家很有风情的餐厅门口停下。

　　"怎么，你这是要给我接风呀？"刘喆道。

　　"我给你接风，你想得美，是我表妹黄雪梅，听说你今天回来呀，专门调了班，在这里订了位置。"说罢解开安全带下了车。

　　刘喆也随后下车，脚刚落地，穿着乳白色外衣的黄雪梅就从餐厅里面迎了出来，高兴地对他道："回来啦！"

　　刘喆点点头："想不到一回来，就能见到雪梅美女。"

　　"她呀，成天惦记着你呢。"赵东道，"我这当表哥的也嫉妒了。"

　　说话间他们来到大厅，在一个订好的餐桌前坐下。很快服务员就将他们的菜端了上来。黄雪梅又要了瓶红酒，赵东说要开车不能喝，黄雪梅只好和刘喆喝，她的酒量不错，与刘喆对喝了三杯。后面的酒她提出来与刘喆做游戏，谁输了谁喝酒，结果她输多赢少，喝了不少酒。

　　席间赵东接到一个电话，是编辑部值班编辑打来的，说明天刊物就要交付印刷，让他去签字付印。他对他们说自己得先走一步，要刘喆把他表妹陪好，说完抬腿就走。

刘喆冲他背后道："哎，我的行李还在你车上。"

赵东头也没回："明天我给你送过去。"径直出了餐厅。

黄雪梅把他拉回身："我表哥就是这样的人，甭理他，我们继续喝酒。"

刘喆看着她已有几分醉意："我看咱们也差不多了，酒就到此为止。"

她看了看还剩下的小半瓶酒，瞪着他："你是不是男人，我都没喊多，你就尿了。"

"我不是怕你喝醉了吗？"

她一拍他的肩膀："你是好人，别的男人怕我喝不醉没机会，你却怕我醉了，你是不想给自己机会。"

刘喆看了看周围的人："酒喝多了伤身，那我们就仅酒不仅量。"他拿起酒瓶给自己的杯里倒得满满的，只给她的杯里象征性地倒了一点。

她却不买账，端起他的杯给自己匀了一些："酒品看人品，你是实在人。"端起杯子给他碰了杯，一声："Cheers！"将自己杯中的酒一引而尽。

刘喆也只得一口喝了自己的酒。

用完餐，他们出了餐厅，沿着街头走着。喝多了酒，外面的风一吹，黄雪梅有些头重脚轻，刘喆连忙将她扶住，打了的士送她回家。路上她将头靠在他的肩头，半睡半醒。到了她公寓的楼前，刘喆见她的状态只好把她送回 10 楼的家。

在屋门口黄雪梅念叨钥匙在我口袋里，他从她衣兜里摸出钥匙开了门，然后把钥匙放回她的衣兜。

她进了屋门，刘喆对她道："好好休息吧。"转身要走。被她一把揪住衣领拉进了屋，"砰"的一声关上门，对着刘喆的嘴就亲吻起来。

刘喆毫无防备，用力推开她："雪梅，你不要这样。"

她盯着他："你是看不上我，还是我没有你的阿丹漂亮？"

"看你说的，你可是美丽的白天鹅，我跟阿丹不早就翻篇了吗？”

"你骗人，早就翻篇了还回去找她，还要她来唱你的新歌？"

"你表哥告诉你的？"

"别管谁告诉的，你说我说的是不是事实。"

"我去找她唱新歌是事实，只是作为老乡和同学想帮帮她，可在情感上已毫无瓜葛了。"

"你说的是真的？"她看着他。

他举起右手："我用人格担保，如果说谎出门就被车撞……"

他的发誓还没说完，她就用手捂住了他的嘴："我不许你乱说，我信了还不行吗？"随后又用嘴堵住了他的嘴。

刘喆压抑已久的欲望被激活，不由热烈地回吻着。就在他快失去理智时，脑海中闪过一丝念头：刘喆，你想好了要娶眼前这位姑娘吗？

他一激灵，猛地推开了她，逃也似的离开了她家。

她气恼地跺着脚。

晚上，阿丹郁闷地坐在家中。

她父亲道："听刘喆说找你回去唱歌，你怎么不去？"

"爸，我要他把作曲的歌给我唱，他却不肯。如今我落魄了，他却跑来说推荐我给电视台唱，他这是什么意思？是怜悯我，还是戏耍我？"阿丹仍旧愤愤不平。

"刘喆这孩子我了解，他是戏耍你的人吗？上次我和你妈去北京，你中途去广州演唱，后来才得知那时你们已经分开了，可他没有半点怨言。带我们去游览，去医院为我就诊，比自己的孩子对我们还照顾得妥帖，你还这样说他！"

"我只尊重事实。"阿丹道。

"我不知道具体发生了什么，但他这样做一定有他这样做的道理。"她父亲道。

"爸，我才是你的女儿，你怎么胳膊肘往外拐？"

"正因为你是我的女儿，我才对你了解。做人得本分，做事得踏实，不要把别人都往坏处想，而把自己都往好处想。"

阿丹扭头对母亲："妈，你看爸！"

她母亲道："女儿呀，你爸说得对，跌倒不可怕，但要总结经验教训，不然还要吃亏。还有在哪摔倒了，就要在哪爬起来。刘喆这孩子好心邀你去电视台唱歌，虽然不挣钱，但这是多少唱歌人的梦想，你怎么能赌气说不唱就不唱呢？"

阿丹经母亲这样一说，也认为她说得对，不该断然拒绝。不管刘喆是什么用意，毕竟这是一次很好的机会，但已经拒绝，她又怎么好去说我又要唱。想到这她懊悔不已，对父母说不舒服，进房间躺在床上，肠子都悔青了。她想自己过于刚愎自用，听不进别人的意见，也是导致自己很失败的原因。

迷糊中她睡着了，不知过了多久，她被手机铃声惊醒。

她拿起手机一看，打来电话的是赵东，接了电话。

赵东问她怎么回绝了刘喆的好意。她不知该怎么回答他的问话，只是说道不知他的用意，一会儿不同意一会儿又主动邀请。

赵东在电话里道："这有啥不好理解，商演涉及经济利益、因而需要词曲作者的授权，而公益演出则可另当别论。"他还在电话里告诉她，她巡演时，为了她能够在商演中使用歌曲，刘喆甚至不顾不能出席自己的歌曲研讨会，专程前往丹麦寻找词作者，只是可惜没有找到。

"你是说为了我，他专程去了丹麦？"她感到惊讶。

"是呀，怎么，他没告诉你吗？"阿丹这时才明白了刘喆对她的无私，是自己错怪了她，她为自己的言行而自惭。

放下手机，她开始反思，认为自己做人很失败。

五

赵东过来给刘喆送回行李，问他怎么惹她表妹生气了。他说在没有想好的情况下如果做了对不起黄雪梅的事，是对她的不负责任，也是对自己的不负责任。赵东告诉他，她表妹很伤心。刘喆说她表妹聪明、漂亮，热情大方，是自己感觉老了，想法和做法走不到一块。

赵东不以为然，认为他还是在潜意识里忘不了那个丹麦姑娘乌斯娅娜。并戏谑他："真的要为那个丹麦姑娘守身如玉？"

"去你的！"他道。

阿丹对父母讲她要回北京，从哪里跌倒就从哪里爬起来。父母很欣慰，吃过早饭她就拎着提箱上路了。

回到北京的阿丹诚挚地对刘喆表达了歉意，对他的出手相助表示了谢意。放下包袱的她与刘喆一块就《生命季节》这首歌，从演唱方法和技巧处理上反复切磋，并融入了她的生命体验。现场演唱会这天，刘喆亲自前往给她助阵。

我们聆听雨后森林的芬芳
我们飞翔于脚下的路径
沁润的绿色包裹着我们
湿漉的树枝触碰着脸颊
我们在林间穿行
荡漾在碧波里
眼做画笔在天幕上涂抹
任由内心的召唤驰骋
我们感受到了树叶和雨滴
还有天空和大海的味道
一种清脆的充满生机的味道
生命孕育在这盎然的季节里

她融入情感，声情并茂的演唱不但赢得现场观众的阵阵掌声，也赢得了电视机前观众的好评。

她的父母在家里的电视机上看到后，非常地激动。

她母亲道："我们的女儿又回来了。"

　　第二天《生命季节》这首歌不胫而走，大江南北都在播放这首歌。阿丹一夜爆红，邀请她开演唱会的城市纷至沓来，其中拒绝她的几个城市的演出公司，也来电希望继续履约。但她一一拒绝了，说现在只想好好唱歌，其功力还达不到开个唱的水平。

　　这天她从录音棚出来，听见有人在叫她，她侧头一看，马涛从一辆宝马车上下来。

　　马涛："阿丹小姐！"

　　她扭头就走。

　　马涛追了上来："欢迎你再次签约我的经纪公司。"

　　阿丹停了下来，鄙夷地看着他："你认为我会吗？"

　　"我跟雨萱已解约了，希望你回来。"

　　阿丹用眼扫视着他。

　　"你要是同意了，这辆车就是你的了。"他指着那辆宝马。

　　阿丹笑了。

　　"你同意了？"

　　"我是笑你永远的思维方式都是钱，你今天捧张三，明天打压李四，以为钱能摆平一切。"

　　"这有错吗？你不是也为钱吗？"

　　"我是最近才明白，还有比钱更重要的，更值得珍惜的。"

　　"什么？"他看着她。

　　"再多的钱不能使我唱出好歌，要唱好歌，需要真诚面对生活，需要用生命的激情去演绎。当初我要求唱刘喆的《偶遇》时，他说得对，我不可能唱好它。一个对爱情不忠的人，根本无法唱好它，也不配唱这样的歌。"

　　马涛看着她："你变了！"

　　"是的，要唱好歌，必须先做好人，我明白得迟了。"

　　"你是要回到刘喆的身边吗？"

　　"不，在我跟你在一起时，我就不配再拥有他的爱了。"说罢她快步离去，一行泪水悄然顺着她的脸颊流出。

第十一章　命运走向

一

这天晚上，黄雪梅和王娟下了班从医院的收费大厅穿过，摆放在墙上的电子屏幕上正放着阿丹演唱的《生命季节》。

王娟盯了一眼电子屏幕，对黄雪梅道："这首歌不是你的那位潜力股作曲的吗？看来你还真没有看错人。"

黄雪梅心有不爽，面有哀怨地走着。

"你怎么了？"

"他居然不甩我。"

"不会吧？你这个大美女一旦发起攻势，还有他招架的？"

说着他们出了收费大厅，来到外面的院子，继续朝大门走去。

"不行，我得找他去。"黄雪梅道。

"对，向他发起攻击，他怎么能阻挡得了我们大美女的魅力？！"王娟道。

在大门口黄雪梅与王娟分了手，然后给刘喆打电话。

刘喆正在钢琴旁边弹奏边作着曲。手机响了，他看是黄雪梅打来的，拿起接听。

"在哪呢？我的大作曲家？"黄雪梅在电话里道。

"在家作曲呢！"

"出来一块吃饭吧？"

"灵感正来呢，我就不出来了，一会儿泡碗方便面就行。"

黄雪梅不悦地合上手机，一辆亮着空车显示牌的出租车驶了过来，她伸手拦下，坐了上去，对出租司机道："北三环路口。"

刘喆继续埋头作曲，看来完成了一小节，他站起身舒了舒腰，活动手臂。门外传来了敲门声，他走到门前问："谁？"

外面传来一个女子的声音："外卖的。"

"我可没有叫过外卖！"说这话时他打开了门，却不见人。就在这时门边一只手提着快餐盒伸到他眼前，嘴里还奏着音乐"当当当当。"

他一看是贴着墙边而站的黄雪梅："怎么是你？"

"是我怎么了？你这屋好难找，我是问了表哥才找到的。怎么，你不欢迎我吗？"

"快进来吧。"刘喆为她让了道。

黄雪梅走了进去，把快餐盒放到桌上："快趁热吃了吧，一会儿冷了对身体不好。"

"我还不饿。"

"得了吧，都晚上八点了，人是铁饭是钢。"黄雪梅把快餐盒打开，"还给你特意买了块鸡腿呢！"

刘喆也不能拂她的好意，端起快餐盒吃了起来。

刘喆吃了饭，端起茶杯在饮水机上接了水，喝了几口。听见卧室门响回身，吃惊地差点把口中的水吐了出来。黄雪梅竟然穿着他的睡衣出来了，硕大的衣领间露出她丰腴的酥胸。

"你，你这是？"刘喆道。

她两眼放着光："我要怎样，你难道不知道吗？"

"别、你别过来！"刘喆退后了几步。

她闭着眼睛，张开双臂朝他走去，要把他拥在怀里。她走到他停步处一个拥抱动作却抱空了。她睁开眼，刘喆却不见了，这时她听到外面门响，原来刘喆已经溜出去了。她气得一跺脚："这个死刘喆！"

刘喆狼狈地来到街头，他不是柳下惠，怕一时控制不住自己，酿成了大错。他没有要娶黄雪梅的念头，或者说还没有想好是否会接受黄雪梅这种类型的人。

婚姻是很复杂的东西，不仅是外表上的般配，更是心灵上的一种默契，一种彼此都认为此生非他莫属的认知，这样的婚姻才能走得久远。他与阿丹是初恋，一种男女的相互吸引，但在爱情的观念上并不一致。阿丹是现实主义者，当外界的现实环境改变之后，她的择偶标准自然发生了变化，另选他人便不难理解。黄雪梅是浪漫型的，对不确定的未来充满幻想，也勇于去冒险，但一旦幻想破灭，婚姻就离走进坟墓不远了。他对自己的事业能走到什么地步并不知道，不能陪她去冒这样的风险。

走在人行道上，他就这样散漫地思考着。不时划过的汽车灯光，扫在他茫然、无奈、纠结的脸上。

二

不久，阿丹发现自己不停地呕吐，去到医院检查医生说是她怀孕了。她知道是马涛的，她不能生下这个孩子，她有些害怕于是给刘喆打电话，说有事跟他商量。刘喆很快来到她的公寓。

看到她一脸的憔悴，刘喆问："你怎么了，生病了吗？"

她摇摇头，泪水流了下来。

刘喆有些慌神："到底发生了什么事？"

"我，我怀孕了。"她抽泣起来。

"是马涛的？"他试探地问。

她点点头。

"他知道吗？"

她摇摇头："我没有告诉他，也不想让他知道。"她用桌上的面巾擦拭泪水。

"那你想怎样？"

"我得打掉胎儿，今天就去，可我一个人害怕。"

"你真的想好了？"

阿丹点点头："我知道你一定很瞧不起我，其实我也很恨自己的。"说到这她又流泪起来。

"快别这么说，我们都是在生活中学会成长，每个人都有走弯路的时候。既然你作出了决定，我就陪你去好了。"

刘喆开车送戴着口罩的阿丹去医院做人工流产，不想恰好是黄雪梅所在的那家医院。他送阿丹进手术室后便在护士站对面的椅子上坐下等候。

一个戴着口罩的护士老拿眼光盯着他，看得他有些不自在，他冲她笑了笑，然后埋头摆弄着手机。那护士却表现出很吃惊的样子，原来那护士正是黄雪梅的好友王娟，她认出了眼前的男子跟黄雪梅给他看男友手机上照片的是同一人。对他竟然陪一个女子前来打胎感到特别吃惊，她为好姐妹黄雪梅鸣不平。

阿丹做完手术出来，刘喆搀扶她朝电梯口走去。

看着他们背影的王娟，对旁边的另一位护士道："我去去就来。"

王娟摘下口罩，立马跑到同层楼另一端的儿科，找到黄雪梅不由分说把她拉到窗口处。

"你这是干吗？"黄雪梅不解。

这时刘喆刚好搀扶阿丹走出大楼，来到通往医院大门的院子，王娟指着下面的他们："你看。"

黄雪梅顺着她手指的方向，俯身看去，看到刘喆搀扶着一个女子朝大门外走去，脸变得苍白。

"他们来干什么？"她对王娟道。

王娟把头贴近黄雪梅的耳朵："那女的是来打胎的。"

"打胎，你是说那女的是来打胎？"黄雪梅瞪大了眼睛。

王娟点点头："这事我可不敢乱说。"

黄雪梅怒火上身，很鄙视地哼了一声："伪君子！"

"你是说刘喆？"

"我才不屑认识这样的男人呢！"黄雪梅转身而去。

"你可不要受了刺激！"王娟在后面道。

"为这种渣男，我会吗？"黄雪梅道。

下班后，黄雪梅给她表哥赵东打电话，说刘喆简直就不是人。

"表妹，你这又怎么了？"赵东在电话里问。

"他今天带了一个女的来我们医院打胎。"

"有这事？"赵东表示了怀疑。

"我亲眼所见，我先前还为他而痛苦，现在看来我得庆幸早早识破了他。"

"刘喆我还是了解的，这里面也许有误会。"

"误会，不是自己做的孽，会陪一个女人到医院打胎吗？"

"好了，既然你跟他没有缘分，他跟谁去你也别操心了。"赵东说完挂了电话。

"表哥、表哥！"她还想说什么，电话里传来"嘟嘟嘟"的忙音，她气恼地合上手机。

转眼到了五月，赵东和老板娘的西式婚礼，在京城郊外的一个农庄举行。前来祝贺的人多为圈内人士，刘喆来了，阿丹也在被邀请之列。当然赵东的表妹黄雪梅更是当仁不让，不但是嘉宾，还帮助表哥招呼应酬。她对刘喆失望后，接受了院里张医生的追求，处于热恋状态。张医生也来了，他戴着副眼镜，斯斯文文，彬彬有礼。

赵东指着张医生，给刘喆做了介绍："这位是张军，我表妹医院的医生，现在是她的未婚夫。"

"你是刘喆吧？"张军道，"以前可没听雪梅少说，她可是你的铁杆粉丝哦！"

"你好！"刘喆伸出了手。

张军也伸出手，刚想与他握手，被一只手拦住了。

拦住张军的是走过来的黄雪梅，她看了刘喆一眼，轻蔑地："跟伪君子有什么好握的。"强行拉走了张军。

刘喆伸出的手悬在了半空，他尴尬地自嘲笑了笑收回了手。

"我表妹还生着你的气呢。"赵东道。

"我能理解，这不怪你表妹。"刘喆看着离去的黄雪梅和张军，"看得出来，张医生是位不错的人。"

"我也这样认为，其实婚姻是要找对适合自己的人，别人怎么看并不重要。"

刘喆点点头。

"我有一事想问你，因是私生活一直没问。"

"我可没有什么好隐瞒的。"

"听表妹讲，看见你曾带着一个女子去他们医院打胎？"

刘喆恍然大悟："难怪你表妹对我的抵触情绪很大，原来是为了这。"

"你告诉我有还是没有？"

刘喆点点头："确有其事。"

赵东责备地用手指着他："难怪我表妹说你是伪君子。"

"不是她所想象那样的。"刘喆道，"我没有做对不起任何人的事。"

赵东看着他："如此说来，我没有猜错的话，那女的是阿丹吧？"

刘喆未置可否。

赵东："我明白了，她肚里怀着的那孩子，一定是马涛的，所以她要打掉。"

刘喆责备道："你怎么对别人的私生活感兴趣了？"

"我不是关心别人的私生活，我是关心你的名声，我表妹认定你是伪君子。"

"我只是做到问心无愧就好。"刘喆看了看远去的黄雪梅和张军，"你也不要跟你表妹讲，张医生挺好的。"

赵东一声叹气："好人难当呀！"

这时一辆宝马车开来停在一旁，从车上走下马涛。

马涛看见赵东，走了过来高声道："赵编辑，我可是不请自来！"

赵东一笑："马总如今是歌界经纪大鳄，我怎敢劳驾。"

"见外、见外！"马涛哈哈大笑起来。

司仪在用花环搭起的拱门前喊道："请大家迅速找到座位坐好，我们的婚礼仪式即将进行。"

还站着的来宾纷纷找座椅坐下，赵东满脸幸福地去到司仪那里。

婚礼仪式结束后，到场的嘉宾纷纷献歌祝福。

阿丹唱了她的成名曲《生命季节》，点燃了婚礼现场热烈的气氛。

坐在马涛身边的一位身材高大的50多岁的男子，侧头对他道："阿丹的潜力是巨大的，听说最近签约了目前国内最大的环宇文化公司，朝歌手影视双星发展，星途不可限量。"

马涛没有言语。

"我说你怎么就放弃了给她的签约呢？还有那个刘喆，他作的曲如今那是风靡全国，一歌难求呀，也被你给放弃了。业界都在质疑你的经纪人水准呢！"

那人哪壶不开提哪壶，这也是马涛近来闹心的事，听他这样一说更为心疼。脸色一会儿青一会儿白，快坐不住了。

那人又道："我给你算了笔账……"伸出二根指头。

马涛看着他："你说我二？"

"岂止是二，你的损失至少在二千万以上。"

汗珠从马涛的脸上大颗大颗地滴下，他人近乎要虚脱了，掏出随身携带的速效救心丸塞进嘴里几颗才稳定住。

旁边那人看到他如今这副模样，叹息地摇摇头："两年多前，你签约他们俩时多么地踌躇满志。"一声喟叹，"廉颇老矣。"

　　乌斯娅娜穿着一身素服坐着轮椅，由闺蜜芬克推着来到特里尔的墓地。她从轮椅上拿卜一束鲜花，弓腰放在了他的墓碑前。过去她对特里尔有恨，恨他的刚愎自用和一意孤行。做什么事都是从自己的角度考虑，极端的自私和拥有无节制的占有欲。以至于丢掉了自己的性命，也使乌斯娅娜的身体受到了极大的伤害，至今都无法站立和行走。但是她还是来到他的墓前悼念，死者为大，毕竟有过六年的恋情。
　　她心中默念为之所作的一首诗《祈祷》：

闭上双眼
仿佛回到我们的过去
阳光被阴霾所罩
时光落成一地破碎的年华
留下无尽的唏嘘
你去了彼岸
我隔着河上的烟雨把你遥看
往事如烟
卑微的细末袭上心头
温热的液体在我内心奔流

彼岸的男孩
前一秒还如此鲜活
后一秒却无力睁开沉重的眼皮
你单纯像个被童话宠坏的孩子
以为王子和公主总会如愿以偿
却不知王子与美人鱼也没获得完美的结局
一场聚会突然散场
主人公瞬间消失在不同的方向

你去了彼岸
我在此岸为你祈祷

三

　　十月，刘喆参加了一家省台和《好歌曲》编辑部，联合举办的中国好歌曲大赛。这是一档在全国颇具影响，收视率很高的综艺节目。参赛的都是在全国很有实力的词曲作者，初赛他轻松地进入到复赛，复赛时刘喆穿着去年在邮轮上与乌斯娅娜初识时穿着的那件衬衫，走到了舞台中央，他向评委和观众深深鞠了一躬。

　　下面观众席上坐着阿丹，还有赵东。他演唱的是又经过修改后作曲的《日落》，音乐起演唱中，他的眼前出现了浩瀚的大海、行驶的邮轮、飞翔的海鸥，落日的辉煌，甲板上看书的乌斯娅娜……他忘记了这是在比赛，完全沉浸在他的精神世界里。演唱完后全场报以热烈的掌声。

　　主持人上台说这首歌词写得很棒，他作为作曲者也一改以往的曲风，背后一定有着不一样的故事。他坦诚这是他在国外邮轮上，认识的一位叫乌斯娅娜的女孩写的诗。

　　主持人："看来她是你的梦中情人了。"

　　刘喆："那是后来的事了，当初对她只是欣赏而已。"

　　"你和那女孩保持有联系吗？"

　　他摇摇头："我曾经去找过她，可她外祖母去世，我失去了与她的联系渠道。"

　　主持人："她也没有给你联系吗？比如通电话发邮件什么的。"

　　"没有，那时我相信有缘会再次相见，结果我错了。"观众一阵惋惜的叹息声。

　　主持人："你们最后一次见面是在哪里？"

　　"是在挪威的特吕西尔小镇，当时那里出现了百年不遇的雪灾，我和一些世界各地去的滑雪爱好者，困在了那里的高山雪场好几天。就在我们几近绝望时，她从电视上得知雪灾情况，从丹麦的哥本哈根，几百公里来到了挪威的特吕西尔小镇，还不顾生命危险爬上了高山滑雪场，给我们带来了信心。最后在当地救援队的救助下，全部安全撤离。"

阿丹知道那时正是自己离开刘喆的日子，他和乌斯娅娜的故事也深深吸引了她。

第二天的各大报纸和网站，登出了刘喆凭借歌曲《日落》进入决赛的消息，以及有关他与丹麦姑娘乌斯娅娜的故事，成为人们街头巷尾议论的焦点。

医院的黄雪梅刚下班，王娟就把她拉到一边，对她道："我知道你和那个潜力股为什么谈不到一起的原因了。"

黄雪梅一时没有回过神来："什么潜力股谈不到一块？"

"那个刘喆呀！你快用手机上网看看报道。"

黄雪梅不屑道："他现在跟我还有关系吗？我现在关心的可是张医生。"

"我是说他不能接受你，不是不在乎你，是因为他心中装着一个人呢。"

"哦，谁？"

"你上网查看就知道了。"

"我哪有这闲心，我现在只想赶快把他从我的记忆里赶走。"

王娟嘴一撇："我看你不是不关心他，是他伤你很深。"

"去去，谁稀罕他！"黄雪梅说着朝院外走去。

王娟在她后面道："我还不知道你，你别不承认。"

她走到医院门口，张医生在一辆奥迪车旁给她招手，那是张医生的座驾。她走了过去，张医生给她拉开副驾车门她坐了上去，随后他也上车，将车开了出去。

张医生把她带到一家新开张的贵州风味餐厅用餐。墙壁挂着的电视机上正重播着昨晚《好歌曲》的实况录像。不少用餐的客人在看，有些人还不时发表着议论。

刘喆出场时，张医生兴奋地指着对她道："那不是刘喆吗？快看！"

她面露愠色："你是来请我吃饭的，还是看电视的？"

张医生不知她为何生气："你不是他的粉丝吗？"

她放下筷子："谁是他的粉丝了？"站起身，"这饭不吃了。"说罢就朝门外走去。

张医生连忙起身拉住："好好，我们不说他了，吃饭、吃饭，好了吧？"

她这才重新回到餐桌旁吃饭，但情绪不高。

张医生关心道："看你比较烦躁，不会是哪里不舒服吧？"

她摇摇头："不用管我，你吃好就行。"

她虽然没有看电视，但主持人采访刘喆的对话她还是听见了，不由抬头看着电视机，她也为刘喆和乌斯娅娜的故事所吸引。她此时似乎理解了刘喆对她的婉拒，其实是负责任的态度，如是逢场作戏，对情感的不专一，最后受到伤害的还是自己。联想到不久前表哥赵东告诉她的，陪女子打胎那事与刘喆无关。于是她为没有得到刘喆的爱而惋惜，但消除了怨恨，心情也就开朗起来。她感觉眼前的张医生医术高超，在医院的前途不可限量，最主要的是爱自己的，找到一个爱自己多一点的人，比自己爱他人多一点的要来得实在和幸福，自己不能身在福中不知福。

想到这儿，黄雪梅于是举起饮料杯对张医生："我没事了，谢谢你的晚餐。"

她态度的快速转变，令张医生有些措手不及，他当然不知这里面的奥秘，他也不需要知道，他只要看到她快乐，自己就会很开心。

他于是道："电影院在上映一部国产的大片《战狼》，你要是不反对吃完饭我们去看一场？"

她笑了，笑得很甜："我为什么要反对呢？"

"太好了！"李医生很是兴奋，想不到她会答应得如此爽快。

在赫尔辛格小镇疗养的乌斯娅娜，吃过早饭，她在屋外坐在轮椅上，闻着花园中玫瑰、薰衣草和麝香草的芳香，随后用笔在笔记本上写着她的新诗。

今天是美好的一天，鲜花在盛开，鸟儿在歌唱，朝霞满天，空气中充满了温暖的气息。

霞光照在她的身上，她显得恬静，完全沉浸在诗歌的创作中。

写累后，她抬头凝视着远天，眼前幻化出一幕：雪已经停了，她艰难地走在高山雪地上，用力吸了一口寒冷的空气，她感到拂在脸上的不是冰冷的寒风，而是一股清新温和的微风。她终于登临了高山滑雪场，刘喆在雪地里，高一脚低一脚地向她奔过来。她迎了上去，两人紧紧地拥抱在一起。脚下的冰雪不见了，生长出一片青草地，绿意葱葱，草地上春花烂漫。

云层西移，刺眼的阳光照在了她的脸上，她揉揉眼睛，知道又产生了幻觉。她发现此时太阳挂在自己的正前方，而不是在遥远的身后，藏匿于地平线下。她望着那轮明亮硕大、欢快、活泼，仿佛要引吭高歌的太阳，不知接下来会预示着什么？

一辆车驶来在不远处停下，从车上跳下碧尔，她走了过来。

乌斯娅娜抬起头看见是她，笑了笑："你来了。"

碧尔走到她跟前："写诗呢？"

她点点。

"我是来告诉你一个好消息。"

"哦，什么好消息？"乌斯娅娜看着她。

"又有刘喆的消息了！"

"是吗？"乌斯娅娜两眼放着光，但很快又暗淡下去。

他参加了一个他们国家的好歌曲大赛，那个节目很火，在网上我调了视频来看，他唱了你的那首《落日》，在采访中他还谈到了你。

有了刘喆的近况，可乌斯娅娜却高兴不起来。

"你怎么了？你不是最想知道刘喆的消息吗？这有了你

又……"她看着一脸愁云的乌斯娅娜。

乌斯娅娜轻轻一声叹息："如今我这双腿搞不好就报废了，我不知该怎么面对他。"

"你是为了这个才高兴不起来的？"

乌斯娅娜点点头："我不能拖累了他。"

"我知道你心中依然装着刘喆，从他接受采访的回答看，他对你也是念念不忘，我想你应该把真相告诉他，让他来做出选择。"

乌斯娅娜摇摇头："这对他来说太残酷了，也许这种状况下彼此把爱留在心底是最好的方式。"

"咳！"碧尔惋惜地点点头，"想不到命运如此捉弄人。"

碧尔在乡间别墅陪乌斯娅娜待了十几天才开车离开，乌斯娅娜感谢她来看望自己。在这期间碧尔画了不少赫尔辛格小镇的油画，麦田、乡间别墅、小教堂、街景等，她作画时，乌斯娅娜则在一旁写诗。

碧尔走时，希望她抽空看看有关刘喆参赛的视频。这一天，乌斯娅娜把笔记本电脑捧在膝盖上，搜到了刘喆复赛的视频。她抚摸着屏幕上刘喆的脸庞，悲喜交加，当她听到刘喆赛后的感言，更是感慨万千。她要想站起来，无奈两腿无力，她愤然地擂打自己的双腿，双眼泪如雨下。

四

清晨，一架中国航空公司的飞机呼啸而下，降落在丹麦首都哥本哈根机场。随着人流从机场大厅走出阿丹和举办好歌曲大赛的那家省电视台的两名记者，他们在机场大厅外站了下来，等待前来接他们的当地电视台的同仁。

一个当地电视台的男工作人员在一名女翻译的陪同下，走到他们面前。

女翻译问他们道："请问你们是来自中国，寻找乌斯娅娜的吧？"

阿丹回答："是的。"

女翻译给当地电视台派来负责接待他们的工作人员点点头。

工作人员伸出手与他们热情握手，用丹麦语说了一通。

翻译用中文对他们道："欢迎你们的到来，自从接到你们帮助寻找乌斯娅娜的邮件后，我们便根据你们提供的信息进行了查找，因为她是我们这里有名的诗人，所以很快就打听到了她的下落。"

"是吗？太好了！"阿丹非常高兴。

前来的一名记者也道："太感谢你们了，我们这就去见她。"

女翻译把他们的话翻译给了当地电视台的工作人员，那人又说了一通。

女翻译痛心地对他们翻译道："不幸的是，她在今年春天遭遇了一场车祸，性命虽然保住了，可双腿至今不能站立，目前在赫尔辛格小镇疗养。"

"啊！"阿丹很是吃惊。

一同前来的记者道："那就请带我们去赫尔辛格小镇吧！"

女翻译给那工作人员翻译了，那人点点头，做了个请的动作。他们一行在那工作人员的带领下，走向不远处停着的一辆电视台的中巴车。

秋高气爽，阳光明媚，中巴车载着阿丹他们朝着赫尔辛格小镇驶去。天上的云层五彩斑斓，公路两旁金色的麦田，绿油油的草地依次映入他们的眼帘，像一幅幅浓墨重彩的油画。

阿丹陶醉于这样的美景之中，也为即将见到的不能行走的乌斯娅娜而惴惴不安，不知会是怎样的情形。

这天是礼拜天，乌斯娅娜早早地起来了，由佣人推着轮椅去教堂做了礼拜，然后推着她在野外采了不少的鲜花。回到乡间别墅后，她让女佣从屋里搬来一张小桌，安放在屋前的草坪上，她开始把鲜花经过修剪后插入花瓶。神情怡然而专注，以至于有人朝她走来也没有注意到。

朝她走来的正是阿丹他们一行，摄像师已经扛着机器在工作了。

女翻译指着不远处正埋头插花的乌斯娅娜道："那个应该就是乌斯娅娜了。"

阿丹看过去，神情专注插花的金发女孩，穿着一件紫色的开领外衣，衬托出她高雅的气质。柔和的晨光在她的身上，像镀上了一层金色的光环。她的面容是那样的美丽，美丽得超出了她的想象，用惊艳来形容也毫不过分，但艳而不妖，淡然而平和。要不是她坐在轮椅上，不可想象她是因车祸不能站立和行走的女孩。

在他们快走近她跟前时，她才察觉有人来了，调过眼光来看着他们，脸上露出惊讶的神情。

当地电视台的工作人员上前用丹麦语问道："请问你是乌斯娅娜小姐吗？"

她点点头。

工作人员给她介绍阿丹一行，说他们是特意从中国来的。

听说他们来自中国，乌斯娅娜很高兴也很诧异，用中文向他们问了好，问他们来找自己有什么事吗？

省台来的记者告诉了来意，说刘喆正在参加一档好歌曲的比赛节目，他们想请她去做特邀嘉宾。

能见到刘喆当然是她梦寐以求的事，可看看自己的双腿，她摇了摇头。

"去吧，我知道刘喆他非常非常地在乎你，我主动提出陪同节目组的人来寻找你，就是想告诉你，他很爱你。"阿丹道。

乌斯娅娜看着她："你是阿丹吧？"

阿丹点点头，有些惊讶："你知道我？"

乌斯娅娜笑了："你这么漂亮，怪不得当时我见到刘喆时他会那样痛苦。"

听她这样一说，阿丹心里不由隐隐作痛。

"你们和好了吗？"乌斯娅娜道。

阿丹摇摇头："我们和解了，但已不能回到过去，我知道他需要和爱的人是你。"

"可我……"乌斯娅娜欲言又止。

阿丹知道她指的是自己的腿，于是道："你很勇敢，也很乐观，还是让事实来给予答案不好吗？"

乌斯娅娜看了看来者殷切的目光说道："让我想想吧。"

中国好歌曲的决赛，拉开了帷幕。刘喆与另一歌手进行最后角逐。对手一曲《山那边》赢得阵阵掌声。

轮到刘喆登台，他演唱的歌曲《偶遇》：

我和你偶遇在开往丹麦的邮轮
落日把你雕成一尊女神
美丽而婉约
犹如上天的使者
赫尔辛格小镇传来的歌声
还有教堂的钟声
至今仍萦绕耳旁
挥之不去

一叶小舟划向密西尔岛
翔飞的海鸥碧波的海水
我们在大海里畅游
快乐时光洒满洁白的沙滩
鼓足勇气要向你表白
表白我的爱意
命运却把我们分开
阴差阳错

高山雪场风雪弥漫
有你前行的脚步
以命相搏只为心系偶遇的人
我们天各一方
再没看到你的身影
可早已刻在脑海无法删除
命运天注定
情归何处

真挚的情感体验，明快欧化的曲风，倾情投入的演唱，把观众带入了一种忘我的境界。他唱完后全场鸦雀无声，间隔十几秒钟全场爆发出热烈的掌声。他的演唱无疑赢得了观众的认可和喜爱。

最后由大众评审团投票，刘喆获得了总冠军。

男主持人上了台，对刘喆："我们了解到，你参赛的歌曲背后都有故事。"

"是的，这首歌是为我心爱的姑娘乌斯娅娜而作。"

"自从你上次在复赛中谈到那个丹麦姑娘，就引起了广大听众的浓厚兴趣。你说后来去到丹麦寻找她未果，你要是见到她会说些什么呢？"

面对主持人的提问，刘喆道："她要是没有结婚我会向她求婚，她要是结了婚我会给她以诚挚的祝福。"

主持人："在复赛中我们了解到你的故事，阿丹前往丹麦寻访到了你的女神乌斯娅娜，并配合节目组录制了节目。"

"是吗？"刘喆一阵惊喜。

主持人回头对助理："播放节目。"

大屏幕上出现了赫尔辛格小镇，郊外别墅，插花中的乌斯娅娜，刘喆惊喜地激动万分。

镜头拉开，出现了轮椅，乌斯娅娜坐在轮椅上与大家打着招呼。

刘喆惊住了，观众席的人们也愣住了，不知是啥情况。

"我们了解到，她没有结婚，在今年春天本要来中国寻找刘喆，不想临行前一场车祸，使她的双脚至今没法站起来，至于今后能否站起来也无法确定。"主持看着刘喆，"她要是今生都不能站起来，你还会向她求婚吗？"

全场鸦雀无声，人们屏住呼吸等待他的回答。

刘喆想了想坚定道："我会的！"

他的回答赢来观众席上的一阵热烈掌声。

主持人："大门开启，我们就看看，乌斯娅娜今天会否来到节目现场。"

节目现场的门打开了，全场瞬间一片寂静。

刘喆也静等着，不知乌斯娅娜会否出现。就在大家快要失望时，乌斯娅娜坐着轮椅出现在门前，全场爆发更加热烈的掌声。掌声中阿丹推着她来到舞台的中央。评委老师也起立鼓掌。

"乌斯娅娜！"刘喆热泪盈眶地奔过去蹲下身子抱住她的头，"你受苦了！"

"刘喆！"乌斯娅娜转过头，深情地凝视着。

这对天各一方，心心相印的有情人，终于以这种方式见面了。

刘喆想起什么，从身上摸出那枚"我心永恒"的钻戒。

他对乌斯娅娜道："这枚去年买的准备向你求婚的戒指，我一直揣在身上，我相信有缘人终成眷属。"他半跪下来，举着戒指，"乌斯娅娜，你愿意嫁给我为妻吗？"

乌斯娅娜看着他，泪水已模糊自己的双眼。

全场的观众情绪被调动起来，齐声吼道："愿意、愿意！"

乌斯娅娜使劲儿点点头，用中文道："我愿意！"全场又响起热烈的掌声。

主持人对乌斯娅娜："你是一名诗人，能给我们大家朗诵一首诗吗？"

她点点头："我用中文朗诵在来时飞机上写作的一首诗，诗的名字叫《岁月》"：

　　雁序掠过长空
　　身形无迹
　　时光悄然流逝
　　岁月无痕
　　爱情不老
　　真情弥久愈新

　　夕阳西下山头
　　落下升起
　　时间每日轮回
　　年复一年
　　爱情不死
　　拥有即是永恒

　　乌斯娅娜深情的朗诵，迎来了观众们的热烈掌声，刘喆和乌斯娅娜紧紧拥抱在一起，推着轮椅的阿丹也是热泪盈眶。观众席上的赵东脸上露出了欣慰的笑。

五

　　好歌曲比赛后，乌斯娅娜随刘喆来到了四川雅安。刘喆父母早已从电视和报纸上了解到了他们的故事，乌斯娅娜的到来，他们给予了热情的欢迎。

　　他父亲打听到上里古镇有位姓董的老中医，对医治外伤导致的胫骨受伤不能站立有办法，刘喆于是带着乌斯娅娜去到古镇。

　　古镇离雅安城不到 30 公里，为白马河和陇西河所环绕。小桥流水，景色秀丽，依河而建的那些房子，时常笼罩在一层虚无缥缈的白色雾气之中，显得格外宁静，像是处于仙境之中，很适合乌斯娅娜的治疗和她的诗歌创作。刘喆在古镇临河处租了一套二室一厅的住房，推开窗就可见屋前流过的小河和河对面十八座起伏的山包，闻到鸟语和芳草香。屋里的摆设按乌斯娅娜喜欢的格调布置。

"这地方多迷人，多有田园风味。"乌斯娅娜赞叹道，"阳光很明媚，空气也很纯净。"

刘喆抚着她的双肩，盯着她："一切都会好起来的，相信我！"

她信任地点点头。

每天早上，镇上的不少人都会看见一个小伙推着一位美丽的金发姑娘，走在镇道上，去到董大夫的诊所。起初还有些好奇，后来习惯了不时有人会跟他们热情地打招呼。

董医生是位中医世家，祖上在康熙年间曾在宫廷当过御医，医术很好，治好了不少疑难杂症，被称为华佗再世。事先刘喆就跟董医生介绍过乌斯娅娜的病状，董医生采用中药外敷和针灸结合的方法进行治疗。第一次去诊所时，乌斯娅娜看着长长的银针还有些害怕，刘喆握住她的手让她放松，在他的爱护下她才渐渐失去了怕意。

下午是他们的创作时间，乌斯娅娜写诗，刘喆创作他的曲子。累了刘喆会推着她去周边转转，他还带她去了碧峰峡看熊猫，她第一次看到那么多憨态可掬的熊猫，喜欢得不得了。刘喆还带她去蒙顶山品茶，蒙顶甘露的回口余香，使她赞不绝口。

上里古镇与赫尔辛格小镇是不一样的风景，但都会让人难以忘怀。乌斯娅娜在这里感到非常的惬意，她写信给父母，说在这里很好让他们不要担心。

古镇有家时光酒吧，他们也偶尔去光顾，听听歌喝喝啤酒。老板对他们逐渐熟悉了，兴趣所致他们也会唱上两曲。

转眼西方人的圣诞节到了，时光酒吧装饰了一番，在门外立了圣诞树。虽然中国的年轻人并不信奉西方的教，但不拒绝多

一个节日而带来的快乐。刘喆推着乌斯娅娜也来参加，他们的
到来，使在那里聚会的年轻人都非常高兴，还要乌斯娅娜唱一
首歌。她用中英文唱了一首 *Adn So This Is Christmas*（圣诞节到
了）：

> 圣诞节到了
> 你们都做了些什么呢
> 又是一年结束了
> 新的一年正要开始
> 圣诞节到了
> 希望你们都过得开心
> 身边和亲爱的人
> 年长和年轻都一样
> 有个非常快乐的圣诞节
> 也有个快乐的新年
> 让我们期盼它将是美好的一年
> 没有任何的恐惧
>
> 圣诞节到了
> 对于弱者与强者
> 富有与贫穷都一样
> 战争如此漫长
> 所以祝你们圣诞节快乐
> 无论是黑人或白人
> 黄种人或红种人都一样
> 让我们停止所有的争斗
> 有个非常快乐的圣诞节
> 也有个快乐的新年
> 我们希望它将是美好的一年
> 没有任何恐惧

圣诞节到了
我们都做了些什么呢
又是一年结束了
新的一年正要开始
祝你们圣诞节快乐
希望你们能过得开心
身边和亲爱的人
年长和年轻都一样
祝你们圣诞节快乐
也祝你们新年快乐
我们希望这将是美好的一年
没有任何恐惧

圣诞节到了
我们都做了些什么呢
又是一年结束了
新的一年正要开始

　　这首歌原是甲壳虫乐队的灵魂人物约翰列侬和妻子在1971年圣诞节前一天平安夜写出的作品，次日晨进录音室录制完成。这首歌当时是为反越战而作，却意外成为西方圣诞歌曲中经久不衰的经典名曲。
　　她唱得非常的完美，唱完后大伙热烈地鼓起掌来。
　　刘喆上前给她献上了一束鲜花："唱得真好！"
　　乌斯娅娜接过非常开心："谢谢！"
　　天色已晚，刘喆顾及她的身体，推着她先行离开了酒吧。
　　在路上乌斯娅娜看着天空的冷月，对刘喆道："今夜真让人开心。"
　　"你知道吗？你不仅诗写得好，而且歌也唱得很好。"

"真的吗？"她回头看着刘喆非常开心。

刘喆点点头："我什么时候骗过你。"俯身亲吻了一下她的额头，"今晚你真美！"

乌斯娅娜幸福地笑了。

听说乌斯娅娜是丹麦来的诗人，古镇的一所小学的吴校长找到他们的住处。刘喆外出买菜去了，乌斯娅娜在客厅里写诗。

"请问这里住着刘喆吗？"吴校长在开着的门上轻轻敲了一下。

听见有人询问，乌斯娅娜抬起头，看见是一位陌生人面带微笑，于是友好地："你找刘喆？"

吴校长点点头。

"快请进！"她热情道。

吴校长走了进来："你是乌斯娅娜吧？"

她点点头："你知道我？"

吴校长笑道："古镇来了位会讲中文的丹麦女孩，早已成了新闻人物。"

"给你们添麻烦了。"她歉意道。

吴校长连忙摆手："你是我们这里的贵客，请都请不来呢！"

"你坐会儿吧，刘喆很快就会回来，我去给你倒杯水。"她滑动轮椅来到放有暖水瓶的桌前。

吴校长连忙上前："我自己来。"拿过桌上的茶杯为自己倒了杯水。

吴校长看着她："我其实是来找你的。"

"找我？"她很纳闷，不解地看着吴校长。

"是这样的，我们学校的学生对安徒生的童话故事非常地喜欢，而你来自于丹麦，美人鱼的故乡，听说还是位诗人，于是想请你去给我们的小学生讲一堂安徒生的童话故事。"

"这——"她似乎想说些什么。

"你放心，我们会给你讲课费的。"吴校长道。

"不、不，我不是这个意思。"她急忙道，"我是说我很乐意做这件事，只是得征求一下刘喆的意见。"

"我明白，丈夫那是一家之主，是得征求他的同意。"吴校长笑了。

"他还不是我的丈夫，我们只是订了婚。"她道。

"你们外国人讲究，还有订婚啦什么的，行，那就征求一下你未婚夫的意见。"

"什么事要征求我的意见？"随着话音刘喆走了进来。

吴校长把想请乌斯娅娜去学校，给孩子们讲安徒生童话故事的事讲了，刘喆说这是好事，只要乌斯娅娜同意他没意见。这事就这样说定了。

第二天刘喆推着乌斯娅娜来到镇上小学，受到了老师和同学们的夹道欢迎。

由于想听她讲故事的同学太多，就把课堂摆在了学校的礼堂里。乌斯娅娜来自丹麦，对安徒生的童话故事耳熟能详，深入浅出地给同学讲了《海的女儿》这个经典故事。孩子们听得很专心，听完后像小鸟一样飞到她的周围，叽叽喳喳地问这问那，她都给予热情的解答，孩子们亲切地叫她乌姐姐。

在古镇，乌斯娅娜经过三个多月的中医治疗，不但能站立了，还拄着拐杖可以行走了。她和刘喆都很兴奋，她把治疗的效果告诉了远在俄罗斯做生意的父母，他们都为她高兴。

这天他们的屋里迎来了两位贵客，碧尔和她的未婚夫拉斯穆森。拉斯穆森正是那位曾载着刘喆和碧尔去小岛游玩的游艇主人，他们是来中国的成都参加画展的，于是专程来到古镇看望他们。

见到碧尔，乌斯娅娜很兴奋，与她紧紧拥抱，屋里充满了欢声笑语。刘喆去厨房做丰盛的晚宴，拉斯穆森也去厨房帮忙，乌斯娅娜在客厅与碧尔交谈。

碧尔看到屋子温馨的布置，正在恢复中的乌斯娅娜，悄悄对她道：“看来刘喆真的很爱你，他愿为你付出一切。”

乌斯娅娜侧头看着厨房忙碌的刘喆，脸上溢出幸福的笑。对碧尔道：“我看你的那位拉斯穆森也不错。”

碧尔点点头：“他对我挺好的。”

乌斯娅娜感慨道：“是呀，找个能欣赏自己，疼自己的男人做终身伴侣是幸福的。”

很快晚饭做好了，美味佳肴摆了满满一桌，刘喆还开了两瓶香槟。

他们边吃边聊，他乡遇故人，乌斯娅娜特别开心。

第二天，碧尔和拉斯穆森就离开了，碧尔有画展的活动要参加。刘喆搀扶着乌斯娅娜送他们到了镇头，碧尔和乌斯娅娜再次拥抱惜别，随后他们登上前来接他们的小车离去。

刘喆和乌斯娅娜向他们挥手告别，直到小车转过弯道消失在视野中。

回家的路上，乌斯娅娜一边由刘喆扶着行走，一边温存地把头靠在他的肩头。她微笑着，充满幸福地微笑着。他拿起她的手，有力地握着，给她以信心和最后战胜病痛的力量。

温和的夜，灯光熄灭。打开的窗户中间，露出一方繁星密布的天空，刘喆和乌斯娅娜一同坐在沙发上望着星空。星光从窗户中泻进屋里，泛起舒缓柔和的光。一阵几乎难以察觉的微风从屋旁的竹叶间吹过，传来细微的簌簌声。远处则是隐隐的河水淙淙的流水声。

“你听，这夜多么静呀！”刘喆道。

乌斯娅娜点点头：“静得似乎这世上只有我们两人。”

他把她的手握在他男人的、激动而有力的大手中，他们几乎彼此都能听见对方的心跳。

“黑夜到头了，我们理应幸福。”刘喆深情地看着她的侧影。

她点点头，幸福地笑了。

他抑制不住自己的情绪，把她的头转向自己，凑上去，轻轻地吻她的脸、眼皮、嘴唇。

她微仰起头，闭上了眼睛，任他的爱抚慰自己。随后也热烈地回应着，互吻起来。

他站了起来，俯下身去，从沙发上抱起她走向卧室，他们的身影清楚地显现在长方形的窗影中。他抱着乌斯娅娜的腰，她把头靠在他的肩上，两人都有颀长的身材，因而剪影非常的漂亮。

在快乐的亮光中，在无法形容的幸福中，他们的肉体和灵魂结合到了一起。

冬去春来，乌斯娅娜经过近半年在古镇的治疗，已经可以丢掉拐杖独自行走。他们告别了古镇，开启他们新的生活。

尾 声

　　这年夏天，刘喆和乌斯娅娜，来到了哥本哈根的赫尔辛格小镇。

　　他们来到小教堂外，在乌斯娅娜外祖母的墓前凭吊。

　　刘喆把鲜花放在她外祖母的墓碑前，深深地鞠躬。

　　乌斯娅娜深情地对天堂中的外祖母道："外祖母，我把刘喆带回来了，你就放心吧！"

　　空气中传来教堂的钟声，余音缭绕直达天庭。

　　一个月后他们在小镇举行了婚礼。乌斯娅娜的父母和镇上的人都来祝福他们，碧尔和拉斯穆森也特意赶来。

　　婚礼仪式在教堂内进行，牧师在为他们主持婚礼。

　　牧师："我们每个人都生长在同一个蔚蓝的星球，我们的新郎来自东方古国，我们的新娘则在西方之域，他们邂逅在波罗的海的邮轮上。男人和女人的世界是美妙、浪漫而有趣的，刹那间化作永恒。爱情是什么？爱情就是峭壁上的玫瑰，大海里的珍珠，想得到它的人，得有十足的勇气还有信念。我们的新郎、新娘诠释了爱情的真正含义，在爱的路上经过艰难跋涉，终于守得云开日出。蓝天下盛开的爱情之花，点缀着这个纯洁的世界。我们祝福这对相亲相爱的年轻人，今天将要实现他们自己的梦想……"

牧师对他们祈祷的声音飘出教堂，回响在四周。那尊刻着"世上最远的路，是心灵之路"的大石，依然屹立在教堂的院中，这尊大石见证了刘喆和乌斯娅娜的这段异国恋情，他们也以自己的经历印证了这句话的真谛。

婚后他们回到北京定居，乌斯娅娜写诗，刘喆作曲，事业上相得益彰。乌斯娅娜又出版了一本新的诗集，不仅在丹麦出版，而且还翻译成了中文在中国发行。刘喆的作曲自成了一种风格，写出不少脍炙人口的旋律，被人们传唱。三年后他们有了一个女儿和一个儿子，他们的爱情故事被人传说。

后 记

　　2016 年 9 月，当我游历欧洲，来到丹麦时，被它蔚蓝的天空、碧绿的大海、金黄的麦田、斑斓的建筑所征服，像一幅幅浓得化不开的油画，一下喜欢上了这里。认为不愧是产生童话大师安徒生的地方，也理解了著名的童话故事为什么会诞生在此地。一方水土养育一方人，一方水土也决定了在这片水土之上生长何种鲜花。安徒生就是在这片水土之上萌芽的种子，而他的《海的女儿》《皇帝的新装》《丑小鸭》《卖火柴的小女孩》……就是种子长成后，开出的绚丽花朵。刚开始我也仅为感慨，没有脱离游人的观景揽胜心态，没有写作的冲动。当我来到小镇，小镇的风情深深地吸引了我，漫步在小镇上，心泛起一种暖意。但决定我要写些什么的想法，是身处小镇的火车站。不大的小镇居然有设施如此完好的火车站，那通往外界的铁轨给了我无穷的遐思，想这里一定会有美好的故事发生，站在月台上的我由此萌动了要写作的冲动。这样的情绪一直延续到我回到国内，有不写如鲠在喉的感觉。为了舒缓这样的情绪，于是很快在键盘上落下了"丹麦情缘"四个字。这个北欧小镇成了我整个故事讲述的一个核，然后辐射出去，就像一块石头丢入平静的湖面，荡起的一圈圈向外的涟漪。这是我写得很快很畅的一部小说，三个月即完成初稿，五个月后交给出版社。我不敢说这是一部优秀的小说，但我想它一定会受到读者的喜爱。它讲情讲爱，讲异域的风情，更讲年轻人的奋斗，成长的烦恼，不管在哪个国度都是会受到欢迎的。